nero

Olivier Norek

Codice 93

Traduzione di Maurizio Ferrara

Rizzoli

Pubblicato per

Rizzoli

da Mondadori Libri S.p.A.

ISBN 978-88-17-18413-7

Titolo originale dell'opera:
CODE 93

Prima edizione: febbraio 2024

Codice 93

Alla mia famiglia, a quelli che mi fanno stare diritto.
Martine, Claude, Victor, Corinne e Bruno.

Prologo

Marzo 2011

La statura poteva corrispondere. Di sicuro l'età. Quanto al fisico, era difficile essere categorici. Il vecchio Simon sollevò la cornetta e, con tutte le precauzioni necessarie per non suscitare troppe speranze, annunciò: «Potrei avere una pista».

Dall'altro capo della linea, la voce della donna non fu più forte di un soffio.

«Camille?»

«Senza certezza, signora.»

Prima di riattaccare, Simon diede all'interlocutrice l'ora e l'indirizzo dell'appuntamento, l'obitorio dell'Istituto di medicina legale di Parigi.

Scoperta seminuda, senza vita e senza documenti in uno squat del comune di Les Lilas, nel dipartimento della Seine-Saint-Denis, doveva avere vent'anni. Al massimo. Durante l'autopsia, la dottoressa Léa Marquant l'aveva incisa dalla base del collo al pube, con un tratto di scalpello lieve quanto una carezza. Nel corpo aperto si leggevano gli effetti di un consumo smodato di droghe e di alcol, come anche il risultato di rapporti sessuali così violenti da non poterli ritenere consenzienti.

Mai prima, nella sua carriera di medico legale, Léa Marquant aveva usato l'espressione «lacerazione perineale di quarto grado». Come si era giunti a questo? Quali barbarie aveva dovuto subire la ragazza perché non ci fosse più una parete tra la vagina e l'ano?

Le aveva preso le mani sporche nelle proprie, sfiorato i capelli, poi aveva percorso con i polpastrelli le ferite sul viso. Si era guardata intorno, perché sono cose che non si fanno. Si era tolta i guanti di lattice e aveva ripetuto gli stessi gesti. Si era abbandonata al male peggiore del suo mestiere, l'empatia.

Perciò, quando alcuni giorni dopo aveva letto per caso nell'agenda dell'istituto che era previsto il riconoscimento da parte di un familiare, Léa Marquant aveva voluto occuparsene personalmente. Nulla costringeva il medico legale, ma ci teneva. Per sé. E anche per *lei*.

Nel momento in cui viene alzato il lenzuolo, le reazioni sono diverse e imprevedibili. Sofferenza afona che penetra e toglie ogni forza fino a farti stramazzare, a meno che non sia il pavimento ad aprirsi sotto i piedi. Rabbia vendicativa che conosce solo il rifiuto e cerca un bersaglio contro cui scagliarsi. Dolore piagnucoloso e sonoro fino al fastidio. Calma impassibile, presagio di grosse tempeste.

Il medico legale vide arrivare tre visitatori. Non riconoscendo nessuno, dedusse che l'uomo più alto di una testa e mezza rispetto agli altri, con l'aspetto da lottatore in pensione, doveva essere il poliziotto. Questi risparmiò le parole.

«Tenente Mathias Aubin.»

«Buongiorno, tenente. Dottoressa Marquant. Al capitano Coste non piace più il nostro istituto, oppure l'hanno messa in castigo?»

«È solo un caso che vorrei chiudere. Il capitano mi ha incaricato di salutarla.»

Si sarebbe accontentata. Peccato, preferiva lo sguardo azzurro un po' triste di Coste.

Si presentò alla famiglia. Anzitutto all'anziana signora sulla sedia a rotelle, poi al giovane che la spingeva, invitandoli a seguirla. Il poliziotto veniva dietro, come un'ombra.

Si addentrarono nei sotterranei dell'Istituto di medicina legale e la dottoressa spalancò le porte di una grande stanza, fredda e silenziosa, paragonabile a un caveau di cassette di sicurezza, con file di sportelli quadrati larghi circa settanta centimetri. Ognuno celava una vita, una storia e una fine. Dopo un ticchettio vetroso, i neon illuminarono l'obitorio.

Léa Marquant controllò sul registro il numero di protocollo e, tra i quattrocentocinquanta scomparti refrigeranti, aprì lo sportello del corpo 11-1237. Tirò fuori il ripiano scorrevole, rivelando una forma umana sotto un lenzuolo bianco.

Interrogò la famiglia con lo sguardo e credette di leggere l'apprensione nei loro occhi. Per qualche istante trattenne il gesto, con la mano posata sul tessuto, poi lentamente tolse il sudario in modo da mostrare solo il viso martoriato.

Il poliziotto imponente che li accompagnava aveva tentato di avvertirli poco prima. Il corpo che avrebbero visto era quello di una tossicodipendente, forse la figlia e la sorella, ma di certo quel corpo era cambiato, era invecchiato logorandosi in una vita di emarginazione. Aveva volutamente sorvolato sulle sevizie sessuali, quelle precisazioni non erano necessarie finché non l'avessero formalmente identificata. Tuttavia, nessun avvertimento e nessun preparativo potevano scongiurare la nausea che li assalì quando il viso fu scoperto.

Prigioniera della sedia a rotelle, la madre fece leva sui braccioli e, come poté, sulle gambe gracili per sollevarsi un poco. La voce, autoritaria e nonostante tutto percettibilmente infantile, assicurò che non era sua figlia. Il figlio non fiatò. Il viso era così tumefatto da rendere plausibile l'errore. La dottoressa levò completamente il lenzuolo su un cadavere chiazzato di ematomi, graffi, ferite non cicatrizzate e coperte di croste brune, tracce di un migliaio di siringhe che avevano scavato crateri anneriti e infetti. La vecchia strinse nella mano quella del figlio e, con voce più sicura, come rassegnata, affermò che la persona stesa davanti a loro non era Camille. Al suo fianco, il figlio aveva socchiuso le labbra, ma rinunciò alla frase che si accingeva a formulare, cacciando un sospiro.

La dottoressa Léa Marquant sapeva che il ventaglio delle reazioni possibili davanti a un cadavere era infinito. Ma dovette ricoprire alla svelta il corpo nudo che quel giovane fissava con un pizzico di morbosità. Tanto più che garantiva di non conoscere la ragazza.

In disparte, il poliziotto estrasse dalla valigetta un verbale, mise una crocetta sulla voce «riconoscimento negativo», poi fece firmare i due testimoni. Aveva sperato di dare una famiglia a quella vittima anonima. Si offrì di riaccompagnarli, ma rifiutarono in tono cortese.

Nel taxi che li conduceva a casa, sulle alture di Saint-Cloud, non scambiarono una parola. La madre rifiutava di sentirsi colpevole. Aveva agito per il bene della famiglia, a costo di pagarlo con l'anima semmai un dio, un giorno, avesse voluto rimproverarglielo.

Rannicchiato, il figlio era concentrato sul proprio respiro. Temeva di vomitare sui sedili di pelle a ogni svolta del taxi. Con lo stomaco a fior di labbra, sentiva defluire le energie, le estremità del corpo invase dal formicolio, uno di quelli che precedono un malore. Per un attimo fu altrove e ci mise un po' di tempo a ricordare dov'era e cosa stava facendo.

Camille.
Anche lui l'aveva riconosciuta. La sua Camille.
La sua quasi sorella.
L'aveva riconosciuta e aveva taciuto.

PRIMA PARTE

«Questa non è Hollywood, questa è la Seine-Saint-Denis.»
Comandante M.C. Damiani

1

Mercoledì 11 gennaio 2012

Coste sollevò una palpebra. Il cellulare, posato sul cuscino che non usava, non la smetteva di vibrare. Strizzò gli occhi per vedere l'ora. Le quattro e trenta del mattino. Ancora prima di rispondere, sapeva già che qualcuno, da qualche parte, si era fatto ammazzare: nella sua vita non esistevano altri motivi per essere svegliato a notte fonda.

Appoggiato di schiena al frigorifero su cui un post-it «comprare zucchero» minacciava di staccarsi, buttò giù con una smorfia il caffè amaro. Nel silenzio della cucina scrutò dalla finestra gli edifici addormentati. Unica luce del quartiere, quella mattina spettava a lui accendere la città, si disse. Controllò la pistola alla cintura, s'infilò un maglione e un cappotto nero sformato, poi intascò le chiavi. La 306 di servizio pativa il freddo e rifiutò di mettersi in moto. Quella mattina, Victor Coste e l'auto erano allo stesso punto. Pazientò, accese una sigaretta, tossì, provò di nuovo. Dopo aver perso qualche colpo, il motore si scaldò e le strade vuote gli offrirono un corridoio di semafori rossi che bruciò andando adagio fino a immettersi sulla statale 3.

Quattro corsie grigie e senza fine che si conficcavano come

una lancia nel cuore della periferia. Vedere man mano i villini diventare palazzine e le palazzine casermoni. Distogliere lo sguardo davanti ai campi nomadi. Roulotte a perdita d'occhio, incollate le une alle altre vicino ai binari della ferrovia. Bucato messo ad asciugare sulle reti metalliche che arginano quella parte della popolazione né amata né odiata. Chiudere il finestrino passando davanti alla discarica intercomunale con le sue esalazioni, a poche centinaia di metri dalle prime case. Così vengono rispettati il dipartimento 93 e i suoi abitanti: sbattendogli sotto il naso montagne d'immondizia. Un'idea da proporre alla capitale, entro le mura cittadine. Giusto per vedere la reazione dei parigini. A meno che i poveri e gli immigrati non abbiano il senso dell'olfatto meno sviluppato... Superare i parcheggi sterminati delle imprese edilizie e salutare sempre gli stessi lavoratori in nero che, in gruppo, aspettano il furgone che li viene a prendere. Tentare di arrivare senza il morale a terra in quella nuova giornata che inizia.

2

Pantin, ore 5:15

Magazzini in disuso del canale dell'Ourcq. Estendendosi su migliaia di metri quadrati come un villaggio abbandonato, ogni anno ottenevano la promessa di essere demoliti. Una serie di capannoni vuoti, che negli anni Trenta accoglievano il carico delle chiatte commerciali che percorrevano il canale. Di quel periodo rimaneva solo un mostro di ferro arrugginito con le porte murate e le finestre rotte.

Una pioggia sottile portava a compimento l'inospitalità del posto.

Coste sollevò il nastro giallo del perimetro di sicurezza destinato ad allontanare, a quell'ora, improbabili curiosi. Mostrò il tesserino ai poliziotti in divisa. Ronan, il motociclista della squadra, schiacciò la sigaretta e lo salutò porgendogli una Maglite. Il capitano brontolò un «Salve» di risposta, poi accese la torcia e diresse il fascio di luce sulla porta di ferro arrugginito che lo separava dalla scena del crimine.

La spinsero a più riprese finché cedette con un lungo cigolio. Coste avanzò seguito dal collega. Imboccò una scala, abbastanza ripida da ricordargli che presto avrebbe compiuto quarant'anni, e sbucò in una stanza resa infinita dall'oscurità.

Puntò la torcia che rivelò solo polvere in sospensione. Un poliziotto emerse dal nulla.

«È della polizia giudiziaria del dipartimento?»

«Sì, SDPJ. Capitano Coste. Mi espone i fatti?»

Indicandogli la strada, il poliziotto cominciò: «È stato il guardiano notturno, o meglio, il cane del guardiano notturno si è messo ad abbaiare. Allora lui ha alzato le chiappe ed è andato a vedere.»

Scartò di lato.

«Occhio, ché c'è un buco. Insomma, è andato a vedere e ha trovato lui, laggiù, morto...»

Ronan riconobbe sottovoce che si trattava di un buon riassunto, molto istruttivo. Il poliziotto la prese male e li lasciò. Coste e il collega si ritrovarono da soli, di fronte a un gigante nero. Seduto sul pavimento, quasi accasciato su se stesso, con le braccia lungo un corpo che doveva avvicinarsi ai due metri e la testa china. Sul pullover di un bianco splendente, al centro del petto, tre grossi fori, abbondantemente macchiati di sangue annerito.

I due poliziotti rimasero qualche istante in silenzio davanti al cadavere con la strana consapevolezza di essere più vivi del solito.

«Ronan, va' a prendere il poliziotto che hai innervosito, vedi di fargli stendere un verbale un po' più particolareggiato e chiedi via radio l'intervento della Scientifica e di un medico. Anche dei proiettori. Potenti.»

3

Un'interminabile prolunga serpeggiava nel capannone per alimentare le due lampade alogene puntate sul corpo inerte. Sam, l'ultima recluta di Coste, regolava l'altezza dei proiettori. Un po' troppo magrino e gracile, dava l'impressione di essere entrato nella polizia per sbaglio. O per caso. Appollaiato su due lunghe gambe inutili, guardava ovunque. Ovunque tranne verso il cadavere dalle proporzioni smisurate illuminato come una rockstar, e crivellato di pallottole.

«Hai una brutta cera, Sam. Magari ti senti poco bene.»

«Vaffanculo, Ronan, vaffanculo. Ho la nausea. Sul serio, Coste, lo sai che non mi piace. Posso andare a vedere se da qualche parte ci sono le telecamere a circuito chiuso, interrogare i vicini, cercare nei bar... Chi se ne frega, qualsiasi cosa...»

«Telecamera, mi suona bene. Controlla fino alle strade vicine. Ronan, prendi la moto e accompagnalo. Dobbiamo partire dal solito presupposto che l'assassino o gli assassini non hanno ammazzato quest'uomo sulla porta di casa. Trovate tutti gli accessi possibili. Cerchiamo una macchina. Un nero di questa mole non lo porti in spalla, cerchiamo una macchina, una camionetta; un veicolo, in pratica.»

Coste afferrò la radio.

«Aubin, dove sei?»

L'enorme edificio di ferro rendeva disastrosa la ricezione: una voce gracchiò una risposta incomprensibile. Coste guardò la radio e provò a ricordare un giorno in cui aveva funzionato a dovere. Prese il cellulare.

«Aubin, dove sei?»

«Per strada con il medico di turno, finisce la notte accanto a me, siamo a tre minuti.»

La squadra della Scientifica aveva requisito il posto. Attorno al cadavere crepitavano i flash, rivelando la scena a sprazzi vividi. Prelievi biologici, buste sigillate per tutte le cicche di sigaretta, le bottiglie e i rifiuti vari che poteva contenere un capannone in disuso. Il solito andazzo. I tecnici della Scientifica, in tuta sterile bianca, bocca e capelli accuratamente schermati per evitare la contaminazione dei campioni con il loro DNA, eseguivano un balletto ben rodato, ignorando il gigante al centro delle operazioni e i motivi della sua uccisione in un mattino di gennaio.

Uno di loro spense le due lampade alogene e controllò la scena con il Crimescope, proiettando la luce azzurrognola su ogni centimetro quadrato. Poi nebulizzò il Luminol tutt'attorno al cadavere; niente da fare, la stanza rimase immersa nel buio. Il capo della Scientifica, un tipo con una folta barba da professore vecchio stampo, soprannominato «Don't touch» dai colleghi, si rivolse a Coste.

«Nessuna reazione luminescente, niente sangue. Il tuo uomo non è morto qui, ce lo hanno solo lasciato. Per noi va bene così, potete mettere le vostre zampe dove vi pare, abbiamo finito.»

Mentre i tecnici richiudevano le valigette, Aubin parcheggiò accanto al magazzino e svegliò il medico che russava a bocca aperta.

«Siamo arrivati, dottore.»

Senza nemmeno aprire gli occhi, il medico brontolò.

«E tutto per sobbarcarmi un cadavere, che rottura di palle!»
«Dici parolacce come un piedipiatti, dottore.»

Quando Coste scorse Mathias Aubin, pensò che avesse perso il medico strada facendo, prima di scoprirlo nascosto alle sue spalle. Aubin avrebbe fatto ombra a chiunque. Un armadio normanno, alto e dritto come uno stabile, sovrastato da una faccia ammaccata e stanca, con qualcosa di un Lino Ventura imbufalito. Al loro primo incontro, Coste non avrebbe mai scommesso che quell'uomo sarebbe diventato uno dei soli in cui avere fiducia. Dieci anni di dipartimento 93, con tutte le grane che comportava. Aubin salutò il capitano Coste con voce roca.

«Ciao, Victor.»

«Salve, Mathias. Salve, dottore.»

«Allora, dov'è il vostro tizio?»

«È l'unico morto nella stanza, gli abbiamo piazzato le lampade intorno, così non puoi sbagliare.»

Il medico si accovacciò davanti al cadavere accorgendosi che, anche da seduto, il gigante lo sovrastava.

«Ehi, è bello grosso...»

«Chi se ne frega, vogliamo sapere se è morto.»

Il medico riacquistò un tono professionale.

«Be', lo è, cazzo! Morte reale e manifesta, parecchi impatti di proiettile sul pullover, le cause della morte non sembrano naturali. Richiedo l'esame post mortem di modo che possiate finire di massacrarlo con l'autopsia. Neanche per sogno ci metto le mani su, è troppo presto, me ne torno a dormire. Manderete la richiesta del giudice al mio reparto.»

Il medico fece dietrofront, ma trovò Aubin sulla sua strada.

«Non dai un'occhiata al polso, tanto per essere sicuro?»

«Porca puttana, ci sono tre buchi sul pullover zuppo di sangue e non muove un muscolo da ore, non vi basta?»

Aubin non si schiodò, convincente. Il medico s'infilò un paio di guanti di lattice e posò due dita all'altezza dell'aorta.

«Niente, nessun battito. Va bene? Me ne posso andare, oppure volete che controlli se ha fatto tutti i vaccini?»

Aubin lo riaccompagnò all'esterno mentre Coste telefonava all'ufficio permanente del tribunale per informare il magistrato di turno.

«Nessun documento, scoperto alle tre di stamattina da un guardiano, ucciso probabilmente con una pistola. Il medico ha disposto l'esame post mortem, serve che ordini un'autopsia... grazie... la tengo al corrente se ci sono novità.»

Coste riattaccò osservando gli addetti delle pompe funebri che chiudevano a fatica la lampo del sacco nero un po' corto per il corpo immenso. Di cadaveri, Coste ne aveva visti così tanti che ormai poteva leccare un gelato durante un'autopsia, cosicché guardò senza emozione la sua nuova indagine allontanarsi, impacchettata per l'obitorio.

4

La dottoressa Léa Marquant, medico legale dell'Istituto di medicina legale di Parigi, continuava a essere un enigma per Coste. Figlia del direttore di una clinica privata parigina, preferiva vivere con i morti anziché subire le lagnanze dei vivi. Coste la conosceva soltanto con indosso il camice bianco, i capelli rosso rame raccolti sulla nuca, gli occhi verde pallido dietro le lenti sottili e rettangolari, il viso innocente e allegro in totale contraddizione con la sua capacità di segare un cranio in meno di un minuto e di afferrare a piene mani un groviglio d'intestini. Spesso si chiedeva come sarebbe stata con i capelli sciolti e meno sangue addosso.

La particolarità del loro rapporto voleva che s'incontrassero solo in seguito a una morte sospetta e, in quei momenti, Coste approfittava dell'occasione per verificare discretamente l'assenza di un anello al dito. Quella mattina camminavano affiancati in uno dei lunghi corridoi dell'istituto.

«Ha una storia, il suo cliente?»

«Sì, la storia di un tipo ritrovato morto stamattina in un magazzino con tre pallottole nel petto.»

«Un regolamento di conti?»

«Perché no? Il resto tocca a lei dirmelo.»

Il medico legale passò il badge sulla serratura magnetica della sala autoptica.

Il corpo del gigante era diventato grigio sotto la luce fredda dei neon. I piedi sporgevano dal tavolo autoptico. Léa Marquant indossò la maschera chirurgica e, dopo qualche secondo di silenzio, scattò alcune fotografie.

«Bene, tagliamogli i vestiti e vediamo i danni fatti dagli spari.»

Sollevò il bordo del pullover zuppo di sangue e lo aprì fino al collo. Senza smettere di guardarla, Coste tirò fuori il balsamo di tigre che spalmò sotto le narici. Entro dieci minuti, l'aria sarebbe stata irrespirabile.

La dottoressa staccò senza sforzo l'indumento dal corpo. Incredula, passò più volte la mano sul petto intatto del morto. Nessun foro di proiettile. Nessuna ferita.

«Guarisce in fretta, il suo cliente.»

Coste si avvicinò. Constatò. Emise un lungo sospiro. Guardò la dottoressa. Era contrariato, e fece come sempre. Venne al sodo.

«Tre fori sul pullover, nessuna ferita corrispondente, gli hanno messo un pullover...»

Poi proseguì per se stesso il ragionamento, in silenzio.

«Mi manda in bestia» borbottò Léa Marquant.

«Cosa?»

«Lei inizia a formulare un'ipotesi e la conclude nella sua testa.»

«Mi scusi. Mi dicevo che, se il nostro sconosciuto non è morto per gli spari, lei dovrà trovare un'altra causa del decesso... mentre io dovrò indagare su un pullover.»

Léa Marquant finì di spogliarlo e scattò un'altra serie di fotografie.

Sereno. Era l'impressione che l'uomo dava, a occhi chiusi, completamente svestito.

Eppure la notte non doveva essere stata tanto serena. Avvolto in innumerevoli giri di spago, proprio alla base, il pene faceva pensare a un ortaggio nero e avvizzito. Il medico legale si fermò, si avvicinò e aggiustò gli occhiali protettivi.

«Victor, credo che gli manchino le palle.»

Si diede un contegno, scelse un registro più adatto.

«Incisione chirurgica, ablazione dei testicoli dopo legatura. Non gli sarà piaciuto, le ferite sono ante mortem, direi. Ne dà conferma l'uso di quello che mi sembra uno spago da arrosto alla base del pene, come laccio emostatico.»

«Non conferma niente, precisa.»

«Cioè, Sherlock?»

«Volevano che fosse vivo mentre glieli tagliavano, e che lo fosse anche dopo. Insomma, precisa.»

Un angolo del labbro si sollevò in un sorriso discreto: Léa Marquant apprezzava l'intelligenza vivace del poliziotto. Continuò a ispezionare ogni centimetro quadrato, poi rigirò il cadavere con l'aiuto di Coste.

«La rigidità cadaverica è presente in tutto il corpo, che resta tuttavia ancora un po' elastico. La morte non risale a più di sei ore fa. Decremento postmortale della temperatura, il corpo è un po' freddo. Non vedo piaghe, né altre alterazioni visibili. Cercherò eventuali ecchimosi sottocutanee.»

Fece scorrere fino a sé il tavolino degli strumenti e scelse uno scalpello. Appoggiando la mano sul polpaccio, incise in profondità la pelle e la carne nel senso della lunghezza. Il muscolo si aprì sbocciando, come un fiore rosso.

Nell'altrui indifferenza, il gigante, con il viso schiacciato sul tavolo, spalancò un occhio.

«Non vedo nulla di particolare, nessuna traccia di percosse.»

La dottoressa si chinò e afferrò saldamente l'altro polpaccio per inciderlo con lo stesso gesto, rapido e preciso.

Con un lamento acuto e assordante, il morto si sollevò sui gomiti. Coste e la donna si paralizzarono. Il morto storse il collo all'indietro e guardò i polpacci aperti prima di girare la testa verso i due, rimasti di sasso davanti a lui. Tentò di sollevarsi ma crollò rovesciando i tavoli carichi di strumenti e boccette, in un fracasso di metallo e vetri rotti. Caduto pesantemente

mente malata, abbastanza tortuosa da evirare la sua vittima prima d'infilargli un pullover crivellato di pallottole e di mandarlo a farsi squarciare su un tavolo autoptico.

Un omicidio è una coltellata, uno sparo o una bella sprangata. Qualcosa di spontaneo, fatto in fretta e furia, con un minimo di premeditazione. Un omicidio è spesso arrangiato alla meglio. Soprattutto non è teatralizzato.

Dietro al nuovo caso, Coste vedeva già arrivare i guai.

Un'ambulanza fece una manovra difficile per parcheggiare in retromarcia fuori dall'istituto. Per la seconda volta, il corpo del gigante gli passò davanti, meno morto, attaccato alla flebo, diretto al reparto medico-giudiziario dell'ospedale Jean-Verdier di Bondy. Coste gettò la sigaretta, che volteggiò al rallentatore per spegnersi toccando l'acqua. Tirò fuori il telefono e riassunse ad Aubin la strana piega presa dall'indagine.

«Piantoniamo la camera fino al suo risveglio. I vestiti e i prelievi li invio per un confronto del DNA. Ci spero poco, ma temo che non sia suo il sangue sul pullover.»

«Una seconda vittima?»

«Un buon inizio d'anno.»

Coste salì in macchina. Attraverso la porta vetrata dell'istituto scorse Léa Marquant con un caffè in mano. Nell'altra, qualche moneta che infilava nervosamente nel distributore di snack. Aveva appena aperto un individuo vivo, la cosa le avrebbe sconvolto un po' la giornata. Di certo non sarebbe stato facile farsene una ragione.

Avrebbe dovuto raggiungerla. Parlarle. Scusarsi.

Ma di cosa?

Sospirò e mise in moto.

6

Bobigny, commissariato

Un labirinto rettangolare di vetro e metallo su tre piani, con un lungo giardino al centro. Al pianterreno, il posto di polizia e la delinquenza quotidiana, quasi consueta. Al primo, gli uffici della pubblica sicurezza dipartimentale incaricata della delinquenza media. Quanto più si sale, tanto più la criminalità si accentua.

Ultimo piano: Servizio dipartimentale di polizia giudiziaria della Seine-Saint-Denis. SDPJ 93.

Ala nord, gli uffici dell'Antidroga con quel costante odore di cannabis sprigionato dagli ultimi sequestri. Orari sfasati, facce stanche, look da mensa dei poveri, tanto da non distinguere il poliziotto dall'informatore. Più in là, la Finanziaria, un po' più ovattata, un po' più di classe, i soli dai quali si può trovare un tè, con i loro fascicoli di reati economici come unico arredo, pile su pile di volumi poderosi. In fondo, la Sezione specializzata in stupri e rapimenti, sempre in effervescenza, abituata a chiudere un caso mentre se ne aprono altri due.

Ala sud, la Brigata Antigang e la bandiera con il teschio. Qui le rapine si fanno con il fucile d'assalto e il lanciarazzi. Ci vuole un pizzico di follia per farne il proprio pane quotidiano. Il teschio come portafortuna è perciò giustificato. Infine, le due squadre dell'Anticrimine dove atterrano tutti gli omicidi del dipartimento 93: sei uffici separati da uno spogliatoio, dove si asciugano i vestiti insanguinati delle ultime vittime prima di metterli sotto chiave. Poiché di solito lo spogliatoio è pieno, può succedere che i poliziotti appendano alle finestre maglioni lacerati o gonne strappate.

Inoltrarsi nei corridoi della Giudiziaria è affrontare quanto di peggio nasconde l'uomo.

Di fronte al commissariato, a una quindicina di metri, la Corte d'appello di Bobigny, cinque piani e tre seminterrati di un'architettura contrastata, tipo accumulo di mattoncini Lego.

Da un lato la Polizia, dall'altro la Giustizia. Fianco a fianco, al centro del 93, fronteggiano ondate di quartieri popolari a perdita d'occhio, come due incrociatori.

Dietro la porta dell'ufficio «Squadra anticrimine 1», il capitano Victor Coste accese il computer. L'icona della posta elettronica saltellava. Le impronte avevano trovato un proprietario. Si collegò al server, entrò nel database della Scientifica e lesse ad alta voce i dati, a beneficio di Aubin.

«So che apprezzerai l'ironia: il nostro gigante si chiama Bébé. Bébé Coulibaly, nato nel 1985... cioè ventisette anni. Domiciliato a Bobigny, cité Paul-Vaillant-Couturier.»

Seduto dietro una scrivania perpendicolare a quella di Coste, Aubin maltrattava la tastiera in risposta alle informazioni ricevute, per frugare nello schedario della polizia.

«Eccolo, Bébé Coulibaly. Non è ricercato. Niente macchina, niente patente. Ha però una bella fedina. Sorvoliamo sulle scappatelle di gioventù, arriviamo a una rapina a mano armata nei primi anni da maggiorenne, poi dal 2005 si specializza in stupefacenti. Sconta due anni a Fleury per traffico di droga, esce nel 2008 e sparisce dai radar fino al 2010, quando si concede un ritorno sulle scene degno di nota... Un'accusa di stupro finita con il ritiro della denuncia. Un classico.»

«Bel cliente. Vedremo cosa ci dirà quando si sveglia. Nel frattempo, parti dal SALVAC.»

Aubin si accigliò. In modo abbastanza arbitrario, era stato nominato referente del programma dalla loro caposezione, avendo lei stessa ricevuto l'ordine dal commissario capo Stévenin, che certamente aveva dovuto ubbidire a qualcuno più in alto, uno di quelli con un vestito su misura.

Il SALVAC è un database molto potente. Compila, analizza e cerca nessi per individuare analogie fra le indagini. Modus operandi, luoghi, date, reati, descrizione e profilo psicologico di criminali noti. Se i fatti sembrano riconducibili allo stesso soggetto o alla stessa organizzazione criminale, le indagini vengono accorpate e il magistrato autorizza l'invio del fascicolo all'ufficio di polizia più competente. Inventato e usato dai canadesi da più di vent'anni, era sbarcato in Francia nel 2005 e, per la polizia giudiziaria del 93, toccava a Mathias Aubin accollarselo, cercando di cavarsela come meglio poteva.

Aprì il programma. SALVAC gli augurò il benvenuto. Digitò la matricola e il codice di accesso. Lo schermo sfarfallò, poi l'interfaccia lo identificò: AUBIN Mathias – MLE 46556X – SDPJ 93.

«Okay, ho inserito la modalità operativa e le prime descrizioni... Se ci sono corrispondenze con un altro caso, gli analisti ce lo diranno domani.»

Sam e Ronan fecero il loro ingresso lanciati in una discussione animata, dalla quale risultava che guidare una motocicletta a più di centoquaranta chilometri orari sulla circonvallazione era un'autentica stronzata, e che a quella velocità anche per un droide di *Guerre stellari* sarebbe stato verosimilmente complicato evitare un'auto che sbanda. Entrambi sprofondarono nel vecchio divano rosso di fronte alle scrivanie di Aubin e del capitano Coste.

«Non abbiamo niente. Né videosorveglianza né testimoni.»

Sam proseguì: «D'altra parte... in quei magazzini abbandonati e a notte fonda, sarebbe stata una sorpresa. Aggiungo che Ronan guida come un coglione, in moto con lui non salgo più. A quella velocità, nemmeno un droide...».

«Cazzo, ce l'hai proprio con i droidi stamattina! Anziché fare lo spiritoso, digli delle tue ricerche da geek.»

Un po' a disagio, Sam cominciò.

«Be', vi sembrerò un adolescente a caccia di sensazioni, ma ho cercato sul web. Sapete cos'è uno zombi?»

Coste s'infuriò.

«Mi prendi in giro?»

«Aspetta prima di strillare.»

Tirò fuori dallo zaino un tablet, poi fece scorrere il testo visualizzato fino a trovare il paragrafo giusto.

«Nella mitologia vudu haitiana sono chiamati morti viventi. È una credenza che si estende dall'Africa all'America del Sud. L'ho trovato su un sito che si chiama "Dark Refuge". Lo zombi è un poveretto, vittima di un sacerdote vudu che viene chiamato houngan, che gli rifila la tetrodotossina. È una sostanza che si trova nel pesce palla o nel rospo delle canne e che provoca ottundimento e blocca i movimenti volontari. Ma lo zombi resta cosciente e continua a sentire quello che gli succede attorno. Viene seppellito, poi esumato, e grazie a un antidoto, esce dalla letargia per essere ridotto in schiavitù. Il sito dice che ancora oggi esistono testimonianze che parlano di aziende agricole che usano questi schiavi zombi.»

Poco persuaso, Coste stemperò. «Se non ti secca, prima vedo i risultati dei prelievi. E se non esce fuori niente ti pago io stesso un biglietto per Haiti.»

Ronan aggiunse: «Partecipo alle spese».

Coste si rivolse ad Aubin che se la rideva, come a malincuore: «Non ti mancheranno quando sarai ad Annecy?».

«Sai bene perché filo via.»

«Eh già, la famiglia. È importante, come no!»

Aubin lo rimproverò con garbo: «Che ne sai, tu?».

7

Coste si riservava il diritto di andare da solo alle autopsie. Ronan, uno sveglio nei rapporti uomo-donna, aveva notato subito una certa chimica fra il capitano e il medico legale. Sfoggiando un sorriso canzonatorio, porse a Coste il ricevitore silenziato con la mano e gli suggerì con ripetute strizzatine d'occhio che al telefono c'era la dottoressa Léa Marquant.

«Victor?»

Senza guardarlo, il capitano gli indicò la porta e Ronan si allontanò strisciando i piedi, come un bambino mandato a letto prima della fine del film.

«Sì, mi dica.»

«Due cose. La prima è che il centralino dell'obitorio è intasato da chiamate di giornalisti intenzionati a saperne di più sui redivivi. S'immagina le rogne che avrò?»

«Mi dispiace, ma le garantisco che la fuga di notizie non viene dalla mia squadra. Non avrei mai permesso che lei fosse coinvolta.»

«Le credo, in realtà non sono sicura della discrezione dei miei colleghi. Ma soprattutto... mi preoccupano i giornali di domani. Una pubblicità disastrosa per il nostro lavoro.»

«E la seconda cosa?»

«Sì, scusi. Era imbottito di barbiturici, il suo uomo. In certi casi, questo può portare a un coma profondo caratterizzato dalla completa scomparsa di ogni segno neurologico e persino da un'assenza di attività cerebrale. Il polso è più debole ed è possibile non accorgersene, il che spiega l'errore del primo medico, con il freddo in aggiunta e la scarsa attenzione, viste le circostanze e l'ora. La dose massiccia di barbiturici che abbiamo trovato nel sangue può in effetti provocare un coma ipertonico, che ho scambiato per rigidità cadaverica. Primo errore. Gli stessi farmaci inducono anche ipotermia, che ho scambiato per freddezza cadaverica. Secondo errore. Coste, il suo cadavere era una trappola di merda e io ci sono cascata come una principiante.»

«Se può rassicurarla, lei non sarà l'unica a dover dare spiegazioni. La smetta con i sensi di colpa, le abbiamo affibbiato un morto e lei ha agito come al solito.»

«Non si deve mai fare un'autopsia come al solito. Mi racconterà come andrà a finire, vorrei però capire, cazzo!»

Il capitano si domandò se il turpiloquio fosse una costante anche ai pranzi di famiglia.

Le rinnovò mentalmente l'invito a prendere un caffè in un posticino tranquillo, poi, incapace di formulare la frase, si nascose dietro un «la chiamerò».

Come si aspettava, fu convocato dalla caposezione. Appesa al telefono, la comandante M.C. Damiani snocciolava «sissignore» e fece cenno a Coste di sedersi. M.C. Damiani... Firmava le lettere sempre in quel modo. Probabilmente pensava che Marie-Charlotte non fosse un nome adeguato alla comandante delle due squadre anticrimine del 93. Si fermò su un «sissi...», poi riattaccò come aveva fatto l'interlocutore, senza darle il tempo di finire la frase.

Un po' imbarazzata, si raddrizzò.

«È al corrente della stampa?»

«Sì.»

«Sa che questo caso è perlomeno... insolito... Il gran capo

vuole informazioni al più presto per riferire al prefetto. È una brutta, ma davvero brutta storia.»

Se fosse dipeso da lui, Coste avrebbe aggiunto un altro «brutta». La comandante proseguì: «Per il dipartimento è una gran brutta rogna avere uno svitato che si diverte a torturare la vittima e, in via accessoria, a pigliarci per il culo. Questa non è Hollywood, questa è la Seine-Saint-Denis».

«Lo so. Me lo dice come se io c'entrassi qualcosa.»

«Glielo dico perché voglio che liquidi questo casino al più presto così da tornare ai nostri affari. Voglio la calma in questa sezione, niente cinema.»

Con i capelli bianchi tagliati corti e il viso che tradiva la cinquantina piena fino all'orlo, Damiani aspirava a salire di grado per aumentare la pensione e andarsene nella casa che aveva fatto costruire per la famiglia, quando questa parola aveva ancora un significato. Voleva semplicemente deporre pistola e tesserino, e prendere congedo per approfittare delle opportunità che le rimanevano.

La storia del nero che aveva deciso di non morire non la divertiva.

«E il sangue sul maglione è il suo, oppure è una tegola supplementare?»

«Aspettiamo il laboratorio per il DNA.»

«Va bene, gli darò un'accelerata, domani avrà la risposta. Prima, però, se la sbrighi con quel tizio non appena si sveglia! Mi aspetto una storia che stia in piedi e con un colpevole, per favore.»

«Come tutti noi, comandante.»

«No, Coste, glielo assicuro, io più di lei.»

Coste reputò che il colloquio fosse finito. Si era appena alzato e già Damiani rispondeva a un'altra telefonata. Lo trattenne ancora un istante.

«Perde Aubin e guadagna un nuovo tenente. Una donna. Le ho tirato fuori il curriculum. È ancora troppo inesperta per occuparsi del SALVAC, ma il capo s'incarica di affiancarle qualcuno.»

Come per porre rimedio a eventuali future complicazioni, le parve opportuno precisare: «Victor, lei non ha scelto questa recluta, ma non voglio scuse: sia gentile, non me la demolisca in tre mesi, è fresca di accademia. Diciamo che gliela mollo in prova. E tenga lontano Ronan, niente storie di sesso qui da noi, grazie».

8

Ultimo piano del piroscafo di vetro. Nel suo ufficio, il commissario capo Stévenin, al comando della polizia giudiziaria del 93, tentava di sottrarsi senza troppi danni a una conversazione dello stesso tenore.

«Un certo Bébé Coulibaly. È sotto stretta sorveglianza all'ospedale Jean-Verdier, i miei uomini aspettano che si svegli per torchiarlo.»

«Torchiarlo? Dica un po', Stévenin, non lo hanno già fatto?»

Il commissario sospirò tra sé. Quando il direttore della polizia giudiziaria era di malumore, l'opzione migliore era chiudere il becco. Ascoltò il seguito.

«Impossibile agire con discrezione, ormai abbiamo i giornalisti tra i piedi, naturalmente. La situazione è fin troppo romanzesca per non ispirare la penna. Badi bene, li capisco, questa storia mi avrebbe incuriosito se fosse capitata altrove. Qui, invece, inizia a scocciarmi, capisce?»

«Capisco.»

«Chi se ne occupa?»

«Coste e la sua squadra. Con il tenente Aubin che se ne va domani.»

«Sono al corrente. Due anni che gli agitiamo davanti la stessa carota, a un certo punto bisogna saper cedere.»

«E ha pensato a un sostituto per il SALVAC?»

«Certo. Se dovessi contare solo su di lei... Ho qualcuno che andrà a pennello. Aspetta solo di rientrare in attività.»

Stévenin mendicò il resto dell'informazione.

«Posso permettermi di chiedere chi... così almeno l'idea sembra venire da me...»

Il direttore della polizia giudiziaria aveva la fama di essere un uomo dai modi bruschi e vessatori, che usava l'umiliazione, talvolta in pubblico, con intelligente perversità.

«Malbert. Le mando Lucien Malbert. Il mio vice l'ha istruito a grandi linee, ma lascio che sia lei a introdurlo all'Anticrimine, avrà così l'impressione di partecipare.»

9

La giornata di mercoledì era finita senza che le condizioni di Bébé Coulibaly consentissero d'interrogarlo. L'indomani, arrivato per primo in ufficio, Coste beveva già il suo secondo caffè, approfittando di un momento di calma. Passava meccanicamente in rivista il manifesto dell'APEV, l'associazione che forniva sostegno alle famiglie i cui figli erano scomparsi o erano stati rapiti. Attaccato con lo scotch al distributore, ritraeva una decina di visi di bambini che gli sorridevano con aria felice. Il manifesto è obbligatorio, e deve essere appeso in ogni commissariato francese, in un posto ben visibile, affinché tutti, poliziotti e visitatori, possano impregnarsene. Immaginava i genitori distrutti, nel silenzio di una camera vuota, mentre sfogliavano gli album di famiglia alla ricerca della fotografia più somigliante senza poter fare a meno di scegliere la più bella. Risultato: un mosaico improbabile di ragazzini che ridono a crepapelle sotto la scritta «Scomparsi» in maiuscole rosse. Quanto basta per demoralizzare chiunque. Alcuni sono scomparsi da così tanto tempo che accanto alla foto è stato messo un ritratto invecchiato, realizzato da esperti dell'evoluzione facciale. Invecchiamento virtuale corrispondente, secondo loro, all'aspetto che avrebbero oggi. Per esperienza, Coste sapeva che iniziare a immaginare la trasformazione del viso di un bambino scomparso significava che non c'erano più molte speranze.

Lasciò la saletta del caffè, tre sedie scompagnate attorno a un distributore di bevande calde, ed entrò nel suo ufficio. Fece posto alla tazza spostando alcuni fascicoli sulla scrivania di Aubin, vuota a poche ore dalla partenza.

Compose il numero diretto del laboratorio. La responsabile dell'Istituto nazionale della polizia scientifica rispose e lo salutò con un accento che Coste localizzò nei dintorni di Perpignan.

«I prelievi ematici corrispondono a un uomo che si chiama Bébé Coulibaly, ma questo lei lo sa. Invece, il sangue sul maglione non è lo stesso. Mi spiace, ha un secondo individuo.»

Coste chiuse gli occhi. Ovvio, altrimenti sarebbe stato troppo facile.

«Già registrato nello schedario?»

«Sì, Franck Samoy, nato il 15 marzo 1982. Le invio il referto per mail.»

Franck Samoy. Coste controllò nello schedario. Un tossico che tirava a campare, segnalato per storie di droga senza peso. Paragonato ai soliti personaggi, sembrava quasi un bravo ragazzo. Nessun mandato a carico, mai in prigione, fortunato proprietario di una BMW rossa modello 633 anno 1982, quello della sua nascita.

L'eventualità di un altro morto si librava come un fantasma sulle divine statistiche. La comandante Damiani la prese piuttosto male e Coste fu invitato senza mezzi termini a darsi una mossa. Inviò Sam e Ronan a verificare l'indirizzo del proprietario del pullover e chiese ad Aubin di chiamare l'ospedale Jean-Verdier per sapere come era messa la bella addormentata nel bosco.

Un po' stressato, il medico di turno li pregò di sbrigarsi: il gigante si era svegliato e cominciava a smaniare.

Lungo il tragitto i *choufs*, le sentinelle dei casermoni

popolari, fischiarono vedendoli passare, sebbene fossero in un'autocivetta, avvertendo gli spacciatori della presenza della legge. Ragazzini non più alti di una buca delle lettere si misero a gridare. «*Artena! Artena!*»*

Bisogna essere fisionomisti per guadagnarsi il lavoro di sentinella, ma stavolta era facile, con quei due tipi dal grugno tignoso su una 306 grigia. Mancato rispetto del rosso sul ponte di Bondy con la sua orda di mendicanti sciancati. Ponte di Bondy, corte dei miracoli.

Parcheggiarono davanti al reparto medico-giudiziario dell'ospedale ed entrarono in un edificio dalla vernice sbiadita e dal linoleum crepato. Coste si fermò al chiosco di giornali sperduto in un angolo dell'atrio.

«Vuoi portargli qualcosa da leggere?» scherzò Aubin.

Coste non reagì. Il titolo «I morti risuscitano all'obitorio di Parigi» lo aveva bloccato di colpo. Corredato di una fotografia dell'Istituto di medicina legale rischiarato da un cielo minaccioso, come una casa stregata. Pensò a Léa Marquant. L'avrebbe chiamata in giornata.

Certamente.

Diede una scorsa all'articolo mentre Aubin mostrava il tesserino al bancone della reception. Un'infermiera li guidò con passo strascicato alla camera 21, poi fece dietrofront senza rivolgergli la parola.

Steso bocconi, Bébé Coulibaly accolse il loro arrivo con un grugnito in cui Coste distinse la parola «sbirro» e un paio d'insulti a mo' di punteggiatura.

Si sedette accanto al letto che conteneva a malapena il paziente.

«Ti chiami Bébé Coulibaly, hai ventisette anni, il tuo campo di gioco è Paul-Vaillant-Couturier a Bobigny e ieri sera...»

Cercò le parole giuste.

* In arabo significa «lascia perdere» o «lasciaci in pace».

«... sei stato aggredito selvaggiamente e mutilato. Non è roba da poco. Te ne rendi conto? Ci vedi un motivo, tu?»

«Niente.»

«Niente non è davvero una risposta. Non sai chi può averlo fatto?»

«Se lo sapessi, ti giuro che regolerei da solo la faccenda.»

«Eh già, capisco, sei un giustiziere. Conosci un certo Franck Samoy?»

«Non conosco nessuno.»

«Eppure avevi addosso il suo maglione.»

Due grosse rughe si formarono sulla fronte del gigante, facendo supporre un tentativo di riflessione. Poteva volerci un po'. Coste si tolse il cappotto e lo sistemò sullo schienale della sedia prima di proseguire: «Sta' a sentire, capisco che non ti piacciamo molto, ti garantisco che è lo stesso per noi, ma siamo di fronte a una situazione in cui tu e io dobbiamo fare uno sforzo. Tu per parlare e io per trovare la voglia d'indagare quando la vittima è come te, un rapinatore riconvertito nello spaccio. E poi, sul serio, quanto sei? Circa due metri? E ti sei lasciato sequestrare?».

Rassegnato, Bébé si girò di un quarto verso i due poliziotti.

«Sta' a sentire tu, sbirro. Mi ricordo tre cose. La prima, sto sistemando la corrente nella mia cantina. A un certo punto ho sentito come un gelo sul collo. Niente più suoni, buio. La seconda, mi sveglio. Sono a pancia in giù, non posso muovermi, ho la bocca impastata. All'inizio credo di essere al buio. Poi ho sentito rumori di passi. Ho girato la testa a destra e a sinistra e mi sono accorto di avere una stoffa sulla faccia. Era un cappuccio del cazzo. E sento che mi avvolgono qualcosa attorno...»

Nonostante la mole e un muso da chiedergli scusa anche senza avere torto, non sembrava pronto a rivivere quella storia.

«... poi sono svenuto.»

«E la terza cosa?»

«Sei tu, furbacchione, che mi spiani contro la tua arma.»

«Mi hai un po' preso alla sprovvista, lo ammetto. Avevi un cellulare addosso?»

«Prima che ti dia il telefono ce ne corre! Mi tratti da spacciatore, no? Lo hai mai visto uno spacciatore che molla il telefono?»

«Me ne frego dei tuoi traffici, non sono dell'Antidroga, ma se hai un telefono possiamo vedere che tragitto hai fatto. Se invece te lo hanno rubato, possiamo forse capire dov'è adesso, ti è chiaro?»

«Il mio telefono non si è mosso da casa, non l'ho preso scendendo in cantina.»

Coste si girò verso Aubin.

«Fallo deporre, in modo dettagliato. Voglio anche il numero della cantina. Intanto chiamo gli altri.»

Aubin aprì la valigetta computer-stampante.

«Bene, cominciamo dall'inizio. Nome e cognome. Data di nascita.»

Nell'atrio dell'ospedale, Coste prendeva appunti con il cellulare incastrato tra l'orecchio e la spalla. Ronan e Sam erano andati a casa di Franck Samoy.

«Quello lì è una spina nel cuore della povera madre. Con cui abita a Romainville, cité Youri-Gagarine. Una camera apposta per lui, un po' d'indumenti, due o tre palline di fumo. La madre ci ha offerto un caffè e ci ha dato il numero di cellulare del rampollo che le dà tanta pena.»

Il livello di empatia di Ronan non aveva mai superato lo zero.

Sam, nel suo elemento, aveva avviato le prime ricerche per localizzare il telefono. Tabulati delle ultime chiamate e spostamenti degli ultimi due giorni. Avevano il sangue, mancava solo il donatore.

Coste camminava avanti e indietro quando fu raggiunto da Aubin all'ingresso dell'ospedale.

«Ti va di dare un'occhiata alla cantina di Bébé?»

10

Cité Paul-Vaillant-Couturier, stabile F

Per entrare nella maggior parte dei palazzi dei quartieri popolari, le famigerate cité, della Seine-Saint-Denis, basta spingere la porta. Quello di Bébé non faceva eccezione. Un citofono divelto dal muro, appeso a un filo elettrico. Vetri dell'atrio rotti, serratura fracassata, cassette della posta vandalizzate per i più fortunati, bruciate per gli altri. Benvenuto.

Al -2, in un corridoio simile a un tunnel, qua e là illuminato da lampadine nude alimentate da fili che percorrevano il soffitto, si fermarono davanti alla cantina 38. Coste usò il passe-partout che gli aveva prestato la portinaia e aprì. Apertura a sinistra, dunque luce a destra. Tastò il muro per trovare l'interruttore. Una luce intensa svelò un mucchio di scatole di cartone piene di vestiti e due biciclette schiacciate dalla carcassa di un motorino.

«O ha avuto il tempo di ripristinare la corrente prima di farsi impacchettare, o qui non c'era nessun problema elettrico.»

Coste annuì e andò a ispezionare le altre cantine. In fondo al corridoio, la serratura della 55 era rinforzata da un catenaccio.

Qualche minuto dopo, Aubin ricomparve con un grimaldello. Il catenaccio non resistette e cadde, poi il passe-partout aprì la porta. L'interruttore non funzionava. Coste accese la Maglite e, puntando il fascio di luce sul pavimento, si mise a contare una decina di preservativi, alcuni mozziconi di spinelli, l'equivalente di due confezioni di birra in lattine sparse e un materasso, ocra per la sporcizia, senza lenzuolo.

Aubin accese la sua torcia.

«Qui sì che c'è lavoro per un elettricista.»

Il fascio luminoso si rifletté su un involucro argentato. S'inginocchiò e raccolse tre blister vuoti che spianò per leggerne il nome.

«Viagra e Cialis. Efficace. Vero è che c'è da vergognarsi se non ti viene duro di fronte agli amici.»

Coste vedeva le cose in modo diverso.

«Mi dico soprattutto che una ragazza finita qui non avrà mai più una possibilità di cavarsela.»

«Mandiamo i preservativi per il DNA?»

«Quattrocento euro ad analisi, dove lo trovi un magistrato disposto a scialacquare diecimila euro del bilancio per una cantina da stupro di gruppo? E il laboratorio ci darà i risultati fra sei mesi. Comunque, non c'è la minima prova che colleghi Bébé Coulibaly alla cantina...»

Coste indietreggiò.

«... la cantina 55. Ci offre solo un nuovo punto di vista sul caso.»

Tornato alla luce, Aubin faticò parecchio a liberarsi della portinaia e del suo elenco di disgrazie. I ragazzi negli atri, le gare in motorino nei parcheggi, la musica troppo alta, gli squatter, la polizia che sfonda le porte alle sei del mattino e, certo, nessuno che viene a sostituirle. Aubin uscì dalla guardiola mentre la portinaia continuava sullo slancio l'assolo. Riferì a Coste.

«A quanto pare la cantina 55 non è di nessuno, o meglio è la cantina di un appartamento non ancora assegnato dal municipio. Allora, come dice la portinaia che fa la filosofa, “la natura ha orrore del vuoto”...»

«E l’appartamento?»

«Secondo la rompicoglioni è a posto, in attesa di essere consegnato a una famiglia.»

«Magari dovremmo...»

«Ho la chiave.»

Dieci piani più su, saliti in mezzo al tanfo di urina e di bruciato, fecero girare la serratura di un alloggio arredato di cinque vani, tipo appartamento campione, che si distingueva nettamente dalla sporcizia circostante. Moquette nuova, carta da parati nuova, odore di pulito.

Coste si appostò davanti alla finestra, che offriva un panorama urbano di zone industriali e casermoni. Accese una sigaretta.

«Lo vedi anche tu che si preannuncia uno dei casi più di merda della mia carriera?»

«In tutta onestà, ho già la testa altrove e non riesco neanche a essere dispiaciuto per te.»

«La tua sostituta è appena uscita dalla scuola. Una novellina. De Ritter Johanna. Non ha mai messo piede nel 93. Sarà proprio di grande aiuto...»

11

Seduti in salotto, Sam e Ronan concludevano la visita a Suzette Samoy. La donna tentava di sfilare con difficoltà dalla cornice di plastica una fotografia del figlio, vestito a festa per il matrimonio di un cugino, e contemporaneamente cacciava via un vecchio gatto incuriosito dalla scena. L'animale, offeso, saltò pesantemente sotto il tavolo e fece lo slalom tra le gambe dei due poliziotti per acquattarsi su un mobile tivù senza tivù. L'inconveniente di avere un figlio tossicodipendente bisognoso di rivendere tutto quello che poteva.

Nel frattempo, Sam ricevette la fotografia di Franck Samoy estratta dallo schedario.

Messe fianco a fianco, la fotografia scattata durante il matrimonio e quella nei locali della polizia facevano l'effetto di una pubblicità prima/dopo. Prima della droga, dopo la droga. Occorreva togliere una quindicina di chili, ingrigire i contorni degli occhi, ingiallire i denti rimasti, aggiungere dieci anni di stanchezza e uno sguardo da riccio paralizzato dai fari di un fuoristrada per intravedere più o meno la stessa persona.

«Tenetevi pure la foto, ma se lo mettete in prigione potreste passare da qui con lui, così gli do roba pulita e lo abbraccio?»

Ronan sospirò. Sam promise. Il gatto approfittò della porta aperta per scappare e Suzette si mostrò dignitosa fino a quando sparì dalla loro vista.

«Dovevi sospirare per forza?»
«Uno ha i figli che si merita» rispose Ronan.
«Di sicuro è quello che si dice tua madre...»

In possesso delle due fotografie, si misero alla ricerca dei compagni di malasorte di Samoy o di qualche informazione. Sam pressava Ronan: non aveva voglia di trascorrere il pomeriggio nei dintorni della cité Youri-Gagarine di Romainville.

«Su, datti una mossa, ci aspettano centinaia di scampanellate se vogliamo farlo bene. Cominciamo dagli stabili a nord e finiamo con quelli a sud.»

«Ti dai delle arie da guida indiana, adesso? Dove diavolo è il nord?»

«Alza gli occhi e cerca le antenne paraboliche sulle finestre. Sono tutte rivolte a sud, è una costante. Ora che sai dov'è il sud, ce la fai a scovare il nord?»

«Ai tuoi ordini, Pocahontas.»

In quella strana coppia, Ronan s'incaricava d'interrogare, mentre Sam, con il suo aspetto da ingegnere informatico, prendeva appunti. Trovarono porte chiuse, famiglie che preferivano il silenzio alle seccature, vecchi sordi come una campana e giovani che li mandavano a quel paese. Fine dell'operazione. Un'inutile indagine porta a porta, il che era tipico del 93.

Sam aveva badato a parcheggiare il più lontano possibile dalla cité. Eppure le gomme della C3 di servizio erano state bucate e, attraverso un finestrino rotto, avevano svuotato un estintore nell'abitacolo. L'intrusione di due poliziotti che facevano troppe domande non era passata inosservata. Quattro ore sprecate più il ritorno con i mezzi pubblici.

Al loro arrivo, Aubin aveva già preparato il brindisi di addio e sul grande tavolo della sala riunioni le bottiglie di champagne erano state sistemate come i birilli del bowling. Ronan informò Coste prendendolo in disparte.

«La C3 è fuori combattimento. Il carro attrezzi l'ha rimorchiata fino al nostro garage.»

«Un incidente?»

«No, ci hanno individuato.»

«Ci rimane la 306 ma sta per tirare le cuoia. Per domani mi farò prestare una macchina da un'altra squadra. Tu chiama il tuo amico del garage e digli di mettere la C3 in cima alla lista, altrimenti andrai a piedi per settimane.»

Con una coppa in mano, il commissario capo Stévenin elogiò il tenente Mathias Aubin definendolo poliziotto fuori del comune e ottimo collega. Probabilmente qualunque poliziotto, al momento della partenza, era sempre fuori del comune e il miglior collega in circolazione.

I superiori svanirono insieme allo champagne, che lasciò il posto ai superalcolici. La serata durò un tempo infinito e man mano le parole si esaurirono insieme alle conversazioni. Alle due del mattino, Sam caricò Ronan come un mucchio di panni sporchi sul sedile posteriore dell'auto. Quanto a Coste, s'incaricò di accompagnare Mathias fino al suo villino di periferia. Arrivato a destinazione, parcheggiò di traverso e, con la discrezione degli ubriachi, barcollò lungo un giardinetto ridicolo facendo attenzione a non calpestare i fiori mentre sorreggeva l'amico tenendolo sottobraccio, come un ferito di guerra. La luce dei gradini d'ingresso si accese e Laure Aubin, insonnolita, accolse i due uomini. Diede un'occhiata sconfortata alle aiuole, in parte devastate. Ne mise a letto uno tutto vestito e impedì all'altro di andarsene prima di un caffè bollente.

Nella casa vuota restavano soltanto la caffettiera elettrica e una radiosveglia in funzione in mezzo agli scatoloni.

«C'è lo zucchero?»

«Già impacchettato, ma se vuoi perquisire...»

«Ne farò a meno. Sei tornata per il trasloco?»

«Visto il tempo che lasci a Mathias, me lo sono sobbarcata da sola.»

Accese una sigaretta e gliene porse una. Coste si disse che era bella, anche in vestaglia e nascosta dietro i capelli. Si disse che l'amico aveva ragione a svignarsela e in più si disse che era un po' sbronzo.

«Hai coraggio» finì col buttare lì.

«Può darsi. Domattina restituiamo le chiavi di casa, per cui lo vedo come un ultimo sforzo. Ne ho abbastanza di fare tutto da sola. Sono due anni che Mathias è depresso, due anni che non ci ritroviamo, nemmeno quando siamo insieme.»

«Non pensarci più, te lo ridò.»

«Victor, ti vogliamo bene, ti giuro che ti vogliamo bene, però allontanarsi da te e dal 93 è la cosa migliore che potesse capitargli.»

Coste si beccò quell'osservazione come un pugno in faccia e con quell'idea rincasò a cercare il sonno. Da qualche tempo, sentiva Aubin sempre più distante. Da lui, dagli altri, dal lavoro. Un padre di famiglia senza i suoi, in una solitudine imposta. Non avrebbe resistito a lungo.

Si girò e rigirò nel letto, poi prese il piumone per andare a sistemarsi sul divano e lasciarsi ipnotizzare dalle trasmissioni del suo schermo gigante, unico arredo del salotto.

12

Ricevette la prima lettera anonima il giorno della partenza di Aubin. In mezzo alla solita posta presa in segreteria, trovò una busta con il suo nome e cognome scritti a mano. L'aprì e tirò fuori un foglio piegato in due.

Codice 93.
Overdose – 16 marzo 2011.
Squat dell'ex municipio di Les Lilas.

Coste si disse subito che le rotture di scatole sembravano averlo definitivamente adottato. Fece il punto per qualche secondo, ripose in testa le informazioni e stabilì l'elenco di tutte le azioni che dovevano derivarne. Prese la busta e il foglio da un angolo per lasciare meno impronte possibili, approfittò della scarsa animazione dei corridoi e li fotocopiò. Poi mise gli originali in una busta kraft più grande che nascose nel cassetto della scrivania. La carta kraft preserva meglio il DNA.

Il testo del messaggio lo indirizzava verso un caso dell'anno precedente. E quel caso doveva comportare un errore, un'omissione, un granello di sabbia che faceva sì che oggi gli spettasse posta supplementare.

Sulla busta non c'era il suo grado né il suo ufficio. La lettera gli parve privata e decise che, per il momento, lo sarebbe rimasta.

Le sette e trenta. Ancora pochi istanti prima d'incrociare i poliziotti più mattinieri.

Con le fotocopie in mano andò all'archivio dell'Anticrimine. Si chiuse la porta alle spalle e abbracciò con lo sguardo la vasta sala percorsa da interminabili file di fascicoli accuratamente catalogati. La memoria della polizia giudiziaria del 93 come un giornale di bordo del crimine.

Mentre camminava, il dito scivolò sui faldoni e i mesi sfilarono alla rovescia. Sotto gli occhi, i nomi dei colpevoli, delle vittime e i reati commessi fecero riaffiorare scene ripescate prepotentemente dai suoi ricordi. Si fermò al marzo 2011 come indicava la lettera.

Non gli fu difficile trovare il caso, che tirò fuori dal faldone, poi si sedette sulla moquette per leggere il fascicolo aperto sulle ginocchia.

I primi verbali descrivevano una giovane donna trovata morta nello squat dell'ex municipio di Les Lilas. Il suo corrispondente era beninformato. Forse un altro poliziotto?

Poiché la presenza delle forze dell'ordine aveva fatto fuggire gli occupanti abusivi, l'indagine porta a porta era risultata inconcludente. E poiché nessun documento d'identità era stato trovato sulla vittima, la donna era diventata un cadavere ignoto. Prese la trascrizione del referto del medico legale. Gli occhi saltarono di paragrafo in paragrafo, soffermandosi sui punti più salienti:

Cadavere non identificato, sesso femminile, circa vent'anni, altezza 160 cm, peso 49 kg, registrato all'obitorio con il numero 11-1237, ricevuto il 16 marzo 2011 alle ore 17:30. Autopsia eseguita dalla dottoressa Léa Marquant.

Lacerazioni vaginali multiple causate dall'inserimento di un oggetto contundente. Lesioni anali identiche – lacerazione perineale di quarto grado.

Ecchimosi agli arti superiori nelle zone di presa, probabile costrizione – dermoabrasioni da raschiamento sulle ginocchia compatibili con un trascinamento del corpo a terra.

Analisi del sangue – presenza cospicua di eroina-cocaina-cannabis.

Ulcerazione della mucosa nasale – bruxismo con necrosi dentaria – compatibile dipendenza eroina-cocaina.

Necrosi infettiva nelle zone d'iniezione: interno del gomito, dita della mano, dita e dorso del piede – compatibile dipendenza eroina-cocaina.

Causa del decesso – overdose da iniezione di eroina – edema polmonare acuto.

La serie di fotografie allegate al referto ne riassumeva il modo di vivere. O di sopravvivere? Le notti in cerca di una dose e le mattine già in astinenza. Identificazione per impronte digitali in corso. Identificazione per DNA in corso. La procedura corrente, secondo la quale le fotografie di un cadavere ignoto dovevano essere diramate a livello nazionale, era stata rispettata.

Il capitano Coste non aveva dimenticato quel giorno. Alcuni materassi nella sede in disuso di un municipio, due piani di cui uno riservato ai bagni e le finestre oscurate da fogli di giornale. Il primo giorno sul campo per Sam, appena arrivato nella squadra. Non si sa se per l'odore di merda o dei rifiuti in decomposizione, fatto sta che si era rifiutato di mettere piede in quel vecchio stabile per gli accertamenti. Ronan se n'era uscito con una delle sue: «È sensibile, la novellina».

Sfogliò il resto del fascicolo. Gli ultimi verbali mettevano fine rapidamente all'indagine. Aubin, incaricato del caso, aveva consultato il SALVAC. La giovane drogata aveva fatto parlare il programma, che aveva trovato delle corrispondenze tra il suo decesso e molti altri dovuti al consumo di eroina tagliata con prodotti letali come il gesso o la stricnina.

Una nota inviata alla procura della Repubblica con la proposta di trasmettere il caso all'ufficio centrale antidroga, e aveva ottenuto il consenso a sbarazzarsi dell'indagine.

Cinquantatré fogli. Un po' stringata come indagine. Eppure Aubin sembrava aver fatto il suo lavoro. Ma forse non abbastanza per la persona che si era sforzata di scrivere una lettera anonima. Coste doveva aver tralasciato qualcosa.

Quanto basta per innervosire un poliziotto.

Le otto e dieci. Il commissariato iniziava a destarsi. Il capitano uscì dall'archivio guardandosi intorno come se fosse in difetto e andò nel suo ufficio con la sensazione di aver commesso un reato in un edificio zeppo di poliziotti.

13

Sulla passerella a vetri che collegava l'ala nord e sud dell'SDPJ, dieci metri a strapiombo sul giardino chiuso, circa ottanta poliziotti se ne stavano dritti, immobili, alcuni a occhi chiusi, gli altri con lo sguardo fisso nel vuoto, rispettando un silenzio assoluto. Il giorno prima, un loro collega era stato travolto a centotrenta chilometri orari da una Porsche Cayenne guidata da rapinatori in fuga. Era morto sul colpo e, nella stessa operazione, si era guadagnato un grado alla memoria e un minuto di silenzio. Era l'inizio dell'anno e già la seconda volta che i poliziotti si riunivano lì in raccoglimento. Date le statistiche – diecimila poliziotti feriti all'anno, una media di una decina di morti più i suicidi – di certo quell'adunata non sarebbe stata l'ultima. Trascorsi i sessanta secondi, dopo essere stato messo brutalmente di fronte alla realtà del proprio lavoro, ognuno tornò alle indagini in corso.

La compagnia telefonica trasmise i tabulati via mail a Sam. Il cellulare di Franck Samoy era di nuovo attivo e indicava un'attività singolare. Una chiamata in entrata di pochi secondi ogni tre ore precise. La prima alle nove e l'ultima alle ventuno, trasferite verso la segreteria senza un messaggio, ogni giorno da tre giorni. Troppo regolare per essere fortuito. Sam analizzò le celle attivate dalle chiamate e localizzò il telefono, strada più strada meno. Lanciò una manciata di fermagli su Ronan, seduto di fronte, concentrato su una rivista che sicuramente aveva già letto.

«Non perdo tempo a spiegarti di nuovo la funzione di una cella nel mondo della telefonia. Ti basta sapere che il cellulare di Samoy emette il segnale a Pré-Saint-Gervais, zona residenziale del quartiere Belvédère, in un perimetro di quattro strade.»

«Chi?»

Sam posò su di lui lo stesso sguardo che avrebbe avuto per un ritardato mentale.

«Franck Samoy! Il tizio che cerchiamo. Il sangue sul pullover del gigante. Cazzo, ieri abbiamo incontrato la madre! Ci sei oggi o è il tuo ologramma?»

Ronan chiuse la rivista e spazzò via i fermagli dai jeans.

«Mi piace Belvédère, è uno degli angoli più borghesi di tutto il dipartimento. Andiamo a indagare?»

«Avverto Coste.»

14

Vedendola per la prima volta, e di schiena, Coste si era rimangiato per un pelo un «buongiorno, signore», evitando così una situazione incresciosa. Lei lo sovrastava di tutta la testa, con i capelli biondissimi tagliati a spazzola e spalle tanto larghe da permetterle di far domanda per entrare in qualsiasi squadra d'intervento del 93. Una tuta mimetica e una felpa nera confermavano l'ambiguità del personaggio.

Senza alzarsi dalla scrivania, la comandante Damiani fece le presentazioni.

«Tenente Johanna De Ritter. Capitano Coste, capo della prima squadra anticrimine.»

Coste pensò subito a Ronan, che da quando aveva saputo dell'arrivo di una recluta femmina si era immaginato tutto tranne quel tipo di donna. La reazione di Ronan non lo avrebbe deluso.

«Benvenuta, tenente.»

Lei si alzò e corresse la posizione in senso militare. Damiani non le lasciò il tempo di rispondere: «Ecco fatto, adesso potete andare. Coste, sbrighi la pratica per De Ritter, poi ritorno immediato sul campo con il suo gigante castrato e quell'altro che ha macchiato il maglione».

Uscirono entrambi dalla stanza e s'inoltrarono in uno dei corridoi interminabili della polizia giudiziaria.

«De Ritter, è così?»

«Affermativo, capitano.»

Nonostante il metro e ottanta di Coste, la donna aveva dovuto abbassare gli occhi per rispondergli.

«Okay, cominciamo a sistemare qualche punto. Io sono Victor o Coste, preferisco Coste, è mia madre a chiamarmi Victor. Ci sono due squadre anticrimine nel 93, e ci toccano quasi tutti gli omicidi. Io sono a capo della squadra 1. Durante il tuo periodo di prova prenderai la scrivania del tenente Aubin. Ho lavorato con lui dieci anni, la sua partenza è difficile per tutti e, insomma, non aspettarti subito di ottenere il consenso generale.»

«Ci sono abituata.»

Coste apprezzò l'autoironia.

«Con noi hai Ronan. Dopo la partenza di Aubin è diventato automaticamente il mio vice. Non badare troppo alle sue ciance, tieni solo a mente che, se ci troviamo sulla linea del fuoco, è sempre un bene avere Ronan al proprio fianco. È da maneggiare con cautela, anch'io lo considero un esplosivo instabile.»

«Annotato.»

«Infine, hai Sam. Non ti sarà utile in un conflitto a fuoco, ma dalla sua ha che è come una zecca. Se si attacca a un tizio, non lo molla mai. Gli affido anche tutte le indagini tecniche su cui né Ronan né io siamo ferrati. Non resta che trovare il tuo posto. Osserva, impara a cucirti la bocca, non metterti in risalto e tutto filerà liscio. Ti ricordi delle lezioni di management?»

«Non certo la mia materia preferita alla scuola ufficiali, però mi ricordo del termine stabilito dei tre mesi.»

«Esatto. Per novanta giorni ci guardi. È il tempo che ti occorre per farti rispettare, o almeno per farti accettare. Ne riparleremo fra tre mesi. Per il supporto operativo abbiamo la squadra 2 della capitana Jevric. Imparerai a conoscerla e quando lo avrai fatto la detesterai, come tutti. Il rispetto si conquista con la competenza, lei tenta di conquistarlo a furia di strilli. Conclusione, la sua squadra cambia di continuo senza che lei riesca a creare la minima coesione. È una piccola tiranna e io evito di lavorarci insieme, ma contrariamente a lei i suoi uomini sono buoni poliziotti.»

«Annotato.»

Coste si fermò davanti alla porta della segreteria della polizia giudiziaria.

«Ecco, qui è dove ti devi presentare per sapere i tuoi turni e avere i codici e i login per lo schedario della polizia. Fatti creare una casella di posta elettronica, poi sarai condotta all'armeria per prendere la pistola, il tonfa e la fascia da braccio. Le segretarie sono come le infermiere, se le hai contro, per quanto tu sia il miglior chirurgo del reparto, le cose possono complicarsi. Dovrai fare una prova al poligono con gli istruttori prima di portare l'arma. Verremo con te, un po' per sgranchirci e un po' per vedere quello che vali.»

«Ricevuto.»

«Fai frasi più lunghe, a volte?»

Johanna De Ritter si riprese, un po' disorientata.

«È solo che...»

«Ti punzecchio, abbiamo tutti cominciato così, senza sapere cosa dire all'inizio. Sta' tranquilla, rimani integra, non spettegolare troppo e nessuno noterà la tua presenza. Nei primi giorni è quello a cui devi mirare. L'invisibilità.»

Arrivato alle spalle di Coste, Sam interruppe la conversazione senza chiedere il permesso.

«Il numero che ci ha dato la madre di Samoy emette a Pré-Saint-Gervais. Riceve una chiamata ogni tre ore precise.»

«Altre telefonate?»

«Nessuna, soltanto quella lì, ogni tre ore da tre giorni, trasferita alla segreteria e senza lasciare un messaggio. La prima è alle nove, poi alle dodici, alle quindici e alle diciotto, l'ultima arriva alle ventuno.»

«Dalle nove alle ventuno, sembra quasi la giornata di un poliziotto. Qual è lo scopo? Un invito a localizzare il telefono?»

Sam si era distratto e fissava De Ritter.

«Scusa. Sam, ti presento la tenente Johanna De Ritter. Johanna, lui è Sam. Adesso ti lasciamo nelle mani della segreteria, dobbiamo andare a Pré-Saint-Gervais. A quanto pare qualcuno vuole che ci facciamo un salto.»

Sam non riusciva a togliersi il sogghigno mentre andavano verso l'ufficio.

«Sul serio, è lei De Ritter? Ronan l'ha vista?»

«Ancora no.»

«Lo sai che sono due giorni che fantastica sul suo nome?»

«Lo so, ci sarà da ridere.»

15

«Sono in auto, procuratore. Ci stiamo dirigendo verso il comune di Pré-Saint-Gervais, quartiere Belvédère. Il sangue sul pullover di Bébé Coulibaly appartiene a un certo Franck Samoy, un tossicodipendente noto alle forze dell'ordine. Siamo andati a trovare la madre che non ha notizie da qualche settimana e che ci ha dato il suo numero di cellulare. E quel numero emette un segnale nel quartiere Belvédère.»

«Pensa di trovarcelo?»

«Lo sa anche lei, è un segnale che delimita dei confini e ci offre un'area di ricerca, non un indirizzo preciso. Ma è una zona residenziale, sarà pur sempre più facile che in un quartiere di quindici casermoni di venti piani. D'altra parte, è suo il sangue sul pullover, ho perciò parecchi dubbi sulle sue condizioni di salute. Se trovo qualcosa, la chiamo.»

Coste riattaccò e ripose il cellulare nella giacca. Ronan era al volante e, dietro di lui, Sam faceva una descrizione lusinghiera e disonesta di Johanna De Ritter.

«Non è mai troppo tardi! Ci mancava un bel culetto nella squadra, ne ho abbastanza di sbirciare le tue chiappe, Sam, non sono un patito degli ambienti carcerari. E poi non c'è niente da rimorchiare in tutto il dipartimento.»

«Forse perché non sai cercare.»

«Che cazzo dici? Qui le ragazze si nascondono. Si mettono

tute da ginnastica e sputano a terra per imitare il maschio rude. Quando rincasano la sera sono costrette a cambiarsi nel metrò prima di arrivare nel loro quartiere. Per certi, qui, una ragazza con la gonna è una puttana.»

«Fai un quadro troppo nero, Ronan.»

«E la ragazza che hanno immolato sotto casa sua?»

«È successo perché filava con uno di un altro quartiere. No, tu parli di quella che si è fatta disegnare una scacchiera in faccia con la taglierina.»

«Ah già, le confondo ogni volta.»

L'auto parcheggiò in cima alla collina di Pré-Saint-Gervais.

«Sam» chiamò Coste.

Il tenente posò il tablet sul cofano e, con una manciata di digitazioni, produsse una carta del luogo.

«Bene. È un quadrato di quattro strade. All'interno del quadrato ci sono tre viali con nomi di alberi, personalmente preferisco i poeti, ma pazienza. Abbiamo dunque avenue des Acacias, avenue des Marronniers e avenue des Saules. Sono entrato in un sito immobiliare, dobbiamo accollarci settantaquattro villini. In uno c'è il telefono.»

«E con un po' di fortuna, accanto al telefono avremo Franck Samoy.»

«Sei ottimista, Ronan. Come vuoi che procediamo, Coste?»

Il capitano ragionò in fretta.

«Conosco bene il posto. Non c'è un villino a meno di quattrocentomila euro, il nostro individuo non se lo può permettere, nemmeno in affitto. O è ospite, o occupa una casa vuota. Propendo per l'occupazione. Possiamo visitare un villino dopo l'altro o cercare direttamente la vecchia che conosce il quartiere, quella che spia i vicini e che sa tutti i pettegolezzi. Evitiamo i parchi giochi per bambini, le case con una macchina nuova davanti, quelle con un'antenna parabolica e dovremmo trovare la nostra vecchia. Ronan, tu prendi Acacias, Sam Marronniers, io Saules, e il primo che ha qualcosa avvisa gli altri.»

I tre poliziotti si separarono e, circa venti minuti dopo, fu Ronan a prendere contatto. Sam e Coste lo raggiunsero davanti al numero 15 di avenue des Acacias.

«Vi piacerà un sacco. Ho una vecchia che fa sbellicare. Sapete che è questo coso?»

Mostrò un walkie-talkie per neonati, rosa e tondo, appeso all'inferriata di un villino con il giardino incolto. Una statuetta cominciava a essere priva di senso tra le erbacce e un cartello «attenti al cane» ornava la cassetta delle lettere.

«È un baby phone in posizione ricetrasmittente. Ce ne sono appesi ovunque in casa.»

Sam fischiò con stupore.

«Bravo, hai messo le mani sulla paranoica del quartiere.»

Il baby phone gracchiò.

«Quello alto con il muso strano rimane fuori! Non lo voglio qui da me. Così lo vede se sono paranoica.»

Tutti e tre alzarono gli occhi verso la casa accorgendosi di essere spiati da una sagoma che il riflesso del sole sul vetro rendeva poco distinguibile, e che poi scomparve.

Ronan, in brodo di giuggiole, non chiedeva di più.

«Tu, quello alto con il muso strano, ci aspetti buono buono mentre noi andiamo a fare i poliziotti. Puoi sostituire il cane se vuoi, è morto da un pezzo.»

«Pace all'anima sua» concluse il baby phone.

Un altro baby phone, stessa marca e stesso colore, era appeso sopra il campanello. La porta era socchiusa e un odore persistente di urina di gatto impregnava l'aria. Ronan invitò Coste a seguirlo.

«Vieni, è laggiù, in salotto.»

Una donna di età indefinibile era sprofondata in una poltrona consunta, dove una larga macchia di grasso disegnava un'aureola sul poggiatesta. Era imbacuccata in una blusa a fiori e aveva i capelli corti e tinti di quel blu improbabile che si permettono i parrucchieri delle ottantenni. La vecchia spostò appena lo sguardo dal televisore. Davanti a lei, sul tavolino del salotto, erano allineati otto baby phone, ognuno dei quali crepitava con un proprio suono coprendo quasi le parole del giornalista.

«Sempre in ascolto, figlioli. Sette finestre e una porta, otto uokitoki per sentire tutto. Così so se uno entra a casa mia o si aggira qua intorno. Meglio di un allarme.»

«Eh già, nonnetta, però gli allarmi sono direttamente collegati al commissariato, mentre lei, se qualcuno entra qui, è la sola a saperlo. E probabilmente anche l'ultima.»

La vecchia tese l'orecchio.

«Come?»

«Dicevo...»

Coste lo interruppe: «Non dicevi niente, Ronan. Adesso ti siedi e mi fai parlare con la signora».

«Ah, è lui il capo. Vuole un caffè e i biscotti?»

Aggiunta agli odori poco allettanti, la sottile pellicola di grasso appiccicoso che sembrava ricoprire ogni superficie della casa influenzò la risposta.

«No, senza complimenti, ma è gentile da parte sua.»

Coste le si sedette accanto e parlò un po' più forte.

«Sono sicuro che lei è il tipo di persona che conosce la gente di qui. Stiamo cercando una casa che forse è occupata abusivamente. Le dice qualcosa?»

«Settantaquattro villini. Conosco tutti perché i miei gatti se ne vanno troppo a zonzo. La gente dice che puzzano, ma un gatto non può puzzare, i gatti passano il tempo a pulirsi.»

Girò la testa intorno come per cercarne uno, poi si ricordò della domanda.

«Due case in vendita, una pulita e l'altra dove i miei gatti sono rimasti bloccati una volta, però quella non è in vendita, è in stato di abbandono. Avenue des Saules 23, se vuole darle un'occhiata.»

«Grazie per il suo tempo, signora.»

Ronan si avvicinò ai baby phone affinché Sam non si perdesse una parola.

«Sì, grazie, e scusi tanto il nostro collega, non ha l'educazione per parlare alle signore.»

Fuori, Sam alzò il dito medio per lui.

Andarono in avenue des Saules 23 e videro che la descrizione della nuova informatrice era giusta. Una casetta su due piani, imposte chiuse, vernice sbiadita, qualche tegola mancante, intonaco scrostato e ogni centimetro quadrato rivestito di vite vergine. In stato di abbandono era la definizione più calzante.

«Sam, guarda nella cassetta delle lettere, facciamoci un'idea dell'ultima volta in cui la posta è stata ritirata. Ronan, scavalca il cancello e sfonda la porta. Diremo che era così al nostro arrivo, non ci mettiamo mica ad aspettare due ore un fabbro.»

«La cassetta è chiusa, posso romperla?»

Ronan, a cavalcioni sul cancello, non rinunciò a prendere in giro il collega persino in quella posizione scomoda.

«Spassatela, Sam, una cassetta delle lettere è un po' come una porta. Ma con i tuoi braccini bada a non farti la bua, mi raccomando.»

Saltò giù dal cancello senza difficoltà e si diresse verso il villino. Nello stesso momento cedeva la chiusura della cassetta. Ronan diede una prima spallata senza risultato. Sam infilò la mano nella cassetta. Ronan indietreggiò per caricare la seconda spallata. Sam tirò fuori l'unica cosa che c'era all'interno, un tesserino plastificato che porse a Coste. Ronan prese fiato e si scagliò contro la porta che si spalancò con uno scricchiolio di legno. Coste urlò: «Non entrare!».

Tra le mani, una carta d'identità malridotta e slabbrata con la fotografia di Franck Samoy, capelli scompigliati e occhi sorridenti.

«C'è posta.»

Sam trionfò: «Abbiamo trovato la casa giusta, no?».

«Il cellulare che ci porta qui, ora la carta d'identità nella cassetta delle lettere. Non abbiamo trovato un bel niente, ci siamo fatti condurre per mano. E non mi piace.»

16

Aveva preso l'abitudine di avanzare con la testa girata a sinistra. Soltanto l'occhio destro funzionava, l'altro gli era stato cavato in una zuffa. Così facendo, bene o male, quasi ricentrava il campo visivo. Salì su quanto restava delle ginocchia di un uomo seduto su una sedia. Era stato attirato dall'odore di carne bruciata. Aveva tentato di leccare i punti meno carbonizzati, all'altezza delle caviglie, ma non gli era piaciuto il sapore. Valutò la forza da usare e con grazia saltò sul pavimento. Per quanto con l'orbita vuota avesse un aspetto da pirata delle storie per bambini, continuava a essere un vecchio gatto che sapeva ricadere sulle zampe.

Cominciò a scendere i gradini per andare al pianterreno. Se avesse continuato lungo il corridoio e poi deviato verso la stanza che aveva fatto da cucina, avrebbe raggiunto il buco nel muro che gli permetteva di uscire all'aperto. Del resto, era entrato da lì. La casa era immersa in un'oscurità nera come la pece, eppure, all'ultimo gradino, avvertì un pericolo, si fermò e rizzò le orecchie. Girò la testa a sinistra per ispezionare il luogo. Posò una zampa sul pavimento del pianterreno senza decidersi a lasciare la scala.

L'effetto congiunto della porta, che si aprì di colpo sbattendo con violenza contro il muro, e della luce accecante che invase l'ingresso fece sobbalzare il gatto fino al limite dell'attacco cardiaco. Si lanciò in uno sprint sul posto, con le zampe che scivolavano sul pavimento senza che avanzasse, poi finì con il muso schiacciato contro il muro prima di risalire la scala in due salti.

«Non entrare!»

In controluce, Ronan sfoderò la pistola e la impugnò saldamente, subito raggiunto dai colleghi. Senza parlarsi, i tre uomini riconobbero immediatamente l'odore. Passando di stanza in stanza, resero sicuro il pianterreno con uno scambio di frasi.

«Cucina, libero.»

«Salotto, libero.»

«Di sopra.»

La luce del pianterreno non disperdeva il buio del primo piano e Coste accese la Maglite. Perlustrò la stanza unica al centro della quale troneggiava una sedia pieghevole di plastica. Un corpo completamente carbonizzato, mummificato dal caldo, li aspettava. Uomo, donna, Franck Samoy o un altro.

«Okay, usciamo di qui, altrimenti contaminiamo la scena. Ronan, chiama la Scientifica, sono quasi le sei, il tempo di arrivare e il sole sarà tramontato. Fagli prendere i proiettori, uno per fuori, due qui dentro. Sam, trova i proprietari di questa topaia e contattali. Io chiamo il medico di guardia e il procuratore per l'autopsia. Sam, l'ultima telefonata a che ora risale?»

«Secondo i tabulati alle quindici.»

«Una chiamata ogni tre ore, perciò in teoria...»

Lo squillo che echeggiò nella stanza, alle sei in punto, aveva accenti di musica cubana assolutamente inopportuna data la situazione. Incastrato tra due costole del cadavere, il cellulare si accendeva a intermittenza annunciando «numero privato». Da circa due giorni vibrava a orario regolare e, all'improvviso, quell'ultima chiamata ebbe ragione delle ossa calcinate che lo trattenevano. Le costole si spezzarono riducendosi in polvere, il cellulare cadde all'interno della cassa toracica e scomparve proseguendo la sua rumba, ormai più soffocata. Ronan riuscì comunque a buttarla sul ridere: «Bisognerà avvertire il tuo medico legale che c'è una sorpresa dentro, come nei Kinder».

«Ci penserò. Forza, ragazzi, non tocchiamo niente e andiamo via.»

Sam non sembrò ricettivo.

«Sam, che fai? Non ti avvicinare.»

Il tenente ignorò l'ordine.

«La sedia... Non è bruciata. Voglio dire, è di plastica e non è bruciata. Neanche il pavimento, niente, cazzo, niente è bruciato tranne lui.»

17

Da lontano, con i proiettori che rischiaravano violentemente la facciata del numero 23 di avenue des Saules, i passanti avrebbero potuto immaginare che nel quartiere Belvédère stessero girando un film. Le operazioni della Scientifica finirono ben oltre le ventitré. Una volta fatti gli accertamenti, bisognava trasportare il corpo fuori dalla casa. Gli addetti delle pompe funebri erano un po' esitanti. Il primo tentò di passare le braccia sotto quelle della vittima mentre il secondo provava a prendere delicatamente le caviglie. Le ossa della spalla sinistra si sgretolarono e il braccio cadde a terra. Uno dei due fu lì lì per vomitare la cena. Il braccio fu posato sulle ginocchia del proprietario e gli uomini si rassegnarono a fare uscire il cadavere seduto sulla sedia, per poterlo inserire più comodamente nel sacco mortuario, all'esterno.

Coste si avvicinò alla squadra della Scientifica e tese la carta d'identità di Franck Samoy.

«Ho anche bisogno che rileviate le impronte. Direte a Don't touch che siamo stati in due a toccare il documento, il tenente Samuel Dorfrey e io, capitano Victor Coste, mi dispiace.»

«Non è niente, prenderemo le vostre impronte al Servizio dipartimentale per isolarle. Per noi va bene così, abbiamo finito.»

Incuriosito, il tizio guardò Coste.

«È stato lei, tre giorni fa, ad avere a che fare con un risuscitato, vero?»

Coste annuì, a occhi chiusi.

«E ora un'autocombustione! Di questi tempi ci marciate con le stranezze, voi dell'Anticrimine!»

«Ci occupiamo anche del caso di un lupo mannaro. Se le interessa, le tengo in serbo un po' di peli.»

«Davvero?»

Coste s'innervosì: si stava facendo un'idea di quello che la stampa avrebbe sbandierato nei giorni successivi.

«Lei è idiota, o che? Veda un po' se ci sono tracce di idrocarburi, è più probabile che sia stato bruciato altrove e poi parcheggiato qui, altro che autocombustione. Per i risultati, quanto tempo?»

«Domattina se mi ci metto stasera.»

«Al lavoro, Fox Mulder.»

Coste si allontanò e accese una sigaretta. Si appoggiò al cancello della casa vicina e scivolò giù fino ad accovacciarsi. Con il viso tra le mani, ascoltò gli aggiornamenti dei suoi uomini. Sam prese la parola: «I proprietari sono a Cannes, hanno rifilato la vendita a una società immobiliare che è fallita. In seguito non hanno avuto il tempo di curarsene e la casa è andata in rovina. Aspettavano di avere i soldi per risistemarla e rimetterla in vendita. Non ci vengono da sei mesi».

«Altro?»

«Niente di particolare in casa, ho ispezionato i due piani. C'è invece una porta posteriore con tracce di scasso. Aperta di certo con un piede di porco. Con ogni probabilità sono passati da lì, è più discreto che davanti.»

Ronan proseguì: «Ho contattato l'obitorio, hanno un buco domani alle tredici».

«Prima no?»

«Sì, un'ora prima, ma alle tredici la dottoressa Léa Marquant inizia il turno, allora mi sono detto...»

«Vada per le tredici. Ce ne andiamo.»

«Sai, il poliziotto misterioso, bella faccia e sguardo blu acciaio, funziona per un po', ma alla miss dovrai parlarle lontano da un cadavere se hai in mente di fare qualche progresso. Se vuoi, ti faccio da coach, è una cosa che sta prendendo piede, sai, l'ho visto in tivù.»

Sam rincarò la dose: «Soprattutto se l'hai già impressionata con il tuo zombi tre giorni fa, e ora con l'a...».

«Se pronunci la parola autocombustione, ti caccio. Anzi no, ti metto di turno a Natale e a Capodanno, e poi ti caccio. Solo tu puoi eccitarti per una faccenda del genere.»

I tre risalirono avenue des Saules. Un miagolio discreto fece voltare Ronan. Sam portava in braccio il gatto pirata.

«Ehi, che ci fai con questo coso marcio?»

«La mia buona azione della giornata.»

Passando davanti al numero 15 di avenue des Acacias, Sam lanciò il gatto oltre l'inferriata e il baby phone lo ringraziò.

18

Poligono di tiro, seminterrato dell'SDPJ 93
Sabato 14 gennaio 2012, ore 8:30 del mattino

Sam non si decideva a mollare il collega.

«E quindi il fatto che indossi una camicia nuova, con due bottoni aperti, e che più o meno ti sei rasato non c'entra niente?»

«Niente, e me le stai scassando.»

«Scusami, è solo che mi pare bizzarro che ti fai bello per il primo giorno della tenente De Ritter. Però ti capisco, lei appartiene a una categoria con la quale non ti sei mai misurato.»

Coste entrò nel poligono accompagnato dalla nuova recluta. Nonostante un fisico piuttosto atletico, il capitano aveva un'aria inoffensiva accanto a lei. Si rivolse alla squadra e all'istruttore.

«Sam conosce già la tenente. Johanna, ti presento Benjamin, il nostro istruttore di tiro, e il tenente Ronan Scaglia, il mio vice, l'unico della squadra che non avevi ancora visto.»

Johanna e l'istruttore si salutarono, esitando tra il bacio sulla guancia e la stretta di mano, per poi non fare né l'una né l'altra cosa.

In disparte, Ronan sussurrò: «Conservo una pallottola per te, Sam».

«Te l'ho detto che non ti sei mai misurato con questa categoria.»

L'istruttore prese le leve del comando.

«Bene, in posizione. Armi in sicura. Inserite i caricatori da quindici. Piazzatevi a cinque metri per un tiro a contatto di cinque cartucce. Casco e occhiali. Tiratori, siete pronti?»

I poliziotti risposero all'unisono.

«Tiratori pronti.»

«Al mio segnale.»

Il fischio liberò una salva di quindici spari ravvicinati.

«Armi in sicura. Tiratori, indietreggiate di dieci metri per un tiro di cinque cartucce. Casco e occhiali. Tiratori, siete pronti?»

«Tiratori pronti.»

Le tre pistole automatiche Sig Sauer SP 2022 sputarono fasci di fiamme.

«Armi in sicura. Ultimo tiro. Vediamo quanto valete. Piazzatevi a venticinque metri per le ultime cinque cartucce. Casco e occhiali. Tiratori, siete pronti?»

«Tiratori pronti.»

I quattro bersagli furono scossi dalla potenza del calibro 9 parabellum.

«Armi in sicura. Armi nella fondina. Tiratori ai risultati.»

Ronan, il cui bersaglio era vicino a quello di De Ritter, subì la seconda mortificazione della giornata. Il suo tiro era buono, del resto era sempre stato portato, ma accanto all'altro bersaglio era ridicolo. Cinque impatti cuore, cinque impatti testa, cinque impatti addome. S'innervosì.

«Chi sei? Calamity Johanna?»

L'istruttore si avvicinò.

«Brava, Jo.»

Ronan parve sorpreso.

«Vi conoscete?»

«Un poco. Ora tocca a me fare le presentazioni. Johanna, campionessa francese di tiro, ti presento la tua squadra. Squadra, vi presento Johanna De Ritter. Non posso crederci, non sapete nemmeno chi reclutate.»

Riconoscente, la tenente diede una pacca sulla spalla all'istruttore.

«Jo, ripassa quando vuoi, qui sei a casa.»

Coste la chiamò da parte mentre gli altri riponevano il materiale.

«Non ti ho detto di tenere un profilo basso? Non era un tiro, era una competizione. Lo sai che gli uomini sono suscettibili.»

«Eh già, quando negli occhi del tenente Scaglia non ci sarà più scritto brutta lesbica, farò uno sforzo per sparare talvolta a lato, se la cosa può aggiungergli due centimetri là dove penso.»

«Bene, anzi benissimo, si preannunciano belle giornate all'orizzonte... Risolviamo subito i tuoi problemi di egocentrismo. Ronan, occupati di Calamity e informala sul caso Bébé Coulibaly e Franck Samoy, poi andate alla Scientifica per vedere se i risultati sono pronti. Vedrai, campionessa, vi piacerete da matti.»

19

Quai de la Rapée, Istituto di medicina legale, Parigi
Ore 13:15

La dottoressa Léa Marquant premette il tasto REC del registratore e si chinò sul corpo annerito.

«Tecnica criminale detta del barbecue. Il comportamento degli assassini cambia seguendo l'evoluzione della Scientifica. Ho un collega a Marsiglia che me ne ha parlato di recente. Sei casi nei primi cinque mesi dell'anno, essenzialmente regolamenti di conti. In genere serve a ritardare l'identificazione della vittima.»

«Non in questo caso specifico. Ci hanno guidato fino al cadavere.»

La dottoressa si chinò sul corpo.

«Dall'esame dello scheletro, è un uomo. Bruciatura termica di quarto grado. Riduzione del volume e del peso del corpo, ritrazione dei tessuti, lacerazioni e fratture spontanee dovute al calore. Non sperate nelle impronte digitali, sono carbonizzate. Invece si potrebbe trovare il DNA. Rimane un po' di carne attorno alle caviglie, sicuramente protette dalle scarpe di pelle alte. Se è schedato avrete il vostro uomo.»

«E se fosse bruciato per intero?»

«Rimane il DNA mitocondriale nel midollo osseo, ma è più complicato.»

«E le impronte dentali?»

«Quelle, Victor, è per quando siamo nell'incertezza assoluta. Al limite, l'odontologia suggerisce un periodo o un luogo di produzione a seconda delle tecniche di chirurgia dentale. Ma in questo caso non sarebbe di nessuna utilità. Guardi.»

Invitò Coste ad avvicinarsi e aprì le mascelle con uno scricchiolio ovattato.

«Alcuni denti sono rotti. Davanti, un incisivo e un canino dell'arcata inferiore; più in fondo, due molari sono spezzati, ma non strappati. Somiglia parecchio a una tortura. Mi ha detto che intorno non è bruciato niente?»

«Non ci si metta anche lei con l'autocombustione, eh?»

«Ho una mente razionale. Se in cielo vedo un oggetto non identificato, penso a un pallone sonda piuttosto che a un disco volante. Volevo solo sottolineare che, se i due casi hanno un nesso, c'è uno stronzo che vi prende per il culo.»

Finalmente un pizzico di volgarità, Coste cominciava a preoccuparsi.

«Hanno un nesso. La scultura di ossa carbonizzate davanti a lei è probabilmente il proprietario del sangue sul maglione del redivivo.»

«Victor, la sto punzecchiando. Deve dare prova di discrezione se non vuole avere la stampa addosso una seconda volta.»

Gli chiese di pazientare, uscì dalla stanza e tornò con il fascicolo di Bébé Coulibaly. Tirò fuori la fotografia del pullover macchiato di sangue e si avvicinò al corpo.

«In effetti, i fori sul maglione coincidono: trovo due corrispondenze a livello delle costole e una terza qui, un graffio sulla colonna vertebrale. Abbiamo tre colpi. Uno qualsiasi dei tre potrebbe essere stato quello mortale, data la zona interessata. Anche la carbonizzazione potrebbe essere la causa del decesso, ovviamente. Per datare la morte dovrò consultare un collega paleoantropologo. Viste le condizioni del corpo, soltanto le ossa potranno esserci utili.»

Coste la guardava fare con aria divertita.

«Tutto questo sembra piacerle molto.»

«Sarò onesta con lei, Victor, non sono mai stata corteggiata così bene.»

20

Don't touch, il responsabile della Scientifica, in camice bianco immacolato, subiva con calma la capitana Lara Jevric, a capo della squadra anticrimine 2 dell'SDPJ 93.

«Faremo al più presto, capitana.»

«Ed è ancora troppo lento, fate come quelli di *CSI*, non ci vuole molto. Le lascio qui la richiesta d'indagine preliminare, okay?»

Si raddrizzò vedendo entrare Coste.

«Ciao, Victor.»

«Ciao, Lara.»

«Come te la cavi con i tuoi casi stravaganti?»

Coste colse lo scherno nel suo tono, ma non si prese la briga di controbattere.

«Andiamo a tentoni. E tu di che ti occupi?»

«Violenze e stupro. Insomma, stupro... il tizio ruba un chilo di hashish a certi bulli di Saint-Ouen, se la squaglia per venderlo in un'altra regione e per un bel pezzo tenta di farsi dimenticare in Thailandia.»

«Ha funzionato?»

«Non proprio, le vacanze finiscono sempre. Stamattina abbiamo ricevuto una chiamata dall'ospedale Jean-Verdier. Gli amici lo hanno beccato. Gli hanno tagliato l'indice con le cesoie, tanto per vendicarsi. Poi lo hanno costretto a fare un pompino ai loro cani, e questo per sollazzarsi. Gli abbiamo scoperto dei peli in bocca e vorrei che gli esperti del 93 si spicciassero un po' per dirmi se sono di cane o no.»

«Come le ho detto, capitana, faremo al più presto» brontolò Don't touch.

Lara Jevric alzò gli occhi al cielo e uscì dalla stanza.

Il responsabile della Scientifica prese la richiesta sulla scrivania e la infilò sotto la pila di quelle già ricevute in mattinata.

«Che fai?» gli domandò Coste.

«Ogni volta che un coglione mi parla dei tecnici di *CSI* metto la sua richiesta in fondo al mucchio. Cos'è, io a voialtri vi chiamo forse tenente Colombo?»

Il capitano scoppiò a ridere.

«Hai ricevuto i risultati delle analisi sul corpo di Pré-Saint-Gervais?»

«Sì. Pensavo di dover sollecitare la sezione incendi del laboratorio, ma erano motivati e al corrente del caso, come tutti, credo. Ti conviene sbarazzartene in fretta, hai i riflettori puntati addosso, Colombo.»

«Lo vedi che anche tu puoi essere antipatico?»

Posò la mano sulla spalla dell'uomo in camice bianco. La folta barba da sessantottino gli calzava a pennello. Al posto delle fotografie incorniciate di figli e famiglia, sulla scrivania teneva le più belle scene del crimine su cui aveva indagato. Coste ne conosceva alcune per essersene occupato. Quella della donna in parte mangiata dall'ex amichetto squilibrato. Quella del gioco sessuale finito male, con l'uomo morto appeso a una croce di sant'Andrea come un Cristo sfrontato. Niente di morboso, una questione d'abitudine e una corazza abbastanza spessa da vederci solo il lato professionale. Un legame incrollabile esisteva tra i due uomini. Un legame che traeva origine da una storia comune e personale che nessuno dei due aveva dimenticato e di cui non occorreva più parlare.

Il capitano lasciò i locali della Scientifica con il rapporto in mano e camminando lo sfogliò. Quando arrivò nel suo ufficio vide Sam al centro della stanza intento a leggere sul tablet di fronte agli altri.

«Il primo caso documentato risale al 1731, a Cesena. La vittima era la contessa Cornelia Bandi, sessantadue anni. Il magistrato scrive nel rapporto: "Un fuoco misterioso sembra essersi acceso spontaneamente nel petto della contessa". A Caen, nel 1782, un caso simile. Il chirurgo incaricato degli accertamenti sul corpo ha dichiarato: "Il corpo si era consumato in meno di sette ore, ma soltanto i vestiti si erano carbonizzati". Nel 1977, l'esperto nominato dal tribunale di Nancy ammetteva nel suo referto l'esistenza di un caso di combustione spontanea. Una donna scoperta carbonizzata in casa e le cui ossa incenerite erano state esposte a un calore superiore a duemila gradi Celsius senza che nient'altro fosse bruciato nell'appartamento. Si aggiungono fatti accaduti davanti a testimoni. Nel 1938, a Chelmsford, Inghilterra, una ragazza prende fuoco in una sala da ballo, e un'altra nel 1980, in una discoteca di Darlington. In questi casi, nessun accelerante della combustione è stato trovato sul posto. Nel 2010, la stessa polizia irlandese giunge alla conclusione che un pensionato di Galway era morto per autocombustione e...»

Coste lo interruppe, gettando il rapporto del laboratorio sulla scrivania.

«E nel 2012, Franck Samoy è morto bruciato, cosparso di benzina e pace all'anima sua. Precisazione, benzina senza piombo 98.»

Ronan fu delicato come al solito.

«La più cara, è un bel gesto.»

Sam era visibilmente deluso. Gli avevano già tolto le sue illusioni sullo zombi, ecco che pure l'autocombustione spariva dalla scena. Un po' più sedotto dalle versioni misteriose che dalle spiegazioni scientifiche, si fece confermare: «Siamo sicuri del laboratorio?».

«Utilizzo di un cromatografo in fase gassosa con rivelatore a ionizzazione di fiamma, ti sembra adeguato? Per me, comunque, è tanto incomprensibile da essere sicuro.»

Coste si sedette sullo spigolo della scrivania.

«Mi sono appena fatto accalappiare da Damiani. Ha ricevuto una telefonata da Marc Farel, un cronista giudiziario sempre pronto ad attaccarci.»

«Uno spalaletame!» aggiunse Ronan. «Questo caso lo starà facendo arrapare talmente tanto che potrebbe persino proporci di collaborare, anziché spararci alla schiena.»

«In qualche modo, e cercheremo di usare questo vantaggio. La stampa è già al corrente e non ha bisogno di nessuna prova per collegare le due indagini. Immagino i titoli di domani, ma penso che non serva aggiungere molto perché le voci si mettano a correre e la paura dilaghi. A titolo informativo, l'Anticrimine di Parigi ha già iniziato a lisciare il pelo alla Damiani. Sono interessati al caso.»

De Ritter, pur sapendo di dover mantenere un profilo basso, osò: «Per l'appunto, credevo che prendessero in carico questo genere di casi. Come si spiega che questi due casi non siano già atterrati nel loro ufficio?».

«L'Anticrimine di Parigi è una vecchia signora che festeggia i suoi cent'anni, mentre la polizia giudiziaria del 93 è una signorina appena trentenne. Ci tocca una media annua di novanta omicidi e tentati omicidi per venti poliziotti. Per la vecchia parigina la media è di quarantacinque casi, metà dei nostri, ma sono cinquantacinque poliziotti, cioè il triplo di noi. Lo vedi lo squilibrio e perché loro sfoggiano un tasso record di casi risolti? Per ora, in entrambe le nostre indagini non abbiamo nessuna pista, e quelli se ne stanno a pazientare. In conclusione, abbiamo sempre sul groppone tutto questo casino, perciò acceleriamo e distribuiamo gli incarichi.»

Coste aprì i fascicoli e diede una scorsa ai vari verbali.

«Sappiamo che Franck Samoy possedeva una BMW rossa modello 633. Sam, manda allo stato maggiore della polizia giudiziaria una richiesta per mettere il veicolo sotto sorveglianza, voglio quella macchina e voglio che la Scientifica me la passi al cianoacrilato per la ricerca d'impronte. Voglio i nomi di tutti quelli che ci hanno messo il culo dentro.»

Sam osservò la nuova tenente e dedusse la domanda che le bruciava le labbra.

«Cianoacrilato. Meglio della polvere per far spiccare le impronte, sicuro. È una colla liquida che viene nebulizzata; quando è secca, hai un modello solido dell'impronta digitale. Impossibile mancarla. E tu non esitare a chiedere.»

Coste proseguì: «Sam, quando avrai finito, contatta i giornalisti e scopri com'è possibile che ne sappiano quanto noi e altrettanto in fretta. Ti parleranno di tutela delle fonti, sii convincente. Come ultima risorsa, contatta Farel».

«Uno, due, tre, via!»

«Ronan e Calamity, ritornate a Pré-Saint-Gervais.»

Ronan guardò Coste come se gli avesse inflitto una punizione. Certe coppie non funzionano subito e Ronan sentiva che avrebbe fatto fatica con quella collega che già si divertiva a soprannominare «il Camion». Il numero delle donne arruolate nella polizia giudiziaria del 93 continuava a sembrargli risicato, ma in quel caso... era capitato su quello che, ai suoi occhi, era l'archetipo della lesbica. Coste continuò senza dare importanza al suo broncio.

«Abbiamo rinvenuto il cadavere ma ancora non abbiamo avviato l'indagine porta a porta nel quartiere. Scovatemi un testimone e salutate da parte mia la vecchia con i baby phone. Ronan, nel pomeriggio cerca la tua amica al Jean-Verdier. Sono due giorni che Bébé Coulibaly è là, dovrebbe bastare, non credi?»

«Sì, mi pare che abbiamo aspettato a sufficienza, glielo avranno già consegnato.»

Di nuovo, De Ritter sembrò smarrita, ma preferì lasciar correre.

«Io vado a trovare Suzette Samoy» aggiunse Coste. «Glielo avete promesso.»

21

Cité Youri-Gagarine, Romainville

Suzette Samoy ruppe il silenzio.

«È un televisore nuovo.»

«Vedo.»

«È più grande. Il commesso del negozio mi ha detto che è di plasma, ma che significa non lo so.»

«Non ha infilato la spina?»

«Be', no, io non guardo la tivù, ascolto la radio. Metto la tivù davanti alla finestra nel caso in cui mio figlio passi nel quartiere e, vedendola, gli venga voglia di venirmi a trovare. Dà fastidio solo al gatto, il mobile tivù è un po' il suo punto panoramico.»

Il gatto faceva le fusa sulle ginocchia di Coste. Suzette Samoy non era abituata a vederlo così socievole.

«Le piacciono i gatti?»

«Ne incrocio parecchi negli ultimi tempi, non nelle circostanze migliori. Ma insomma, quanti televisori ha comprato?»

«Questo è il settimo, ma talvolta me ne regalano uno.»

Coste rimaneva là, seduto senza troppo muoversi, senza troppo parlare. Ma doveva decidersi. Aprì la bocca, prese fiato come per un inizio di frase, poi si morse il labbro. La donna lo guardò con un sorriso rassegnato e, nei suoi occhi, Coste credette di scoprire un frammento di calma ritrovata. Per una madre, un inconfessabile senso di sollievo.

«Non vale la pena che lo aspetto, è così?»

«È così.»

Era abbastanza vicino da poterla prendere fra le braccia. Non si mosse. La donna gli posò una mano sulla guancia picchiettandola teneramente, come una nonna con il nipotino.

«A te non piace la morte. Per un poliziotto...»

«A dire la verità, me ne infischio, a preoccuparmi sono i poveretti che restano in vita.»

«Rimani a mangiare, ho fatto l'arrosto con le patate, è troppo per me.»

Guardò l'orologio. Le sedici e venti. L'ora di non rifiutare nulla a Suzette Samoy.

La donna andò in cucina senza aspettare la risposta. Non avrebbe pianto finché ci fosse stato il poliziotto. La tristezza è personale, non si condivide.

22

Reparto medico-giudiziario dell'ospedale Jean-Verdier

Il freddo aveva deciso di avventarsi su quel tardo pomeriggio. Febbraio faceva capolino. La 306, con i vetri appannati, parcheggiò in un posto riservato alla polizia. Ronan si rivolse a De Ritter: «Tra cinque minuti scenderà un'infermiera. È un'amica che ogni tanto ci fa qualche favore. Ti scoccia aspettarmi in macchina? Abbasso il finestrino e ti metto la radio, se c'è un problema strilla, okay?».

«Se può evitarmi di vederti fare il piacione...»

Ronan sbatté la portiera e percorse i pochi metri che lo separavano dall'atrio che accoglieva insieme i pazienti del pronto soccorso e gli arrestati. Si appoggiò al muro esterno e tirò fuori il cellulare per inviare un messaggio. Una squadra di poliziotti in uniforme si diresse verso di lui scortando un individuo ammanettato. I due uomini si riconobbero, Ronan lo aveva arrestato l'anno precedente per stupro. Non era neanche sorpreso di vederlo già fuori. Si accorse di desiderare che uno di quei bastardi violentasse un giorno la figlia del procuratore o di un giudice, se ne avevano una, tanto per vedere se anche in quel caso il tizio se la sarebbe cavata con una pena inferiore a un anno.

«Ciao, sbirro.»

Ronan non sollevò nemmeno gli occhi dal cellulare.

«Ciao, testa di cazzo.»

Una voce femminile gli rispose: «Sempre di gran classe, da quello che sento».

«Latifa, mi spiace, non ti ho visto. È solo che... lascia perdere. Hai qualcosa per me?»

«Sì, avevi ragione, il secondo giorno si è fatto consegnare un telefono. Gli stiamo cambiando le bende in infermeria, devo riportarlo in camera fra circa dieci minuti.»

«Dai, chiamami.»

Latifa si guardò attorno prima di tirare fuori il cellulare. Su quello di Ronan comparve il numero di Bébé.

«A posto, ce l'ho. Va' nell'elenco delle chiamate e cancella l'ultima.»

«L'ho fatto, James Bond, ti occorre altro oppure era solo un appuntamento professionale?»

«Ci potrebbe essere qualcosa che non sia professionale? Detto fra noi, sei stata tu a scaricarmi.»

«No, ho fatto una scelta. Ho vissuto l'inferno per sei mesi. Tu mi stai bene, ma il tuo lavoro e le tue conquiste no, grazie.»

«Però ho cancellato tutti i numeri della mia rubrica quando me lo hai chiesto.»

«Sì, ma restava Coste, la tua amante più appiccicosa.»

«Molto divertente. Posso chiamarti più tardi?»

«Non ti scomodare, playboy, cerca altri cuori da spezzare.»

Quando Latifa girò i tacchi, Ronan sfoggiò un gran sorriso per salvare la faccia: aveva infatti notato che, durante la loro conversazione, De Ritter non gli aveva tolto gli occhi di dosso. Si sedette dietro il volante. La tenente si burlò: «Vedo che t'impegni molto per questa indagine».

«È il mio destino quotidiano, ho una bella faccia, ne approfitto. Perché, lei ti piace? Vuoi che te la presento?»

«No, grazie, a casa ho quello che mi occorre.»

Ronan mise in moto lanciando un'occhiata a Latifa attraverso lo specchietto. Non avrebbe mai confessato che lei lo aveva stregato. Porse il cellulare alla sua passeggera.

«L'ultimo numero è quello di Bébé Coulibaly, chiama Sam e daglielo. Deve chiedere al procuratore l'autorizzazione per intercettarlo. Con un po' di fortuna avrà qualcosa d'interessante da dirci.»

23

È di dominio pubblico che in quai des Orfèvres 36, sede della polizia giudiziaria di Parigi, sembra brillare una sola stella, quella dell'Anticrimine. Eppure, negli stessi locali, ci sono tutte le grandi brigate, dall'Antigang con il camion sempre parcheggiato nel cortile fino all'Antidroga.

Al secondo piano, una volta salita la scala di legno verniciato, mostrato il tesserino al cancello di sicurezza con i vetri antiproiettile e attraversato il grande atrio della sala di attesa, si trovano gli uffici del direttore della polizia giudiziaria, che da lì controlla il suo esercito di commissari in ogni dipartimento della periferia, Hauts-de-Seine, Val-de-Marne e Seine-Saint-Denis, come in tutti gli arrondissement di Parigi.

Avendo adottato uno stile di comando autoritario al limite dell'accettabile, applicato ai suoi uomini senza distinzione, aveva scelto come vice un imbrattacarte che si accontentava di essere la sua ombra e di cui si diceva che agitasse la coda e riportasse la palla a richiesta. Quella maldicenza, il vicedirettore Jacques Galienne l'accettava fintantoché era sicuro che il direttore avrebbe continuato a blindare la sua carriera. Niente è più sdrucciolevole di una carriera. Durante una girandola ministeriale, aveva visto un direttore generale della polizia diventare delegato alla Sicurezza stradale.

Umiliante tanto quanto sbattere un commissario a un incrocio per fare attraversare i bambini all'uscita dalla scuola.

Nella sala di attesa dell'ufficio del vicedirettore pazientava un cinquantenne grassoccio in un completo stretto. Spiava chiunque gli passasse davanti da dietro un paio di occhiali tondi.

Si presentò una donna in tailleur e, immediatamente, l'uomo la sistemò in una casella: segretaria, nessuna utilità, nessun bisogno di sorridere o di essere gentile.

«Comandante Malbert, il vicedirettore Galienne può riceverla.»

Malbert si alzò senza rispondere e la seguì. In fondo a un corridoio dalla moquette spessa, la segretaria aprì una doppia porta di cuoio marrone imbottito. Sapeva in quale casella sistemare l'uomo che si trovava dietro la porta e assunse il suo atteggiamento più affabile.

«Buongiorno, vicedirettore.»

Dietro un'enorme scrivania laccata, un uomo dalla calvizie nascente mise il cappuccio alla stilografica e richiuse il fascicolo che aveva davanti.

«Comandante, si sieda, la prego. Un caffè?»

Senza aspettare la risposta, mandò via la segretaria.

«Abbia la gentilezza di scusare il direttore, che non potrà unirsi a noi. Comunque, parlo a suo nome e sempre a suo nome le auguro un buon ritorno nelle forze dell'ordine.»

Visto il modo in cui aveva lasciato il lavoro dieci anni prima, Malbert apprezzava ancora di più il tono cordiale che gli era riservato. Sapeva che i motivi addotti per giustificare la sua partenza anticipata erano gli stessi per i quali oggi veniva reclutato come riservista.

Il vicedirettore Galienne fece dell'ironia: «Riservista, che bel concetto, comandante! Riprendere i nostri pensionati più specializzati affinché i giovani possano giovarsi delle loro conoscenze. Come in ogni mestiere, trasmettere le proprie competenze immagino che sia...».

Il comandante Lucien Malbert capiva con facilità se qualcuno lo stava prendendo in giro e preferì interrompere le cortesie.

«In teoria è così, ma io e lei sappiamo che le mie "competenze" sono di altri tempi e dubito che qualcuno voglia che io le tramandi.»

L'interlocutore minimizzò: «Sono vecchie storie parigine, finite nel dimenticatoio... Da oggi lei viene incorporato nell'SDPJ 93. Farà da tramite fra la polizia giudiziaria e gli analisti del SALVAC. Si presenterà alla comandante Damiani, capo dell'Anticrimine. Il suo predecessore, il tenente Aubin, ha svolto magnificamente il suo compito e ora si gode il trasferimento ad Annecy, vicino alla famiglia».

«Conosce le mie condizioni, sono soltanto economiche. Me ne sbatto del lago di Annecy. Io le metto da parte qualche caso e lei mi riempie le tasche, la cosa finisce lì, cercare di abbellirla è fatica sprecata.»

«Ciò non toglie che la volgarità non sia necessaria, comandante.»

Avvezzo a navigare nelle acque torbide dei sottintesi e delle mezze verità, Malbert sapeva quando aveva la partita in pugno e la palla della vittoria. Volle controllare se era in posizione di forza.

«Quello che lei mi chiede e che io accetto ci mette entrambi in una posizione d'interdipendenza. Più o meno così tenevo i miei informatori ai tempi. L'unica cosa che ci differenzia è quello che abbiamo da perdere. Personalmente, avrò sempre nell'armadio i miei scheletri del cazzo, mentre lei deve concludere tutta una carriera. E anche se pisciassi sulla sua moquette, né lei né io potremmo fare marcia indietro. E dunque il discorsetto sulla volgarità lo rimando al mittente! Dica al direttore che il nostro colloquio è andato a meraviglia e che prenderò contatto con Damiani domattina alle nove. E con questo...»

Si alzò e uscì dall'ufficio. Il vicedirettore Galienne ebbe la certezza di aver reclutato una carogna. Non avrebbero potuto scegliere meglio, Lucien Malbert era perfetto.

24

Coste aveva ricevuto l'informazione in giornata: Malbert avrebbe preso il posto lasciato vuoto da Aubin per la gestione del SALVAC. La comandante Damiani gli aveva chiesto di tenere pronti i fascicoli degli ultimi due casi affinché cercasse nel software se qualcun altro in Francia si era divertito a evirare o a bruciare le sue vittime. Il nome di Malbert riecheggiava in qualche angolo della mente di Coste senza che riuscisse a collegarlo con precisione a un periodo o a un organo di polizia. In una situazione del genere, era solito fare una telefonata a Noviello, la sua enciclopedia.

A settant'anni suonati, Noviello aveva vissuto un'intera carriera nella Brigata per la protezione dei minori, in quai de Gesvres, a Parigi, e aveva al suo attivo, oltre a una bella collezione di pedofili in gattabuia, la passione per la storia della polizia giudiziaria. Veleggiava con la stessa facilità in ogni suo periodo. Le brigate del Tigre Clemenceau e la banda Bonnot all'inizio del Novecento. Il commissario Massu chiamato Maigret nei romanzi. Pierrot il Pazzo, la sua banda della Traction Avant e il suo mancato arresto da parte dei commissari Truchi e Mattéi. La storia indissociabile del commissario Broussard e di Jacques Mesrine. Il fiasco del capo dell'Antigang quando tentò di arrestare la banda dei Posticci. La disavventura del commissario Neyret i cui metodi di lavoro, tollerati per vent'anni nella polizia giudiziaria di Lione, erano diventati improvvisamente inaccettabili nonostante la medaglia della Legione d'onore appuntata alla giacca.

Quando Coste lanciò l'amo Malbert, il sughero si affrettò a sparire sott'acqua: Noviello conosceva il personaggio.

«Lucien Malbert? Dimmi un po', toccate il fondo alla polizia giudiziaria...»

«Sii più chiara.»

«È un ex della Buoncostume che non ha avuto il tempo di terminare la carriera malgrado un buon inizio negli anni Ottanta. Girava nelle bische e nei locali di spogliarello del XVIII arrondissement. Ha cominciato a farsi un indirizzario di uomini influenti e ragazze facili. Da lì a organizzare qualche festicciola privata non c'era che un passo, che lui ha fatto senza pensarci due volte, tanto più che aveva il suo tornaconto. Per anni, il nome di Malbert ha aperto tutte le porte della Parigi depravata e con il tempo lui è diventato sempre meno attento. In quei giri, lo sai, la cosa più difficile è tenere a freno le ragazze. Una di loro ha deciso di ricattare un ministro, la ragazza è morta, l'Ispezione generale dei servizi, ovvero la polizia delle polizie, è piombata su Malbert e non lo ha mollato. La prima indagine del giovane Abassian.»

«Dariush Abassian? Il commissario capo?»

«Sì, ma a quel tempo era solo un ragazzo con i capelli corvini e il muso da immigrato iraniano. Non è mai riuscito a dimostrare al cento per cento il coinvolgimento di Malbert, oppure non glielo hanno mai permesso, dato che di sicuro quel tizio è protetto dai politici a cui permetteva di scopare a sbafo. Fatto sta che a Malbert hanno consigliato di andare in pensione, per il bene della polizia nazionale, se posso permettermi. E oggi voialtri avete la bella idea di rimetterlo in circolazione. Interessante. Se vuoi il mio parere, Victor, uno come Malbert non torna per caso. Tienilo a distanza, è il genere d'individuo che sporca di merda chi gli sta intorno.»

«Starò attento a non macchiarmi. Ti ringrazio.»

Ma Noviello non aveva intenzione di lasciarsi sfuggire Coste.

«Victor, non essere maleducato. Non abbandonerai una vecchia signora in questo modo! Parlami un po' di te. Se non sbaglio, due cadaveri corrispondono a due passaggi all'obitorio. Dimmi un po', questo medico legale, Léa Marquant, è in gamba? E lo sa che esisti?»

«Adesso, credo di sì. Ma tra il lavoro...»

Poiché conosceva Coste da troppo tempo per non capire che sarebbe stato elusivo, Noviello completò la frase al suo posto: «E soprattutto la fifa di farti avvicinare di nuovo».

Il silenzio al telefono diventò imbarazzante.

«Conosco i tuoi motivi, Victor, sono gli stessi da anni. Solo che, a un certo punto, bisogna saper voltare pagina. Tu non c'entri niente. Lei se n'è andata e tu non c'entri niente.»

«Avrei potuto essere lì un'ora prima» mormorò Coste riattaccando.

Arrivare un'ora prima non sarebbe servito a niente. Coste sapeva che lei ci avrebbe riprovato, in un altro modo, in un altro luogo, in un altro momento.

Ma anche se ormai lo aveva accettato, quel giorno gli rimaneva incollato come catrame sulla pelle.

* * *

Quel giorno Coste era rincasato a notte fonda. Nonostante il silenzio, scorgere il cappotto bianco sullo schienale della poltrona del salotto gli confermò che aveva compagnia. Diede un'occhiata all'orologio, sospirò e preparò una frase di scuse. Perché era tardi. Perché non le aveva telefonato. Perché lei non stava bene senza di lui e aveva bisogno della sua presenza.

Per molto tempo era riuscito a non farsi accalappiare, a rimanere uno scapolo impenitente, a costo d'impensierire chi gli stava intorno. Diffidava dell'amore: ci si teneva per mano, ci si guardava negli occhi e si terminavano le frasi dell'altro. L'amore trabocca come i colori nei disegni dei bambini. Poi le loro strade si erano incrociate. Lei era così fragile. Coste aveva sbattuto in galera l'uomo che l'aveva distrutta, ma non era bastato. Lei conservava un marchio, una ferita, un vuoto. E siccome un poliziotto era fatto per proteggere, se ne era innamorato. Innamorato di quella ragazza che si era rifugiata nel suo appartamento da circa due anni e che della vita amava solo lui.

Sul tavolo in salotto notò una sigaretta spenta nel posacenere e la tazza blu. Gliela l'aveva regalata lei chiedendogli di prendersi il tempo di bere un caffè al mattino. Solo uno. Con lei. Coste ci aveva provato con tutta la buona volontà, poi erano riaffiorate le vecchie abitudini. Allora lei aveva cominciao a usare la tazza ogni tanto, prima di appropriarsene. Definitivamente.

Dopo averla chiamata, sempre più forte, dopo averla cercata in ogni stanza, si era fermato davanti alla porta chiusa del bagno, posandovi la mano senza avere il coraggio di spingerla. Rifiutando di ammettere quello che già sapeva, aveva sussurrato il suo nome a più riprese prima di decidersi.

Oltre la porta, nell'acqua rossa diventata fredda, galleggiava il suo corpo. Con il viso che affiorava incoronato dai lunghi capelli neri. E i polsi tagliati in profondità, rivolti al cielo. Lui aveva gridato qualcosa, ne era sicuro. Per estrarla dalla vasca, aveva affondato le braccia passandole sotto le gambe e la schiena. In equilibrio instabile, aveva urtato contro il lavandino.

La lettera era caduta.

Aveva sollevato il corpo, che sembrava addormentato, l'acqua grondava dai capelli, dalla punta dei piedi e delle dita. Assalito dalla tristezza e insieme privo di forze, era scivolato lungo il muro, tenendola contro di sé. Aveva pianto, anche di questo era sicuro. L'aveva stretta, troppo forte, avrebbe detto lei, e mangiata di baci come se ci fosse ancora tempo per amarla.

Si era alzato a fatica e l'aveva posata sul letto. Lentamente. Si era steso al suo fianco parlandole, tirando su di loro la coperta, chiedendole scusa e altrettante volte perché. Perché?

Era corso nella stanza da bagno, cercando ovunque, sul bordo del lavandino, sulla mensola dei profumi, per terra, poi si era inginocchiato di fronte alla vasca. Davanti a lui galleggiavano due pagine inzuppate, uniformemente tinte di blu dall'inchiostro che aveva tracciato le scuse o i rimproveri che non avrebbe mai letto.

Il resto dei ricordi si era fatto abbastanza impreciso. Era in preda alla rabbia e al dolore e quei sentimenti mescolati gli davano voglia di urlare e di accasciarsi, di essere consolato o di uccidere qualcuno a casaccio.

Dopo esserle tornato accanto, aveva immaginato di non dire nulla, a nessuno, mai, e di rimanere lì, disteso. Poi, nel cuore della notte, aveva chiamato Mathias Aubin. Chiedendogli soltanto di venire, il timbro della sua voce aveva fornito le informazioni mancanti. L'amico non aveva rispettato nessun semaforo, aveva rotto di certo un paio di specchietti lungo il tragitto e, meno di quindici minuti dopo, tempestava di pugni la porta. Non intendeva aspettare e si era servito del duplicato delle chiavi che Coste gli aveva dato per ogni evenienza. Aveva imboccato il corridoio, poi infilato la testa nella camera e visto i due corpi abbracciati. Con la dolcezza incredibile di cui era capace, così sorprendente per la sua stazza, aveva tentato di separarli. Coste si era ribellato, difeso, aveva colpito Aubin, che aveva incassato per tutto il tempo necessario.

Soltanto Mathias e il responsabile della Scientifica erano entrati. Mathias lo aveva costretto a non rimanere da solo quella sera e aveva telefonato alla moglie, che era venuta a prenderlo. Coste aveva passato due giorni sotto sorveglianza della famiglia

Aubin, poi aveva deciso di tornare a casa, per distruggere tutto con cura minuziosa. Prima di buttare via ogni cosa.

Quella sera, nell'appartamento devastato, aveva fatto un bagno e, per qualche istante, aveva creduto di non avere la forza di uscire dall'acqua.

Da quel giorno, tranne un letto, un tavolino e un divano, il posto era vuoto.

Ricevette posta a suo nome per molto tempo senza fare nulla per evitarlo. Certi uffici amministrativi e alcuni e-commerce di cosmetici o di abbigliamento pensavano che lei fosse ancora viva e ciò gli stava bene. In modo patetico.

Ancora oggi si rifiutava di dormire dal suo lato.

25

La fine della giornata non aveva fornito, come di solito scrivono i poliziotti nei rapporti, nessun elemento suscettibile d'interesse per l'indagine in corso. Nel quartiere Belvédère, Ronan e De Ritter non avevano raccolto nessuna testimonianza. La postazione di ascolto del cellulare di Bébé Coulibaly restava tranquillamente in attesa d'intercettare una chiamata. Quanto alla stampa, soltanto il giornalista Marc Farel aveva accettato di dire qualcosa sulla fonte che informava i media in tempo reale. Il corvo lo aveva contattato con un numero che Sam aveva fatto controllare e che li aveva portati a una cabina telefonica. Blocco numero 14583, zona 75056, commutatore 10681, cabina di rue Chevaleret 95, XIII arrondissement di Parigi. Farel aveva aggiunto che l'informatore era un uomo. Un vicolo cieco anonimo. Sam aveva concluso con le ultime parole del giornalista: «Ci tiene a farti notare la sua "collaborazione immediata con la polizia, a buon rendere"».

Formula di cortesia classica per quel genere di attività free lance i cui strumenti di lavoro sono la rubrica d'indirizzi e la collezione di biglietti da visita. Farel si considerava tanto poliziotto quanto giornalista e, come i poliziotti, era talmente affascinato da quel mestiere da dedicargli la vita. Come i poliziotti, aveva i suoi informatori, alcuni gratuiti e altri a pagamento, la base minima di ogni cronista giudiziario. Come loro, passava notti appostato in macchina. Indagava. Rispettava quella professione al punto da farle le pulci, da metterla in discussione, da costringerla a essere migliore. Mangiava con i poliziotti, talvolta si sbronzava con loro, perché il mestiere lo imponeva, ma soprattutto perché non pensava di poter vivere in altro modo. Al confine tra i buoni e i cattivi, addirittura cattivissimi, i «bravi ragazzi», i criminali di gran levatura per i quali provava lo stesso fascino. Come i poliziotti. Ma ciò non faceva di lui un pezzo grosso. A Parigi e periferia, un centinaio di giornalisti erano nella stessa situazione, cioè conoscevano i lupi e i cacciatori, ognuno con il proprio metodo di lavoro e un solo aspetto in comune, i contatti. Senza i contatti, la penna più bella si limitava a scrivere letteratura. Senza i contatti non c'era giornalismo investigativo e, se bisognava giudicare Farel dalle dimensioni della sua rete di contatti, meritava onestamente il suo posto fra i colleghi.

Aveva notato subito che un'informazione era sempre più esatta man mano che ci si avvicinava alla fonte e, benché fra i suoi contatti figurassero tutte le classi sociali, doveva ammettere di conoscere più segretarie che commissari, più modesti sottufficiali che capitani di provata esperienza, chi scriveva i rapporti anziché chi li leggeva. In oltre vent'anni di giornalismo aveva intrecciato una rete stretta, nella quale rimanevano impigliate le informazioni e le voci. Eppure, nel suo indirizzario, comparivano pochi nomi dell'Anticrimine dell'SDPJ 93 e Coste non c'era. Il tenente Aubin, invece, sì.

Finita la riunione, Coste mandò la squadra a dormire precisando che dovevano trovarsi in ufficio tutti, belli carichi, alle sette del mattino.

Ci mise venti minuti per arrivare a casa. La chiave fece un solo giro nel cilindro della serratura. Coste era solito chiudere dando due mandate, dunque ne mancava una. Dopo *lei*, non era mai rincasato senza un'apprensione granitica, pronta a sussurrargli che dietro ogni porta qualunque vita poteva precipitare. La luce del corridoio era accesa, anche quella del salotto. Si tolse il cappotto, che posò sul divano, ma tenne l'arma alla cintura, mezza nascosta dal maglione che il calcio della pistola cominciava a logorare. Dalla cucina giunse fino a lui una melodia canticchiata. Conosceva quella voce.

«Ciao, Alice.»

«Ciao, Victor. Saresti almeno potuto arrivare come un vero sbirro, con la pistola in mano. E se era un ladro?»

Coste finse di essere irritato.

«Un ladro che ha la chiave e che chiude la porta a chiave? E comunque ci siamo scambiati le chiavi "per ogni evenienza", nel caso in cui uno dei due avesse bisogno del duplicato, e non perché tu mi piombassi in casa in qualsiasi momento e a qualsiasi ora. Che stai facendo?»

A prima vista, Alice stava cucinando, e Coste, dopo aver dato un'occhiata al contenuto della pentola, si stupì del casino che era riuscita a lasciare in giro per preparare una semplice pasta al pomodoro.

Diciannove anni, piedi scalzi, calzoncini di jeans troppo corti per essere decenti fuori casa e un maglione nero, sottile e allentato, che lasciava scoperta una spalla: Alice era la sua vicina da meno di un anno e già cominciava a prendere cattive abitudini.

«E se fossi arrivato in compagnia?»

«Tu? Sei un solitario, Victor, non fai entrare nessuno. E poi, detto tra noi, chi pensi di far venire qui? Lo hai visto il tuo appartamento? Una donna resterebbe sì e no un quarto d'ora.»

La ragazza abbracciò con lo sguardo la stanza.

«Nessun mobile, dai l'impressione di aver traslocato ieri. No, non mi preoccupo, non c'è posto per nessuno nel tuo antro.»

«Tu sei qui, no?»

Qualche mese prima, in modo sbrigativo e senza riflettere troppo, Coste aveva promesso a malincuore ai genitori di Alice di tenerla d'occhio. Lei li aveva convinti a lasciarla da sola nella capitale, potendo tuttavia permettersi solo un miniappartamento in periferia. E così si era trovato ad avere una ragazzina invadente come nuova vicina di pianerottolo. Frequentava la scuola di recitazione Cours Florent, voleva diventare attrice e lui sospettava che avesse abbastanza determinazione e fascino da farcela.

«Qualunque cosa tu stia sperimentando nella pentola, dimenticati di me, ho già cenato.»

«Con una donna?»

«Sì.»

«Bella?»

«Infelice.»

Alice ripeté: «Bella?».

«Molto.»

Da brava attrice, fece una smorfia infantile e spense le piastre a induzione. Il suo tentativo culinario finiva lì per quella sera.

Coste si stese sul divano e accese la televisione, mettendo un notiziario a ciclo continuo e senza volume. Immagini mosse dell'obitorio, dei magazzini abbandonati di Pantin e dei villini di Pré-Saint-Gervais. Era fatta: tappeto rosso per la paranoia collettiva e un mucchio di grane. Chiuse gli occhi e si concentrò sul respiro. Sentì il corpo di Alice che si rannicchiava contro il suo.

«Ehi, che fai?»

«Mi metto al sicuro. Hai promesso di proteggermi, no?»

«Neanche per sogno. Ho solo detto che ogni tanto ti avrei dato un'occhiata.»

Lei gli sollevò un braccio, vi s'infilò sotto e lo rimise su di sé, prigioniera volontaria. Lui si spostò di lato, tirò fuori la pistola che gli massacrava la schiena, espulse il caricatore e la cartuccia inserita con un rumore d'ingranaggio metallico e posò il tutto sul tavolino.

Quando aprì di nuovo gli occhi non sapeva quanto tempo

fosse passato. In ogni caso abbastanza, dato che il giornalista era scomparso e di sicuro era tornato a casa lasciando il posto a un reportage sulla polizia. La televisione infatti non offriva altro: serie sui poliziotti, film sui poliziotti, reportage sui poliziotti. Non aveva mai capito perché la gente li odiasse tanto nella realtà mentre invece li adorava nella finzione narrativa.

Alice respirava piano e lui ne sentiva il fiato arrivare a fine corsa e morirgli sul collo. Si alzò senza fare rumore e prese le chiavi della ragazza. Socchiuse la porta della camera da letto di Alice. Tornato nel proprio appartamento, la sollevò e attraversò il corridoio che separava i due alloggi per adagiarla sul letto. La coprì con una coperta.

«Lo so che non dormi.»

«È vero, ma mi piace quando mi porti come una principessa... ogni ragazza vuole un principe azzurro. Faccio fantasticare le mie amiche al corso di teatro. Dico che di giorno vai a caccia di assassini...»

Si girò di un quarto per fissarlo e parlò a voce più bassa: «... e di notte sei mio, Coste».

«Sbagli persona.»

«Mi dai un bacio?»

«No, Alice, no.»

Si chiuse la porta alle spalle e rientrò a farsi un caffè. Le ventitré e cinquanta, la notte non era terminata. Sorrise davanti al pacchetto nuovo di zucchero. Sul post-it spiegazzato che da settimane supplicava di comprarlo, Alice aveva scritto «fatto» e aveva aggiunto «prendersi cura un po' di più della graziosa vicina».

Tenendo la tazza blu da sopra per non scottarsi, si sistemò di nuovo sul divano e tirò fuori di tasca la busta ricevuta quella mattina, con il suo nome e cognome scritti a mano. All'interno, un foglio piegato in due accusava:

Codice 93.
Morte per soffocamento – 23 giugno 2011.
Campo rom di La Courneuve.

Afferrò le chiavi della macchina e, quando aprì la lettera per la seconda volta, era nella sala dell'archivio della polizia giudiziaria, deserta a quell'ora. Anche l'ufficio dei poliziotti del turno di notte era vuoto. Coste ne dedusse che erano stati chiamati per un caso. Sarebbe stato in pace per un bel pezzo.

Rintracciò subito l'indagine grazie alla data. Stavolta la vittima aveva un nome, Violetta Djuric. Le informazioni erano di nuovo precise. Trovata morta nel campo rom di La Courneuve il 23 giugno 2011 con uno strofinaccio conficcato profondamente in gola. L'assassino non aveva dovuto fare altro che chiuderle il naso, come quando si stuzzica un bambino. Forse era morta in meno di due minuti, ma due minuti, in certe situazioni, sono centoventi lunghi secondi.

Ancora una volta, l'indagine gli sembrava piuttosto concisa, un po' troppo per un omicidio. Il caso era stato assegnato alla squadra 2 dell'Anticrimine, comandata dalla capitana Lara Jevric, ma presto Mathias Aubin, ormai l'ex vice di Coste, era subentrato dopo una ricerca sul SALVAC. Il verbale menzionava una serie di omicidi di prostitute nella comunità di nomadi che il software di analisi collegava alla defunta Violetta Djuric. In teoria, le informazioni erano state trasmesse alla Buoncostume di Parigi, incaricata di quel genere d'indagini.

Coste richiuse il fascicolo con un nodo in gola, vedendo realizzarsi quello che temeva da quando aveva ricevuto la seconda lettera anonima. Bastava ripetere i fatti ad alta voce per capire che purtroppo s'incastravano alla perfezione.

Nella stessa settimana, il capitano Coste si sobbarcava due casi insoliti, alla cui evidente messinscena la stampa dava risalto – un evirato e un arso vivo, oppure, a scelta, uno zombi e un'autocombustione – e, parallelamente, era stato imbeccato sull'uccisione di due sconosciute, una ragazza stuprata e drogata a morte in uno squat e una puttana in un campo rom. Due vittime invisibili, senza famiglia né amici, le cui storie, tra le mani di Mathias Aubin, erano state rapidamente accantonate grazie al SALVAC. Quello stesso SALVAC che sarebbe stato ripreso in mano da una turpe figura della polizia giudiziaria, Lucien Malbert.

Nel silenzio dell'archivio, Coste mormorò: «Mathias, Mathias, in che casino ti sei ficcato».

Poi si disse che non era mai stato ad Annecy.

26

Ronan parcheggiò davanti al villino, all'indirizzo che il giorno prima gli aveva dato Johanna.

«Sei sicuro che non ti secca?» si era preoccupata la collega.

«Sono di strada. Più o meno. Coste ci ha dato appuntamento alle sette e, se vieni con i mezzi pubblici, sei quasi costretta a prendere l'autobus notturno, allora accetta.»

Alle sei e un quarto, Johanna era uscita sui gradini esterni, imbacuccata come un'eschimese, e gli aveva fatto segno di raggiungerla.

«Caffè?»

Sceso dalla macchina, Ronan batté le mani come se bastasse a far sparire il freddo.

«In fretta, però.»

Si sedette al tavolo della cucina mentre lei ricaricava la caffettiera. L'arredo interno lo lasciò perplesso: qualcosa non quadrava, troppo «da famiglia» per i suoi gusti. Si udì un terremoto al primo piano. Il baccano si precipitò giù dalle scale ed entrò in cucina sotto forma di due bambini che si gettarono tra le gambe di De Ritter, con gli occhi assonnati e i capelli arruffati. Ora l'arredo «famiglia felice» sembrava quadrare molto meglio.

«Te ne andavi senza il bacino» la rimproverò il piccolo in pigiama azzurro.

«Sì, bacino» ripeté in qualche modo la bambina in pigiama verde.

«Non lo avrei mai fatto, angioletti miei.»

Gli occhi si fissarono sull'intruso.

«Chi è?» osò pigiama verde.

«È Ronan, adesso lavoro con lui.»

«È buono?»

«Be', gli conviene» intervenne una voce più grave.

L'uomo in maglietta bianca e mutande che se ne stava nel vano della porta si presentò.

«Karl. Il marito. Jo mi ha parlato molto di lei.»

Ronan immaginava in quali termini.

«Ronan, lieto di conoscerla. Tutto quello che le ha detto su di me è assolutamente vero.»

«Spero di no, in tutta sincerità» rispose Karl con un sorriso.

Johanna era al massimo del suo piacere un po' vendicativo. Karl De Ritter prese le due palle colorate ancora appese al collo della madre.

«Forza, bambini, a nanna. Potete dormire nel lettone, su, andiamo.»

Verde e azzurro si lasciarono trasportare via con dei ciao ciao a De Ritter. Verde fece la linguaccia a Ronan.

Quest'ultimo finì in fretta il caffè, a disagio. Johanna si concesse l'affondo finale.

«Magari adesso la smetterai di chiamarmi Camion, no?»

Se Ronan fosse stato in grado di scomparire...

Prima di aprire la porta al freddo, Johanna si travestì di nuovo da eschimese. In condizioni normali, l'abbigliamento nel suo insieme, ma soprattutto il maglione nordico con i fiocchi di neve tipo Sarah Lund in *The Killing*, avrebbe offerto a Ronan un credito illimitato di battute pesanti. Ma di credito, dopo «il Camion» e il resto, ne aveva ormai ben poco. Lasciò perdere.

Incapace di rancore, Johanna De Ritter facilitò il tragitto in macchina avviando la conversazione.

«Parlami della squadra. Da quanto tempo lavori con Coste?»
«Sette anni fra poco. Sam circa due.»
«Reclutati o arrivati per caso?»
«Sei la sola a non essere stata scelta. Insomma, per quanto ne so. Coste recluta da sé i collaboratori.»
«Perché tu? Perché Sam?»
«Sono storie lunghe. Avrei bisogno di più di un caffè per raccontartelo. Fammi la domanda una sera che sono sbronzo, se vuoi.»

L'autocivetta della squadra anticrimine 1 imboccò la via che conduceva al parcheggio sotterraneo dell'SDPJ 93. Là incrociarono gli uomini dell'Antigang: cinque colossi in giubbotti antiproiettile intenti a rovistare nel bagagliaio del mezzo d'intervento. Ronan si rivolse al primo, che controllava la camera del fucile a pompa.
«Andate in discoteca?»
«Già, pare tiri una bella aria, non vorremmo arrivare in ritardo.»
«Cos'è che vi ha fatto svegliare così presto?»
«I ragazzi di Noisy-le-Sec zona bassa hanno fatto una spedizione punitiva con i kalashnikov contro quelli della zona alta. Centocinque bossoli trovati per terra, un solo ferito, al ginocchio. Neanche bravi ad ammazzarsi fra loro. Principianti del cazzo.»
Incastrò il fucile tra i sedili anteriori, poi aggiunse, un po' troppo cowboy: «Raggiungiamo due squadre di celerini per disinfestare il quartiere».
«Occhio, straparli come un certo presidente.»
«Togliti dai piedi, coglione.»

27

Sam arrivò con i cornetti e svegliò Coste, steso sul divano dell'ufficio.

«Hai dormito qui?»

«No, non riuscivo a prendere sonno a casa e sono venuto qui ad ascoltare le telefonate di Coulibaly. Devo essermi assopito.»

«Qualcosa d'interessante?»

«Niente. Ha chiamato soprattutto la madre, il che dimostra che si sta sempre bene dalla mamma.»

«Poveraccio, ti ricordo che ci ha rimesso le palle. L'ha pagata cara.»

«Sì, del resto mi chiedo che cosa gli abbiano voluto far pagare, visto il prezzo.»

«Jevric ti ha raccontato la storia del tizio che si è fatto tagliare un dito per un chilo di cannabis? Be', se un dito equivale a un chilo di hashish, un paio di testicoli a che equivale?»

«Con te la matematica sembra facile, dovresti avere dei figli, sapresti aiutarli alla grande con i compiti a casa.»

De Ritter e Ronan entrarono nell'ufficio.

«Avete dormito insieme, tesorucci?»

Dopo aver raccolto le briciole della colazione, Coste fece il punto. Chiese a Ronan di attivare i suoi informatori per trovare un nesso tra Coulibaly e Samoy. Sam ebbe l'incombenza di controllare il sistema di videosorveglianza attorno alla cabina telefonica da dove Marc Farel aveva ricevuto le soffiate. Con un po' di fortuna, si poteva forse scorgere la sagoma della talpa. De Ritter fu incaricata di telefonare a Léa Marquant per sapere se la pesca al cellulare nella cassa toracica di Franck Samoy avesse dato frutti.

«Da parte mia, ho bisogno che mi copriate, mi prendo la giornata e vorrei che non si notasse la mia assenza. Se Damiani chiede di me...»

Sam lo interruppe: «Non c'è pericolo che la comandante faccia una capatina di domenica».

Coste si sentì a disagio.

«È domenica?»

Tra il lavoro nel weekend e le notti trascorse in ufficio, cominciava a somigliare alla caricatura di un piedipiatti della tivù e, lo sapeva, non era una bella cosa.

«Quando avrete verificato tutto, fatevi un ristorante con la cassa della squadra e rincasate, ci vediamo lunedì.»

Dopo aver assolto l'incarico che le era stato assegnato, De Ritter si avvicinò a Sam e si permise di essere curiosa.

«Se ne va spesso così, senza dire dove?»

«Se ne va quando e dove vuole, è il capo, no?»

«E voi non gli fate domande?»

«Perché non vogliamo risposte» s'intromise Ronan. «Ti basta sapere che questa fiducia va nei due sensi. E che la carriera del poliziotto è lunga e più rischiosa di quella di un fornaio. Avrai sicuramente bisogno di lui un giorno o l'altro. Forza, dai, mettiti il cappotto, ti portiamo a pranzo dietro ordine del capitano. Se fai la brava ti spetterà una storia al momento del dolce.»

28

Tra la Corte d'appello di Bobigny e il Servizio dipartimentale di polizia giudiziaria del 93 si annida rue de l'Égalité. Quale nome migliore per una zona tra Polizia e Giustizia? In una villetta dotata solo di pianterreno, Luigi Maldonado, insieme alla famiglia arrivata di recente dall'Italia, ha aperto La Molisana, un ristorante la cui sala principale si trova nel tinello e i cui tavoli esterni sono in giardino. Risultato: ai clienti viene data la vaga impressione di essere stati invitati a casa di qualcuno. Parcheggiata sul prato, a mo' di pubblicità, è finita una vecchia Fiat 500 con i colori verde e rosso del paese costruttore, come se un pizzaiolo ubriaco avesse terminato la corsa in mezzo alle aiuole e ritenuto opportuno abbandonare la macchina lì, immobile da allora. Nonostante tutto, vi si mangiano le migliori pizze del quartiere, buon cibo da poliziotti, e proprio lì avevano deciso di pranzare.

De Ritter si alzò, malferma sulle gambe. «Telefono a mio marito, lo avverto che non torno subito.»

Raddrizzò il bicchiere vuoto che aveva fatto cadere sul tavolo.

«E che dovrà pure venire a prendermi.»

Urtò una sedia, poi due, senza nemmeno accorgersene, e Ronan con una strizzatina d'occhio assicurò al cameriere che tutto era sotto controllo. Quanto a Sam, aveva semplicemente smesso di masticare.

«Il suo che?»
«Il maritino.»
«Ma non è...?»
«Macché! Sposata, due figli, e stamattina ho fatto la figura dello stronzo.»
«Immagino che sia lui a preparare le marmellate.»
«Stai fresco. È piuttosto un vichingo tutto muscoli. Inoltre, quel coglione non è neanche malaccio.»
Di ritorno, Johanna urtò maldestramente le stesse sedie, che di conseguenza si rimisero a posto.
«Che stavate dicendo?»
Poiché la seconda bottiglia di vino amabile lombardo gli aveva tolto il filtro della buona educazione, Ronan ripeté senza preoccuparsi di edulcorare: «Dicevo che quel coglione di tuo marito è meglio di quanto avrei potuto pensare».
«Non so se io debba prenderla bene, per quello che mi riguarda, ma per mio marito è un complimento. Vedo comunque che sei abbastanza in forma per i pettegolezzi, allora parla, Uomo.»
Ronan si mise goffamente in guardia per una lotta immaginaria: «Forza, comincia, hai diritto a soddisfare la curiosità con due domande, non di più, e non sbagliare l'ordine d'importanza».
Viste le sue condizioni, le ultime parole di quella frase troppo lunga finirono in un biascichio e i due colleghi scoppiarono a ridere in quella sala di cui erano gli ultimi clienti. Johanna De Ritter rifletté per un istante.
«La prima domanda ti riguarda. Come mai Coste, che mi sembra una persona sensata, ha reclutato proprio te, il tenente Ronan Scaglia? Del resto, Scaglia è un cognome corso, no? Che ci fai nella Seine-Saint-Denis?»
«Mia madre è corsa ma là io non ci ho mai messo piede, non mi piace il mare, non mi piace la montagna, non mi piacciono gli esplosivi. Qual è la seconda domanda? Ah già, te lo avevo

promesso. Com'è che io, Ronan Scaglia, sono capitato nella squadra di Corse...»

«Coste.»

«Sì, Coste.»

Come a teatro, Ronan cominciò a raccontare, con grandi gesti e di certo ad alta voce.

«Alcuni anni fa ero responsabile di una squadra investigativa del commissariato di Aubervilliers. Ero stato chiamato per un suicidio nel canale dell'Ourcq. Era una mattina d'estate. Avevamo tirato fuori dall'acqua l'uomo e avevo chiamato i colleghi della Fluviale con il sonar, ma a parte radunare SCG, non ci sono state altre sorprese.»

«SCG?»

«È un'espressione dei vigili urbani, negli incidenti stradali. Significa gli Stronzi Che Guardano. Continuo?»

De Ritter accennò un sorriso. «Ti prego, sai farlo così bene.»

«Il problema con il suicida erano le mani legate dietro la schiena, piuttosto raro come metodo, però si fa e io sapevo perché. Solo che la giudice di turno non ha voluto ascoltare le mie spiegazioni e, persuasa che si trattava di un omicidio, ha assegnato il caso alla polizia giudiziaria. La capitana Lara Jevric è stata il mio primo contatto con la giudiziaria del 93, inutile dirti quanto ho apprezzato. È arrivata, grassoccia e truccata vistosamente, si è messa subito a urlare ordini in tutte le direzioni con quella voce nasale che mi fa venire voglia di riempirla di botte. Ho tentato di darle il mio parere, ma sarebbe stato meglio saltare il turno. Jevric mi ha strillato che non erano affari miei e che lei non aveva mai visto un suicida con le mani legate dietro la schiena, allora ho fatto marcia indietro. E a quel punto ho conosciuto Coste.»

«Aspetta un attimo. Coste e Jevric sullo stesso caso?»

«No, Coste era lì come accompagnatore, osservatore. Jevric ha la delicatezza di un bulldozer guasto e riesce a inimicarsi la maggior parte degli organi di polizia, il che non è una bella pubblicità. Imparerai presto che tre quarti dei casi trattati dalla giudiziaria vengono dai commissariati di quartiere. Meglio mantenere buoni rapporti.»

De Ritter espresse il suo dubbio: «Per ora sono d'accordo con la capitana Jevric, ha l'aria di un omicidio».

«Abbi fiducia, ho mosso i primi passi in un commissariato sprofondato nel Finistère, uno dei tassi più alti di suicidi di tutta la Francia, ho parecchia esperienza sui mille modi di farla finita. Allora, quando Coste mi ha chiamato in disparte e mi ha chiesto di dirgli quello che m'impensieriva, gli ho spiegato la faccenda del nodo scorsoio. Un suicidio per annegamento semplice non esiste. L'istinto di sopravvivenza fa sì che tu non rimarrai sott'acqua.»

Il silenzio di Johanna, ormai catturata dalla storia, lo invitò a proseguire.

«Okay, ti descrivo la scena. Prima ti leghi i piedi, poi, con l'estremità della corda, fai un nodo scorsoio dove infili i polsi. Ti prendi qualche secondo per ricordarti che la vita è uno schifo e a quel punto ti butti. Ovviamente, una volta sott'acqua si sveglia l'istinto di sopravvivenza, tu ti divincoli, ma il nodo scorsoio si stringe, impossibile riaffiorare o nuotare. Dunque, forse un omicidio, ma poteva anche essere un suicidio.»

«Intelligente. Macabro ma intelligente. E dopo?»

«Dopo? Jevric, sempre persuasa di essere di fronte a un omicidio, ha voluto fare un esame del cadavere, per trovare tracce di lotta o di difesa. Bisognava perciò rigirare il corpo. Ma con il caldo opprimente che avevamo dall'inizio di luglio e il tempo trascorso dal cadavere in acqua, la pancia era gonfia e la pelle rammollita. In parole povere, era una pessima idea. Ma siccome di idee Jevric non ne ha poi tante, si è aggrappata a quella e ha ordinato ai colleghi di mettere il cadavere a pancia in giù. Le ho consigliato di aspettare gli addetti delle pompe funebri, che sono abituati a situazioni del genere, e ancora una volta mi ha coperto d'insulti, allora ho lasciato perdere.»

Johanna cominciò a intravedere il peggio.

«Non dirmi che...»

«Be', sì. Non appena girato il corpo, la pelle della pancia si è squarciata e tutto quello che c'era dentro il tizio si è rovesciato sull'asfalto. Una poltiglia di una decina di litri di organi liquefatti dai gas della putrefazione ha inzaccherato le scarpe degli SCG più vicini.»

«Gli *stronzi che guardano*, giusto?»

«Giusto. Alcuni sono svenuti, altri sono diventati isterici, ma i più hanno vomitato. Abbiamo lasciato la capitana Jevric davanti alla sua cazzata e io ho proposto a Coste di comunicare il decesso alla famiglia.»

Comunicare un decesso. Una prova che prima o poi ogni poliziotto deve affrontare. Una delle eventualità che De Ritter temeva di più.

«Non è troppo dura?»

«Ci farai il callo. Non conosci il morto, non conosci i suoi parenti. Non è il tuo dolore. Tu sei solo un messaggero.»

Sam intervenne nella discussione: «Il fatto è che il mondo di Ronan gira intorno a Ronan, il quale se ne frega degli altri».

De Ritter volle sapere com'era andata a finire: «Allora? Omicidio o suicidio?».

«Se mi ricordo bene, era la prima autopsia della dottoressa Marquant, a quel tempo nuova recluta dell'Istituto di medicina legale. Ha confermato l'ipotesi del suicidio e il caso è finito lì. Una settimana dopo ho ricevuto una telefonata di Coste e due mesi dopo sono entrato nella sua squadra.»

De Ritter terminò la seconda bottiglia di vino riempendo i tre bicchieri e si girò verso Sam.

«E tu? Come sei capitato nella squadra? Un'altra storia incredibile?»

Ronan la interruppe: «Spiacente, ma sei a corto di munizioni. Avevi diritto a due domande e ti ho risposto».

29

Alla Gare de Lyon, Coste ritirò allo sportello automatico il biglietto del treno per Annecy. Non era passato da casa, contava di rimanere il tempo necessario per una lunga chiacchierata con l'amico.

Lottò con la tendina del finestrino per buona parte del tragitto, cercando il modo di evitare l'abbagliante sole invernale, poi, stufo, rinunciò e si sentì ridicolo quando cominciò ad apprezzare il dolce calore sul viso. Si lasciò ipnotizzare dal paesaggio in accelerazione.

Era bastato un sms laconico per informare Mathias del suo arrivo. «Con piacere» aveva ricevuto come risposta, poi, alcuni minuti dopo, un «va tutto bene?» a cui non aveva risposto perché no, non andava tutto bene.

Giunto alla stazione di Annecy ebbe, abituato com'era al 93, un'impressione di falsità, di finzione alla Disneyland, e lo spaesamento fu accentuato dalle Alpi a due passi e dai viaggiatori carichi di sci, o di snowboard, a seconda della generazione. Aria fresca e vista sgombra. Ripensò alle orde di barboni e di bulli che circondavano le stazioni della Seine-Saint-Denis. A luoghi diversi, metodi di lavoro diversi. Lavorare lì doveva avere un piccolo sapore di vacanza.

«Sedotto?»

Coste si voltò e, nello spazio di un secondo, ci furono solo due amici che si abbracciavano.

«Stregato, vuoi dire.»

La conversazione proseguì in macchina, dove l'argomento principale fu dimenticato di proposito per lasciare il posto alle banalità. Mathias s'incaricò della visita guidata.

«Ti ricordi di quell'operazione dell'anno scorso? La storia degli iugoslavi del XVI arrondissement...»

«Certo, benissimo. I libretti degli assegni rubati a una società di Montreuil, lo champagne comprato nei negozi di lusso della bella Capitale. Un danno di circa un milione.»

«Li avevamo beccati mentre caricavano nel camion le casse di Cristal Roederer da novecento euro a bottiglia. Ti ricordi quando gli abbiamo puntato addosso le armi gridando "polizia"? Si è paralizzata la strada.»

«Sì! Nel XVI, quando gridi "polizia" tutti si bloccano, anche quelli che non c'entrano niente. Quando invece dici "polizia" nel 93, i criminali tirano fuori l'artiglieria.»

«Bene, pensa di essere come nel XVI. Ieri sono andato a salutare i miei nuovi colleghi. Pare che qui non ricevano né insulti né pugni sul grugno. Bello, no?»

«Niente male, lo ammetto. Mi sembra che ti stia già abituando al nuovo scenario, e fra l'altro, se conosci un buon ristorante, t'invito.»

«Senza complimenti, Laure ci aspetta. Si è messa ai fornelli quando ha saputo del tuo arrivo, quindi se ti va di facilitarmi la vita, andiamo subito a casa e dici gnam gnam a tutto quello che ci serve.»

Laure Aubin li accolse sull'uscio. Una casa con il monte Bianco come sfondo, bella come uno sfondo per il desktop, alla fine di un sentiero tortuoso che consentiva il passaggio di una sola auto per volta. Coste la strinse fra le braccia.

«Sei venuto così, senza bagagli, d'impulso? Già ti manchiamo?»

Anche Mathias aveva fatto la stessa riflessione. Una visita

improvvisa che certamente non doveva nulla al caso. Tanto più che, per Coste, Annecy era molto lontana. Si aspettava perciò qualche rogna. Sussurrò: «Mangiamo e poi parliamo, d'accordo?».

Coste assentì con una pressione amichevole sulla spalla.

Avrebbe voluto che quel pranzo non finisse mai. Come previsto, Laure aveva rovinato tutti i piatti, dal primo al dolce. Impercettibilmente, Coste sentiva Mathias e Laure diversi. I loro gesti erano più posati, le parole più calme, ed erano scomparsi i soliti rimproveri. Una felicità da fragile castello di carte che lui non avrebbe tardato a mandare all'aria.

«E Gabriel si abitua alla nuova vita da montanaro?»

«Ci sono una decina di ragazzini della sua età nel paesino di Bluffy e ieri, in un pomeriggio, si è fatto una sfilza di nuovi amici. La cosa ci rassicura.»

Laure gli portò via il piatto, che accatastò sugli altri.

«Perché non vieni a vivere qui? È possibile recuperarti un paio di omicidi all'anno da queste parti, se è il motivo che ti trattiene nel 93.»

«Ci rifletterò. Ma per ora sono qui per mezza giornata, tanto per vedere come se la cava Mathias senza il mio aiuto.»

Né lei né il marito se la bevvero. Laure preparò i caffè che posò sul tavolo del salotto e, con la scusa di spese da fare in città, lasciò soli i due uomini. Dalla soglia incrociò lo sguardo di Coste e, senza aprire bocca, gli promise con gli occhi che lo avrebbe ucciso se al suo ritorno avesse trovato il minimo segnale di un cambiamento nell'equilibrio precario della loro nuova vita.

Coste verificò, nella tasca interna della giacca, la presenza delle due lettere anonime. Sapeva che le avrebbe posate sul tavolo e avrebbe aspettato che l'amico parlasse. Sperava solo che gli anni trascorsi sul campo a proteggersi le spalle l'un l'altro gli evitassero la commedia di chi casca dalle nuvole quando messo di fronte a prove schiaccianti.

Mathias non era fatto di quella pasta.

30

Aubin rimase in silenzio. Non sapeva da dove cominciare. Senza avere toccato i due fogli aperti davanti a lui, ne aveva letto il contenuto da lontano.

Codice 93.
Overdose – 16 marzo 2011.
Squat dell'ex municipio di Les Lilas.

Codice 93.
Morte per soffocamento – 23 giugno 2011.
Campo rom di La Courneuve.

«Stavo per chiamarti.»

«Fatica sprecata, sono venuto.»

Mathias si alzò e raggiunse un vecchio mobile di legno che conteneva i superalcolici. Riempì due bicchieri che erano tanto piccoli quanto virile era l'acquavite versata.

«Laure voleva divorziare...»

Vuotò il bicchiere in un sorso.

«Non cerco una scusa per quello che ho fatto, Victor, ma lei stava per andarsene, prendendo Gabriel, naturalmente...»

«Non sono qui per arrestarti, ma per capire. Se immagino perché ti sei ficcato in questo casino, è il casino in sé che non riesco ad afferrare.»

«Sono stato convocato dal vicedirettore della giudiziaria due anni fa. È stato lui, Galienne, a far pressione sul commissario Stévenin affinché fossi nominato responsabile del SALVAC nel 93. Galienne mi ha promesso il trasferimento ad Annecy entro un anno se gli avessi fatto qualche favore. Ce ne sono voluti due, in fin dei conti.»

«Favori di che tipo?»

«Accantonare certi casi specifici. Unicamente omicidi e unicamente vittime invisibili.»

«Precisa "invisibili".»

«Tossici, puttane, clandestini, barboni, gente senza famiglia, o con parenti che non lo sono abbastanza da richiedere il corpo.»

Dopo le due lettere anonime, Coste si era preparato a una storia spiacevole e di sicuro contorta. Ascoltarla era un altro paio di maniche.

«E come hai fatto?»

«Grazie al SALVAC, per l'appunto. Adduco come pretesto che il software ha trovato una corrispondenza con altri casi, mi approprio dell'indagine, telefono al giudice di turno, gli spiego che un altro ufficio di polizia, in un altro dipartimento, è incaricato di casi simili. Quello mi autorizza a trasmettere il tutto, chiudo il procedimento e la cosa scompare dal nostro conteggio.»

«Aspetta un attimo, e l'indagine?»

«Metto una copia nel nostro archivio, se mai il caso dovesse riaffiorare, e distruggo le altre tre copie. Il poliziotto a cui ho tolto il caso non si fa domande, un caso in meno è tanto di guadagnato.»

«E il magistrato?»

«Il magistrato non si prende mai la briga di contattare il suo omologo nel dipartimento in cui il caso sarebbe dovuto atterrare. Hai già visto l'ufficio di un giudice, no? È circondato da colonne di due metri di procedimenti giudiziari, pensi davvero che si preoccupi dei casi di cui è riuscito a liberarsi?»

«E quelli del SALVAC?»

«Non li ho mai contattati. Dico solo di aver trovato una similitudine, ma non li avverto. Tutto si fa e resta nel mio ufficio.»

«Nel nostro ufficio.»

«Naturalmente aspettavo che tu fossi in missione o a riposo.»

«Dici che esce dal nostro conteggio, però tutto è registrato nel database nazionale, non puoi modificare niente.»

«Chiamarlo database nazionale è un po' enfatico, a tutta prima, in realtà è una semplice scrivania con una persona dietro che controlla e registra le informazioni. Adesso prova un po' a lavorare di fantasia. Per agire su di me, la leva era la mia famiglia che sarebbe andata in frantumi se non avessi ottenuto presto il trasferimento. Per il database, saranno capitati su un povero agente amministrativo con un figlio disabile, o problemi di alcolismo, o qualunque altro mezzo abbiano trovato per fargli premere il tasto *delete* e cancellare le indagini che riuscivo ad affossare. Per insabbiare un omicidio c'è bisogno di un'organizzazione meticolosa, ma soltanto di due persone su cui fare pressione: quella che ha il caso in mano e quella che lo registra.»

Coste scosse la testa come se volesse rifiutare tutto in blocco.

«Aspetta, cazzo, non può essere così facile.»

«Le cose più semplici, Victor... le cose più semplici.»

«Ma a che scopo? Il tasso di omicidi nella Seine-Saint-Denis è più alto che in qualsiasi altro posto, siamo d'accordo, ma da qui a voler nascondere dei morti ce ne corre.»

«Mica poi tanto, ci sono dei precedenti. Lo sai che si è parlato di certi direttori dipartimentali che chiedevano ai loro commissari di smettere di contare i reati prima della fine del mese, in modo da avere cifre favorevoli, e di spedire nel dimenticatoio i reati rimanenti? C'è stato un periodo in cui quasi un quarto dei fatti di piccola criminalità non veniva registrato. Risultato, il tasso della delinquenza non si muove, il ministro prosegue il suo mandato senza attraversare zone di turbolenza. Si congratula con il prefetto, che ottiene un posto al sole. A sua volta il prefetto si congratula con il direttore dipartimentale che già si vede sulla poltrona del prefetto e che garantisce una cospicua indennità al commissario, il quale se la tiene senza spartirla con i suoi agenti, costretti a chiudere il becco e a tornare al lavoro. Quei reati fantomatici rientravano in una contabilità nascosta, il Codice S. Detto ciò, nascondere ladruncoli o consumatori di erba non era complicato, tutti se ne fregano, ma per nascondere cadaveri ci vuole un'altra organizzazione. Perciò hanno dovuto trovare un nuovo nome con il numero del dipartimento: Codice 93.»

«Perlomeno è senza ambiguità» ironizzò Coste.

«Suppongo che quando ci si spinge fino a passare sotto silenzio intenzionalmente alcuni omicidi, simili considerazioni non servano più. E se la cosa funziona, c'è poi spazio per altri tentativi. Marsiglia non dovrebbe tardare ad avere il suo Codice 13 se continua a farsi notare.»

Per la prima volta Coste posò le labbra sul bicchiere. Il discorso dell'amico era senza contraddizioni, limpido come una recita. Ne dedusse che da molto tempo si era preparato a difendersi. Non di fronte alla giustizia, ma di fronte a qualcuno più intransigente ancora. Se stesso.

«E quanti invisibili hai cancellato?»

Mathias stava per servirsi di nuovo quando Coste gli trattenne il gesto posandogli la mano sull'avambraccio.

«Non alzare il gomito, Laure sta per tornare. Quanti, Mathias?»

Aubin esitò. Eppure conosceva la cifra esatta. Quando il contachilometri indicava una cifra che finiva con 23, gli saltava agli occhi, quando l'orologio segnava le 23, gli saltava agli occhi, quando fuori faceva 23 gradi, gli saltava agli occhi.

«Ventitré.»

Chiudendo le palpebre, Coste strinse la radice del naso

tra due dita, come nei film di Lautner quando il malvivente si accinge a mollare cazzotti.

«Non riesco a concepire un'organizzazione simile e un numero così alto di vittime da far scomparire solo per una questione di cifre. È un po' troppo. Dove stanno i soldi in questa faccenda?»

«Come arrivi a una conclusione del genere?»

«Il mondo gira attorno al denaro e al sesso, il resto è un'eccezione, e nel caso specifico non c'è posto per il sesso.»

«Esatto. Mi sono fatto le stesse domande e proprio in quel momento mi hanno suggerito che mi conveniva saperne il meno possibile.»

«Ventitré, però!»

«Cazzo, Victor, non ho ucciso nessuno, ho soltanto...»

«Zitto! La cosa migliore, adesso, è che stai zitto. Qualcuno ne è al corrente?»

«Sì.»

«Mi prendi in giro? Chi?»

«Marc Farel.»

«Ci mancava anche questo! Hai proprio scelto bene! Il giornalista peggiore!»

«Ma non dovrebbe causarci problemi.»

«Comincia a somigliare a un conciliabolo di mafiosi, ma va bene, dimmi come pensi di far tacere uno scribacchino come lui.»

Mathias non aveva altra scelta che quella di raccontargli tutto, sin dall'inizio, e l'inizio risaliva all'anno precedente, verso la fine del 2011.

31

Farel aveva avuto la fortuna di presentarsi nella giornata giusta. Aubin stava lasciando scorrere i minuti che lo separavano dalla fine del turno tentando di non esplodere.

In equilibrio sul bordo del tetto a terrazza dell'SDPJ 93 che sovrastava la città, finiva di fumare. Aveva l'orecchio sinistro indolenzito. La telefonata con Laure si era di nuovo trasformata in dramma e minacce. Le parole «separazione» e «custodia del figlio» continuavano a scombussolargli il cervello. Gettò il mozzicone e lo guardò cadere. Potrei essere io, si disse. Valutò l'altezza che lo separava dal suolo. Non abbastanza. Nella migliore delle ipotesi, si sarebbe spezzato una gamba e sarebbe solo riuscito a rendersi ridicolo.

Avvertì una contrazione nel petto. La psicologa della polizia gli aveva dato un esercizio semplice da fare quando il senso di soffocamento era eccessivo. Doveva cercare nella sua memoria un luogo calmo, al riparo da ogni angoscia e da ogni costrizione, un luogo ideale di riposo in cui nascondersi e riordinare le idee. Non lo aveva mai trovato.

Arretrò di un passo. In preda al tormento, decise di andare a stancare il corpo in palestra. Non quella del commissariato, ovviamente. Situata in modo giudizioso nel sottosuolo, tra lo spogliatoio e il parcheggio, aveva in dotazione tre tatami incollati l'uno all'altro che una perdita del bagno del secondo piano aveva inzuppato d'acqua mista a urina. Eppure si chiedeva ai poliziotti di mantenersi in forma.

Zaino in spalla, si accingeva a salire in auto quando una voce lo chiamò: «Tenente Aubin?».

Una domanda che non aspettava risposta. Perciò non la diede e scrutò l'interlocutore con diffidenza.

«Salve, sono Marc Farel e vorrei rubarle un minuto se è possibile.»

Tre tipi di persone fanno scattare l'allarme interno dei poliziotti: gli avvocati, i delinquenti e i giornalisti. In quest'ordine d'irritazione. Quell'uomo faceva parte della terza categoria.

Completo marrone con giacca sciancrata ma capelli scuri scompigliati, una trasandatezza studiata, un casco da moto sotto il braccio. Il tenente Aubin aveva pensato ingenuamente di potersene liberare con un gesto della mano.

«Non ho tempo, mi dispiace, lasci il suo recapito all'ingresso, la cercherò nel pomeriggio.»

Poi si rese conto che l'altro lo aveva chiamato con il suo grado e il suo nome e che lo aveva aspettato fuori per incontrarlo, anziché presentarsi in commissariato. Forse doveva dedicargli qualche istante.

Scagliò lo zaino sul sedile dell'auto e si girò verso il giornalista.

«Okay, cinque minuti.»

Nella sala interna di uno dei rari caffè della città, i due uomini si fronteggiavano seduti a un tavolino. Il giornalista si prese delle libertà.

«Ha una brutta cera, tenente.»

«Non faccio un mestiere riposante.»

Marc Farel aveva ormai da tempo l'abitudine di catturare alla svelta l'attenzione dell'interlocutore. Cronista giudiziario, aveva scelto una specializzazione che implicava che tutti quelli che tentava di avvicinare tentassero, da parte loro, di evitarlo.

A scelta, magistrati, poliziotti, criminali. Farel affrontò la questione di petto: «I rimorsi, forse. I rimorsi stancano».

In un interrogatorio, questa tecnica è quella dell'esca. Buttare lì un'accusa quanto mai vaga e aspettare la reazione. L'attesa fu breve.

«Stia a sentire... Farel, è così? O sputa il rospo o me ne vado, ma soprattutto non reciti la parte del poliziotto con me.»

Aubin era stato brusco come il suo fisico prometteva. Un po' disorientato, il giornalista tirò fuori un taccuino e lo sfogliò alla ricerca di una pagina precisa.

«Andrò subito al sodo. Due settimane fa si è fatto vivo un investigatore privato. Un tale Simon. Non ho mai saputo se sia il nome o il cognome. Le nostre strade si erano già incrociate a più riprese, sono un cronista di lunga data, e per quanto mi ricordi, l'ho sempre visto in attività. Detective privati, giornalisti, poliziotti, è un piccolo mondo di cui si conoscono gli attori principali perché facciamo tutti più o meno lo stesso lavoro. Indaghiamo e cerchiamo di capire. Solo che voialtri lo fate a buon prezzo.»

Senza pubblico, Farel smise di sorridere e tornò al punto.

«Bene. Simon è uno che lavora all'antica, per contatti. Aveva alcune domande particolari e gli è venuto spontaneo rivolgersi a me. La mia fama mi precede, lo so, si dice che mi piaccia rovistare nella merda.»

«Tu guarda, avrei usato la stessa espressione.»

«Grazie, sono commosso. L'avevano ingaggiato per rintracciare una ragazza. Senza tregua, con la foto in mano, ha battuto tutte le piste possibili e passato al setaccio tutti gli eventuali scenari. Infine è capitato in uno squat. In cambio di qualche banconota, una delle larve che frequentava l'edificio gli ha parlato di una sbandata che somigliava alla ragazza della foto, morta di overdose. Gli ha anche parlato dei poliziotti che erano arrivati quel giorno, fatto che aveva costretto tutti a darsela a gambe. I suoi ricordi sono tornati a galla facilmente, tanto più che, dopo i fatti, il vecchio edificio è stato murato con dentro il carrello del supermercato che conteneva tutta la sua vita. L'investigatore privato credeva di aver ritrovato la sua pecorella smarrita, anche se il lupo lo aveva preceduto, e ha informato la famiglia. Lei riesce a inquadrare il caso? Dovrebbe. È stato proprio lei a organizzare il riconoscimento del corpo circa dieci mesi fa.»

«Una drogata che crepa di overdose non ha niente di affascinante, ed è ordinaria amministrazione. Che vuole che ci faccia?»

«Certo, tenente, certo. Però mi dia ancora qualche secondo per arrivare fino a lei, perché in effetti, ormai lo ha capito, è lei il mio bersaglio. Il seguito della storia si rivela piuttosto imbarazzante per la polizia giudiziaria. Volendo attivare i suoi contatti per avere accesso a una parte dell'indagine, Simon ha scoperto che non era registrata nel vostro schedario.»

Aubin non espresse nessuna sorpresa. Ovviamente. Il giornalista s'impegnava a raccontargli una storia di cui conosceva tutti i particolari, poiché ne era al centro. Calava le carte per mostrare le briscole in mano.

«Temo di deluderla, Farel, ma l'indagine è passata a un altro ufficio. Io sono dell'Anticrimine e la tossica che le interessa così tanto aveva usato una droga tagliata male. Era di competenza dell'Antidroga e hanno acquisito il caso. Un fascicolo che si smarrisce o un bug informatico sono cose che succedono, posso controllare se vuole.»

Il giornalista parve deluso. Nessuna spiegazione, soltanto un poliziotto che tentava invano di non affogare. Proseguì: «Non serve, ci ho già pensato io. Se anche l'indagine fosse stata trasferita, ne rimarrebbe traccia nello schedario informatico. Ma non è stata inviata da nessuna parte e non ha mai lasciato il suo ufficio».

Si concesse una pausa volutamente teatrale.

«Sembra che dopo alcuni anni di esperienza i poliziotti riescano a distinguere la verità dalla menzogna.»

«No, è a furia di sentire le menzogne che la verità suona in modo diverso, tutto qui. Ne deduco che lei non mi crede.»

«Ci provo, ma qualcosa non torna.»

Aubin si accinse a tagliare corto.

«Mi spiace per lei. Ho una lunga giornata davanti, se abbiamo finito...»

«Con la ragazza dello squat può darsi, ma che ci faccio con gli altri sedici casi simili?»

In quel momento preciso, Aubin avrebbe dovuto controllare che il giornalista non portasse un microfono. Meglio ancora, avrebbe dovuto alzarsi e andarsene, ma quel giorno non aveva la forza né per lottare né per fuggire. Forse, anche, aspettava quel momento da molto tempo. Ascoltò il seguito.

«In tutto, diciassette persone trovate morte. Per la maggior parte, omicidi o decessi sospetti. Diciassette casi di cui perdo le tracce quando arrivano al suo ufficio.»

Aubin rimestò meccanicamente il caffè. Nelle sue mani, la tazza e il cucchiaino sembravano i pezzi di un servizio da tavola per bambole. Si disse che se il giornalista avesse frugato un po' di più si sarebbero messi d'accordo sul numero esatto. Ventitré, non diciassette. E ricordava ogni caso. Assorto nei suoi pensieri, si perse l'inizio.

«... anonimi, senza famiglia, storie che non portano da nessuna parte. Badi bene, sono i più numerosi, ci vuole poco a fare una bella cifra. Lei cerca il sasso che non crea cerchi concentrici quando cade in acqua, spia quelli che muoiono in silenzio. E con la giovane drogata, ha pensato di averne una buona tra le mani. Ma ha sbagliato, Aubin. La ragazza non avrebbe mai dovuto far parte della sua selezione.»

«La famiglia non ha riconosciuto il corpo, lei ha trovato altri parenti?»

«No. La famiglia l'ha presa in giro.»

«Come fa a esserne sicuro?»

«Perché Simon, nonostante tutto, continua a indagare

sulla ragazza e non ne ha motivo. Allora, sia onesto con me, ha davvero deciso di farle?»

«Di che parla?»

Gli occhi di Farel tradirono un senso di eccitazione, la stessa di un bambino alla vigilia di Natale, di un tossico davanti a una siringa piena o, meglio, di un imbrattacarte davanti a uno scoop. Quasi si entusiasmò: «Le grandi pulizie. Le sta davvero facendo?».

«Piano, Farel, lei incappa in un'indagine scomparsa e subito grida alla macchinazione. Non le hanno insegnato a mantenere il sangue freddo nel suo mestiere?»

«Non una sola, tenente. Gliel'ho detto, ne ho contate diciassette.»

«E perché ha aspettato di averne diciassette prima di contattarmi?»

«Aspettavo un errore, tenente, ce n'è sempre uno. Serviva pazienza, in attesa del giorno in cui uno dei suoi fantasmi si sarebbe svegliato e di notte l'avrebbe tirata per i piedi.»

Non era più il momento delle acrobazie e Aubin imboccò il rettilineo.

«Che cosa vuole?»

«Sapere è bene, ma senza uno straccio di prova in mano, sono disarmato. Mi dica, dove sono le indagini?»

«Distrutte.»

«Peccato. Ero pronto a negoziare. Lei corre rischi insensati per qualcosa che supera la sua comprensione. Sono persuaso che non sappia tutto dei motivi che le fanno recitare la parte del becchino. Di certo le avranno promesso molto. A quanto ammonta la sua morale?»

Farel si alzò, si accinse a uscire senza pagare e, sottolineando la sua posizione di forza, s'infilò il cappotto.

«Le lascio il mio biglietto con l'indirizzo, Mathias, nel caso in cui, stasera, avesse voglia di venirmi a trovare.»

«Non mi chiami Mathias.»

Alle ventidue e trenta Aubin finì il secondo pacchetto di sigarette della giornata. La gola cominciava a irritarsi e provava dolore tossendo. Aprì un nuovo pacchetto. Si concedeva altri due minuti per decidere. Le copie delle ventitré indagini cancellate erano riposte in una scatola di cartone in fondo al giardino, nel capanno degli attrezzi. Sentimenti contraddittori lo avevano indotto a conservare una copia di ogni caso, pur lontano dagli occhi. Aubin era un buon poliziotto e si considerava integro. Fino a quel momento. Ma le circostanze, l'amore e la paura lo avevano indotto a fare la scelta sbagliata. Lo rendeva furioso avere accettato il patto proposto dalle gerarchie, ma a quel punto gli era impossibile fare marcia indietro. Prese l'arma di servizio, le chiavi della macchina e controllò che il biglietto da visita fosse ancora nella tasca dei jeans.

Alle ventitré parcheggiò nella parte alta di Belleville, nel XX arrondissement, ai piedi del palazzo di Marc Farel. Sempre dietro il volante, verificò e caricò la pistola. Respirò lentamente, a occhi chiusi. Scese dall'auto e si diresse verso il portone. Nell'atrio male illuminato, una cassetta delle lettere menzionava il nome di Farel, il piano e il numero della porta. Salì al secondo e si trovò davanti all'appartamento 26. Rimase là, immobile e silenzioso, con la pistola in mano. Pensò al figlio. Pensò alla prigione. Si disse che Farel era uno scorpione pronto a crepare per un buon articolo, a costo di mettersi in pericolo. Si disse soprattutto che avrebbe potuto farlo tacere. Posò la mano sul calcio della pistola. Chiuse gli occhi. Respirò a fondo.

No, non avrebbe avuto il coraggio. E poi, cazzo... uccidere?

Fece dietrofront, si affrettò giù per le scale e raggiunse l'auto. Lì, nella strada dove le lampadine dei lampioni erano state rotte per facilitare lo spaccio, scoppiò a piangere. La vita gli sfuggiva di mano, faceva una sciocchezza dietro l'altra e ormai più niente era sotto controllo.

Con la nuca sul poggiatesta, infilò in bocca il metallo freddo della canna e cominciò a premere sul grilletto. Il cane dell'arma indietreggiò, pronto a percuotere la cartuccia che gli avrebbe fatto esplodere la parte posteriore della testa. La pressione del dito si fece più debole e il cane si rimise in posizione di arresto, inoffensivo.

Neanche per questo avrebbe avuto il coraggio.

A mezzanotte e dieci, il campanello dell'appartamento di Marc Farel suonò e il giornalista lasciò il computer. Aprì la porta davanti ad Aubin, impalato sul pianerottolo con una pesante scatola di cartone fra le mani.

«Non l'aspettavo più.»

«Ho esitato a lungo.»

«Allora posso dire di essere stato fortunato.»

«Può dirlo.»

E sicuramente molto più di quanto immaginava.

32

Ad Annecy, Mathias Aubin teneva sulle spalle il figlio Gabriel per fargli districare la reticella del canestro che aveva sistemato in giardino. Traballava da destra a sinistra per rendere impossibile l'operazione e il ragazzino scoppiava a ridere a ogni tentativo fallito.

Dalla finestra della cucina, Coste guardava quella scena da famiglia modello rimuginando le scelte possibili, combattuto tra quello che gli ordinava la ragione e quello che avrebbe fatto in realtà. Certo, i due punti di vista erano diametralmente opposti.

Sentì le braccia di Laure che gli cingevano la vita e il suo viso appoggiarsi sulla scapola.

«Vivo con lui, Victor, perciò non credere che io non sappia quando il mio uomo ha fatto una cavolata. E conosco anche te, so che oggi sei venuto per capire se ti addosserai o no la responsabilità di quella cavolata.»

«Non c'è male.»

«Moglie di uno sbirro è anche essere un po' sbirro, no? Allora, hai preso una decisione?»

«Mi piacerebbe risponderti, ma non so fin dove mi porterà questa faccenda. Farò sì che possiate approfittare delle Alpi per molto tempo, ma non ti prometto nulla.»

«È così grave?»

«Prova a non avercela con lui.»

«Avercela con lui? Mathias non commetterebbe niente d'illegale per il suo solo interesse. So che, qualunque sia il vicolo cieco in cui si è cacciato, è a causa nostra. L'ho minacciato fino a spaventarlo da matti. Ho persino usato Gabriel, non sapevo più cosa fare. In qualche modo mi sento responsabile, anche se non ho la minima idea di quello di cui stiamo parlando.»

Strinse le braccia un po' più forte.

«Ti ho odiato tanto, Victor, ma ora mi rendo conto che Mathias ha tenuto duro, laggiù, nel vostro dipartimento di merda, con me che non gli davo tregua, solo grazie alla vostra amicizia.»

Coste non si fidava delle donne innamorate. Lo avevano abbindolato in più di un'occasione. Non poteva dire se Laure tentasse di manipolarlo, ma in ogni caso aveva preso una decisione, e in quell'istante seppe di aver appena messo i piedi nel cemento. D'ora in poi cadere in acqua non sarebbe stato concepibile.

SECONDA PARTE

«Pensi che stia giocando con noi?»
«No, penso che voglia farci partecipare al gioco, è diverso.»
Capitano Victor Coste

33

Lucas Soultier era abituato a pranzare in compagnia della madre. Lasciava il ministero delle Finanze un po' prima di mezzogiorno e si faceva condurre al maniero annidato sulle alture di Saint-Cloud. Sebbene non sembrasse affatto un castello e non fosse nemmeno una dimora di aristocratici, la famiglia Soultier imponeva quell'appellativo anziché chiamarlo con il termine più appropriato di villa. L'imponente e lussuoso edificio di due piani si apriva su un vasto ingresso che dava su una scalinata centrale. Dal pianerottolo si accedeva all'ala est e all'ala ovest dove si trovavano le camere da letto, la maggior parte delle quali erano al buio da anni. Quanto al pianterreno, accoglieva il salone dei ricevimenti, l'ampio salotto padronale e le cucine. Nel corso degli anni, il numeroso personale della casa si era ridotto a un solo tuttofare, Brice, il cui nome era l'unica cosa da sapere. Sulle pareti, ampie differenze di tinte lasciavano indovinare la posizione di quadri venduti da tempo.

Il bisnonno di Lucas aveva costruito il palazzo con le sue mani all'indomani della Seconda guerra mondiale. Ma un'altra versione della storia insinuava che i Soultier avessero acquisito per vie traverse una parte cospicua della propria ricchezza tra il 1941 e il 1943.

Con il padre di Lucas, il geniale imprenditore Jacques Soultier, il maniero aveva conosciuto anni di gloria. Vi si davano ricevimenti sfarzosi dove s'incontravano i personaggi influenti di Parigi. Alcuni investimenti in un partito di destra gli avevano permesso di mettere un piede nella politica e, a sessant'anni, un cancro al fegato aveva finito col fargli mettere i piedi nella tomba. Ormai era raro che tra i muri del grande salone echeggiassero conversazioni animate.

Superando il cancello minuziosamente lavorato, la berlina di rappresentanza andava al passo facendo scricchiolare la ghiaia del vialetto di tassi che l'inverno aveva maltrattato. L'autista frenò adagio nel cortile d'onore perché gli era stato raccomandato di non lasciarvi il solco delle gomme. Lucas Soultier posò il cappotto nell'atrio e andò nel salone dove la madre lo aspettava, prigioniera della sedia a rotelle. Senza preamboli, lei diede l'impressione di proseguire un colloquio lasciato in sospeso.

«Hai incontrato il consigliere di Stato come ti ho chiesto?»

Lucas si sedette e posò un giornale sull'orlo del tavolo.

«Buongiorno, mamma, no, non ho avuto tempo.»

La vecchia signora lanciò uno sguardo al quotidiano, la cui principale notizia era ripresa da tutti i media: «Un'altra morte misteriosa nella Seine-Saint-Denis». L'articolo doveva contenere almeno una decina di volte la parola «autocombustione» e stabiliva un rapporto diretto con il sorprendente ritorno alla vita di Bébé Coulibaly. La fotografia di un corpo carbonizzato occupava quasi per intero la prima pagina.

«Brice, mio figlio è privo di buone maniere. Avrebbe la gentilezza di togliere dal tavolo questa cosa raccapricciante?»

Lucas ironizzò: «È la foto a disturbarti?».

«No, mio caro. La vita è satura di drammi, ci sono avvezza. Invece i giornali lasciati in giro e che sono stati toccati da chicchessia non hanno titolo di stare sul tavolo da pranzo.»

«Me lo dicevo che ci voleva ben altro per colpirti.»

Senza farsi distrarre da quell'attacco mirato, Margaux

Soultier orientò di nuovo la discussione verso l'avvenire professionale del figlio.

«Lo sai che cerco di farti incontrare le persone giuste. Non intenderai rimanere per tutta la vita in quell'ufficio studi e, soprattutto, accontentarti.»

Anche se il figlio sapeva che la madre lo faceva apposta a non ricordare il suo incarico preciso, la corresse.

«Quell'ufficio studi, come lo chiami, è l'Ufficio previsione e valutazione economica del ministero delle Finanze.»

La madre scrollò le spalle.

«Un ufficio sconosciuto di una vicedirezione, ecco tutto. I tuoi locali non sono neppure nella sede del ministero a Bercy.»

«Ma se io fossi a Bercy, tu non saresti soddisfatta lo stesso e mi butteresti in faccia l'Eliseo... Ti conosco, mamma, la tua ambizione per conto d'altri è sfrenata.»

Soltanto il corpo stanco di Margaux Soultier aveva settantotto anni. Il resto sarebbe potuto durare ancora per qualche generazione. Aveva svolto il suo ruolo di madre come un'attrice disastrosa, considerandosi piuttosto la moglie di un uomo di potere, una di quelle donne che spingono i mariti a superare se stessi e che accettano con facilità il concetto di danni collaterali che una carriera politica non manca di causare.

«Ti diverte sempre chiamarmi mamma?»

«È quello che sei, no?»

«Non essere ridicolo, è ovvio, però tu non hai più bisogno di una mamma alla tua età.»

Aveva pronunciato «mamma» con un bruciore alla lingua. Giudicava la mancanza di ambizione del figlio al pari di una tara desolante. Eppure aveva messo in moto tutti i suoi conoscenti per collocarlo in quel posto ministeriale e pure nella loggia massonica dove il defunto marito era stato incoronato. I suoi sforzi non erano riusciti a scuotere il figlio dal letargo. Non sopportava di vederlo sciupare quanto gli offriva la sua posizione sociale. Non sopportava di vederlo tornare a ogni pranzo, inutilmente, per tenerle compagnia, come un passerotto che rifiuta di spiccare il volo dal nido. E soprattutto non sopportava i suoi numerosi segni di affetto. Non gli diede il tempo di toccare la forchetta.

«Abbiamo ricevuto nuove parcelle da Simon. Hai ancora a che fare con lui?»

Lucas Soultier diventò vago.

«Alcune informazioni di cui ho avuto bisogno. A livello professionale.»

«Diciamo che ti credo.»

Poiché i soliti rimproveri ebbero l'effetto di togliergli l'appetito, allontanò il piatto senza guardarla.

«Salgo in camera a riposarmi.»

Si alzò, tirò giù meticolosamente le maniche della camicia e afferrò la giacca sullo schienale della sedia. Passando dietro la madre, le posò una mano sulla spalla. La vecchia signora fremette. Non sopportava i contatti inutili.

Una volta nel silenzio, Lucas si stese al centro del letto, con gli occhi fissi al soffitto. Lasciò cadere il braccio di lato e con il dito sfiorò la giacca che, sbrigativamente, aveva posato sul pavimento. Ne tirò fuori un biglietto d'invito.

Al pianterreno, Brice aiutò Margaux Soultier a lasciare la tavola. Spinse la sedia a rotelle nel cortile dove, su un tavolino di marmo, l'aspettavano gli occhiali e un grosso libro rilegato in cuoio. Mentre il domestico stava per lasciarla alla lettura, lei lo interrogò.

«Brice?»

«Signora?»

«L'ha ritrovata?»

«No, signora. Ho perlustrato ogni angolo della casa, non c'è.»

Margaux Soultier parve contrariata. Di fabbricazione tedesca, la Luger P08 non era una grossa pistola, lei lo ammetteva. Da lì a perderla...

«Vuole che chiami la polizia?»

«Non sia volgare, Brice.»

Si sorrisero. Il tuttofare aveva certamente diritto al meglio di quanto poteva offrire una vecchia signora bisbetica come Margaux Soultier.

Lucas era sceso dal letto per sedersi alla scrivania, esitando qualche attimo con l'invito fra le dita. Le istruzioni erano chiare e di un'esattezza quasi paranoica. Scritte sbalzate, edizione di lusso, plastificazione lucida. Nessun indirizzo, nessun nome, soltanto una data da memorizzare. Sul retro del cartoncino era proposta una semplice scelta.

Domicilio. Ufficio. Altro (da precisare).

Lo sgradevole ricordo della prima volta ricomparve, nauseabondo.

34

Un anno prima aveva segnato con una croce «Altro» e precisato l'indirizzo dove voleva che venissero a prenderlo. Poi aveva infilato il biglietto in una busta per rispedirlo alla casella postale di cui gli avevano dato il numero quando aveva accettato di fare parte del club.

Alcuni giorni dopo e con tre minuti di anticipo, una berlina nera dai finestrini affumicati parcheggiò a meno di un chilometro dagli uffici del ministero dell'Economia, delle Finanze e del Commercio con l'estero. Discreta nella notte già calata.

Sesso e potere sono sempre stati legati. Non esiste politico senza desiderio di potere. E il sesso è sempre una presa di potere sull'altro. Si aggiungono, per certuni, anni di frustrazioni, dal liceo all'università, senza mai arrivare alla popolarità: uomini che hanno sedotto di rado, preferendo leggere libri anziché corteggiare, e che una volta raggiunti i vertici, subentrata l'abitudine a un matrimonio confortevole, sono assaliti dal rimpianto per il tempo perduto, ma di certo non si mettono a sculacciare la moglie o a trattarla da baldracca. E qui entra in gioco il club.

Lucas s'infilò nell'auto senza riuscire a reprimere qualche sguardo colpevole tutt'intorno. Eppure ogni cosa era stata pensata affinché nessuno conoscesse i partecipanti e il «materiale» non potesse mai ricattarli. Sul sedile posteriore della berlina c'erano due sacchetti in tessuto. Il contenuto del primo garantiva, una discrezione assoluta. Una maschera nera per l'anonimato, una scatola di preservativi e un tubetto di gel lubrificante per evitare una tappa in farmacia.

La stessa attenzione era riservata alle partecipanti. Anche a loro veniva consegnata una maschera, non per proteggerne l'identità o l'onore, dato che non bisognava difenderne la reputazione, ma solo perché non si riconoscessero fra loro. Profumo e rossetto vietati per non riportare al domicilio coniugale alcun particolare rivelatore.

Un'eccitazione colpevole gli aveva fatto perdere la nozione del tempo e ignorava quale fosse la distanza percorsa quando l'auto rallentò davanti a un villino. S'interessò al secondo sacchetto, che era vuoto. L'autista non si voltò.

«Svuoti le tasche. Cellulare, portafoglio, documenti d'identità, mezzi di pagamento.»

I pochi secondi in sospeso tradirono la sua esitazione.

«Il signore non vorrà smarrire l'una o l'altra cosa. Tutto le sarà restituito all'alba.»

Lucas si frugò nelle tasche e svuotò il contenuto nel sacchetto.

«La mia ventiquattrore?»

«M'incarico di custodirla. La prima volta, tutta questa messinscena può disorientare, ma in seguito si abituerà a presentarsi senza oggetti personali.»

«Bene. Scendo?»

«Ha messo la maschera?»

«No. Lei non si volta mai?»

«Mai, signore.»

Infatti notò l'assenza dello specchietto retrovisore, cercò nel sacchetto messo a disposizione e indossò la maschera che copriva i due terzi del viso, lasciando in mostra solo la bocca. Si sentì ridicolo.

Scese dall'auto, salì i tre gradini esterni e suonò il campanello.

Un uomo imponente aprì la porta. Lucas poté farsi un'idea del proprio aspetto vedendosi riflesso nell'uomo mascherato che gli aveva appena aperto.

«Benvenuto, signore.»

Si girò verso la berlina che si allontanava. Con le tasche vuote, senza nessuna possibilità di fare dietrofront, avanzò di un passo e la porta del villino si chiuse alle sue spalle.

Si ritrovò in un'anticamera buia che l'altro riempiva quasi per intero.

«Allarghi le braccia, signore.»

Ubbidì e l'uomo, dal fisico di buttafuori di locale notturno, si mise alle sue spalle. Sentì un oggetto che passava lungo le gambe, la schiena e le braccia. Un bip stridente risuonò all'altezza della fibbia metallica della cintura e lo stesso suono si ripeté al passaggio dell'oggetto sulla tasca sinistra della giacca. L'uomo gli mise davanti una coppetta.

«Svuoti le tasche, signore.»

Eseguì depositando alcuni euro dimenticati. Poi fu condotto in un salottino senza finestre, arredato con un tavolo basso di vetro e tre grosse poltrone di un rosso volgare.

Una volta da solo, fu incapace di rimanere fermo. Cominciò a percorrere la stanza in lungo e in largo, lentamente. Infilò le mani in tasca, poi le tirò fuori. Si rassegnò a sedersi, si rialzò e ricominciò a camminare. Sobbalzò al «buonasera» che lo sorprese. Sobbalzò una seconda volta alla vista dell'uomo. La storia delle maschere lo metteva decisamente a disagio. Credette di avere a che fare di nuovo con l'atletico portiere, ma si accorse che né la statura, né la corporatura, né il colore della maschera corrispondevano. Il nuovo interlocutore gli sembrava più affabile dell'armadio all'ingresso. Tentò di rispondere al «buonasera», ma la voce si spezzò facendo udire solo la fine della parola.

«La prego, faccia come me» gli disse lo sconosciuto. «Si sieda. Desidera bere qualcosa?»

«Non lo so. A dire la verità, non so nemmeno se...»

L'uomo lo interruppe. Quell'esitazione era consueta.

«Si ricorda dell'ultimo trampolino?»

Lucas aggrottò le sopracciglia sotto la maschera.

«Non la seguo.»

«Il trampolino più alto, in piscina, se lo ricorda? Il tempo che lei ha impiegato a guardarlo, a sfidarlo, a salire per raggiungerlo, fermandosi però a quello di sotto. Il giorno in cui ha deciso di andarci senza poter tornare indietro, a causa di quelli più coraggiosi che aspettavano dietro di lei. Il salto nel vuoto, quasi un piccolo suicidio. Il secondo della caduta, l'impatto con l'acqua, la consapevolezza di essere vivo, poi lo scoppio di risa sott'acqua prima ancora di riaffiorare, tornando a respirare aria fresca in uno stato di totale grazia. L'indescrivibile sensazione di volerci tornare senza aspettare, come se fosse possibile recuperare il tempo perso in tentennamenti.»

Fece una pausa, sprofondò nella poltrona e incrociò le gambe.

«Lei è sul trampolino più alto della piscina.»

«Chi è lei?»

«Un anonimo. Può chiamarmi l'Impresario. Non partecipo davvero, io controllo, garantisco la sicurezza, risolvo i problemi. Qui ho l'unico cellulare autorizzato e, poiché gli incidenti sono inerenti a questo tipo di serate, sono incaricato di sistemare gli imprevisti.»

«È l'organizzatore?»

«Risponderò alla domanda e stabiliremo che lei è stato abbastanza curioso per questa sera. No, non sono l'organizzatore, nessuno lo conosce, nessuno conosce l'identità dei membri del club né quella del materiale che viene fornito. Lei non è qui per farsi nuovi amici. Siamo d'accordo?»

Lucas si sentì a disagio e cambiò posizione nella poltrona senza stare meglio.

«Sì, scusi, naturalmente.»

«Adesso, per la sua prima partecipazione, le darò le regole del gioco. Non cerchi di sapere chi c'è tra le sue braccia, chi c'è nella stanza accanto, oppure, eventualmente e in funzione dei suoi desideri, chi la guarda o chi partecipa. Il letto è un subdolo siero della verità. Fare l'amore è offrire il corpo e la mente. Qui invece lei prende e basta, non lo dimentichi mai. Non parli di sé né del suo lavoro, non cerchi di saperne di più sulla donna che le prodigherà ciò che lei vorrà. Non cerchi di proseguire la notte altrove, tutto succede qui e nessuno se ne va accompagnato. Cambiamo residenza due volte all'anno. Può chiedere tutto quello che le viene in mente, non sarà sottoposto a nessun giudizio. Le richieste particolari vengono esaminate e quelle più complicate possono essere sottoposte a una dilazione. La prima serata è gratuita. Le altre sono a pagamento. Il costo esorbitante che dà diritto a far parte del club è eguagliato solo dalla qualità del materiale e dalla discrezione che assicuriamo. La quota è annuale. Ogni stanza è munita di un interfono che le permette di contattarmi se necessario. Le lenzuola sono monouso e vengono gettate dopo ogni evento. Anche i bicchieri e ogni altro oggetto vengono gettati, ciò scuserà, ne sono sicuro, la povertà dell'arredamento. Io rimango finché l'ultimo membro non se ne è andato. Anche il materiale rimane finché l'ultimo membro non se ne è andato. Se in qualsiasi momento dovesse aver bisogno di me, sono facilmente identificabile, indosso l'unica maschera bianca. Credo di averle detto tutto.»

«E ora?»

«Se lo desidera, possiamo spostarci nel salone.»

Si erano inoltrati in un lungo corridoio buio rischiarato a stento dallo spiraglio luminoso tra il fondo della porta e il pavimento. Ancora prima di entrare, fu rassicurato dalle risate che udì, dalla musica soave tipo lounge e dal tintinnio dei bicchieri. La porta si aprì come il sipario di un teatro su una commedia licenziosa.

«Signori, vogliate accogliere un nuovo partecipante.»

Nel silenzio attento che seguì, Lucas rimase impalato, un po' ridicolo, lì, così vestito di fronte a tutte quelle maschere nude; poi i discorsi ripresero senza che gli prestassero più attenzione. Ogni uomo presente ricordò di essersi trovato nella stessa situazione. Gli fu indicata una poltrona di pelle e, davanti allo spettacolo senza ritegno, il suo imbarazzo svanì.

L'Impresario si diresse verso la sola ragazza libera e le sussurrò qualche parola all'orecchio. Lei si alzò, si armò di un sorriso forzato e attraversò la stanza. Passò davanti a un uomo seduto il cui basso ventre era nascosto da una capigliatura rossa su cui teneva la mano. Un altro pareggiava due righe di cocaina su uno specchio posato sul tavolino di fronte, con una donna formosa sulle ginocchia. Un'ultima coppia lasciava il salone, lui teneva saldamente per il polso la donna, che si impadronì al volo di una bottiglia di champagne ridendo stupidamente mentre oltrepassavano la porta in fondo alla stanza. Arrivata davanti a Lucas, la ragazza si presentò: «Mi chiamo Star».

S'inginocchiò.

«Le toglierò la camicia e i pantaloni. Se io non le vado bene, si stanno preparando due altre ragazze.»

Il modo di parlare era lento e nella voce roca si percepiva ancora qualcosa di femminile. Le mani si posarono sui lembi della camicia e slacciarono i bottoni uno dopo l'altro senza che opponessero resistenza. Lucas rimase in silenzio. Si vergognava un po' di volerlo. Eppure lo voleva.

La ragazza posò la mano sul sesso di Lucas attraverso gli slip, lo accarezzò senza suscitare nessuna reazione. Poi abbassò la testa e posò le labbra sul tessuto. Lui si scusò, a disagio. La ragazza gli propose una pillola blu stimolante che rifiutò. Tentò con la cocaina, poi con lo champagne, ricevendo la stessa risposta.

Lui si disse che l'imbarazzo si sarebbe dissolto più facilmente nella vodka che lei gli portò. Non potendo vedere il viso mascherato, le scrutò il corpo. Era benfatta, meglio di tutto ciò che aveva potuto avere fino a quel momento. I lunghi capelli neri le scendevano sulla schiena e, quando si voltò per raggiungerlo, lui poté apprezzare un tatuaggio rosso a forma di stella all'altezza dell'inguine, a sinistra del pube perfettamente rasato. Il motivo del soprannome: Star.

La ragazza gli servì un altro bicchiere e senza nasconderlo vi versò un pizzico di cocaina. Lui bevve tutto di un fiato. Meno di un'ora dopo il suo arrivo, le cose si erano chiarite. Tutto quello che all'inizio gli aveva potuto creare problemi era diventato evidenza e normalità. Sentiva la mente lucida, i gesti precisi e i pensieri... accidenti, quanto erano nitide le cose! Era un uomo politico, aveva potere. Era fatto di quell'acciaio che sa troncare gli indugi prendendo le decisioni più complicate, mentre lei era fatta di quella carne che appagava il desiderio degli uomini nella sua posizione. Accettò un altro bicchiere di nuovo speziato e, nel momento in cui lei si chinava per occuparsi meglio di lui, le chiese un posto più discreto.

La seguì attraverso il salone e si lasciò condurre verso una camera, in un altro corridoio. Sorrise vedendo l'interfono all'ingresso e si sedette sul letto. La ragazza iniziò una danza lasciva, era sorridente, sensuale, quasi felice, era tutto soltanto un gioco. Lui fissava la stella rossa, che cambiava forma con i movimenti dei muscoli sotto la pelle bianca, offrendo la netta impressione che il tatuaggio avesse una vita propria. Il filtro della droga abbelliva la scena. Se vi avesse assistito due ore prima, avrebbe visto che la danza lasciva si riassumeva in una successione di passi titubanti, che le carezze sensuali erano volgare pornografia e che il sorriso della ragazza mascherava a malapena la rassegnazione. Eppure, in quell'istante, era bella e offerta. Allora la prese.

La rigirò e le premette il viso sul letto. Lei stese le braccia davanti a sé, posò le mani sulla coperta. Il sesso gonfio cominciava a fargli male, come una lacerazione, sentiva il cuore pulsarvi dentro. Il respiro accelerò, accalorando il viso sotto la maschera. Tentò di penetrarla, dovette forzare un poco, poi più forte. Lei non si bagnava. Gli montò la rabbia. Le sue dita si contrassero e si conficcarono nella carne delle cosce per aggrapparsi e spingere più forte dentro di lei. Eccitazione e dolore si mescolarono. L'afferrò per i capelli e tirò la testa all'indietro. Vide una parte del suo viso: piangeva. Se la prese ancora di più con lei. Lo sommerse un miscuglio di emozioni tra il disgusto di sé, l'orgasmo imminente e la frustrazione. Godette in silenzio e con una smorfia, poi tutto si placò. Il sesso scomparve dalla sua mente come un temporale che si allontana e tutto tornò a chiarirsi. Troppo. La nausea s'impossessò di lui, portò la mano alla bocca.

«Signore, sta bene?»

La ragazza aveva le guance umide di lacrime. Che si preoccupasse per lui lo fece sentire ancora più squallido. Colpevole. Schifoso. Guardò il proprio sesso raggrinzito e minuscolo come se ne avesse vergogna. Gli effetti dell'alcol e della droga scomparvero all'istante, lasciandolo da solo con le sue azioni.

«Mi scusi, Star, dico bene? Mi scusi, non sono quel tipo...»

Lei sembrava più terrorizzata che ferita.

«Non dica niente all'Impresario, per favore. Se vuole, possiamo ricominciare, possiamo... posso farle tutto, se me lo chiede...»

Per rassicurarla, le posò una mano sulla coscia e la tolse subito. Non sentiva più di averne diritto. Una voglia furiosa di tagliarsi il sesso, di strapparselo con le mani, di sbattere la testa contro il muro, di chiamare i poliziotti, di finire in prigione. La nausea tornò. Lasciò la camera senza voltarsi.

In fondo al corridoio, l'Impresario passava una spazzola adesiva sul vestito di un partecipante senza dimenticare gli angoli che avrebbero potuto nascondere un capello accusatore. Trattenne il gesto vedendo barcollare verso di lui il nuovo arrivato.

«Va tutto bene, signore?»

«No, non va bene, voglio tornare a casa immediatamente.»

«Un problema con Star?»

«No, nessuno, lei è perfetta, voglio solo tornare a casa.»

Una reazione nota: la fuga e la vergogna dopo l'atto. L'Impresario non si scompose.

«Chiamo l'autista e le porto i suoi indumenti.»

Lucas Soultier si accorse che se ne stava là, mascherato, con addosso solo le mutande, sporche e infilate male.

Si rivestì in fretta. Rifiutò di farsi ripulire con la spazzola e salì nella berlina che già lo aspettava. L'autista gli consegnò un sacchetto e la valigetta. Recuperò i suoi effetti personali.

Da qualche parte tra Parigi e la periferia la berlina si fermò, la porta posteriore sinistra si aprì e il passeggero sporse la testa per vomitare. Su sua richiesta, l'autista lo lasciò un po' più avanti a una stazione di taxi.

Ciò risaliva a più di un anno prima e il ricordo ancora lo insudiciava, talmente intenso da fargli provare ogni volta quella stessa nausea, quello stesso disgusto. Provare disgusto è abbastanza raro, tanto da ricordarselo per tutta la vita.

Ora aveva tra le mani un nuovo biglietto d'invito sul cui retro si era rassegnato a segnare con una crocetta la voce «Ufficio». Era a pochi giorni dalla data del prossimo appuntamento.

35

Nel tragitto di ritorno da Annecy a Parigi, Coste aveva ricevuto due messaggi. Nel secondo, Ronan gli segnalava una certa effervescenza in commissariato a causa della scomparsa di trecento grammi di cocaina e cinquemila euro dal locale dei sequestri dell'Antidroga. I poliziotti erano decisamente uomini come gli altri.

Il primo messaggio, quello di Alice, aveva accresciuto il suo nervosismo, che si tramutò in collera mentre la campagna svaniva per lasciare il posto alla città.

Se si fosse concesso il tempo di fare tre passi indietro per analizzare le cose, di certo avrebbe capito che quei sentimenti erano in parte dovuti alla situazione nella quale era andato a rinchiudersi e che lo soffocavano.

Recuperò l'auto di servizio che aveva lasciato nel parcheggio della stazione e si diresse nel XIX arrondissement, in avenue Jean Jaurès 37.

Alle ventuno passate, il neon dell'insegna della Cours Florent illuminava gruppi eterogenei di attori in erba, fiduciosi in un futuro di anteprime parigine e tappeti rossi al festival di Cannes. Alice lo aspettava seduta da sola su un muretto. Alla vista di Coste abbozzò un movimento per alzarsi, ma con un cenno autoritario della testa lui le intimò di risedersi. Lei gli indicò con lo sguardo un giovane dall'aspetto atletico che a occhio e croce superava il metro e ottanta di Coste di venti centimetri buoni. Un'ampia sciarpa rossa, molta sicurezza, centro d'interesse di un cerchio rapito da ciò che diceva a voce troppo alta per escludere la boria.

Coste andò verso di lui con un passo abbastanza deciso da risultare inquietante e la sua intrusione nel gruppo provocò l'interruzione dei discorsi. Il giovane gli piazzò lo sguardo addosso.

«Che cosa...»

Un violento pugno al fegato interruppe la domanda. Il giovane si piegò in due, con il fiato mozzo e gli occhi sgranati per la sorpresa. Coste avrebbe dovuto fermarsi lì. Il resto fu un'esagerazione. Tirò in piedi il ragazzo e se lo mise davanti. Quello optò per la cortesia.

«Scusi, ma...»

Coste assestò lo stesso pugno nello stesso posto, con la stessa forza, e stavolta l'altro finì in ginocchio per il dolore. Nessuno osò intervenire. Gli si avvicinò all'orecchio.

«Non mettere mai più le mani su di lei.»

La situazione, così come il motivo del pestaggio, si fecero chiari nella mente dell'aspirante attore, che cercò con lo sguardo la ragazza che un'ora prima aveva intrappolato nello spogliatoio. Purtroppo la parola «no» è astratta per chi conosce solo l'interesse delle pulsioni. Aveva bloccato Alice contro un armadietto e, approfittando dell'assenza delle altre studentesse, le aveva afferrato i fianchi con forza, l'aveva palpeggiata con rudezza e altrettanta goffaggine, per poi infilarle la lingua in bocca tenendola per la mascella affinché si muovesse il meno possibile e il bacio somigliasse quasi a un bacio. Le aveva infilato la mano negli slip, introdotto con forza il dito medio graffiandola all'interno, annusandosi le dita davanti a lei. Poi l'aveva lasciata lì in lacrime.

Alice si era rassegnata ad assistere alla lezione racimolando il coraggio per mettersi in fondo alla sala, senza farsi notare, mentre invece quel cretino si pavoneggiava sul palcoscenico nei panni di D'Artagnan.

Il contenuto del messaggio di Alice gli si ripresentò alla mente come un acceleratore della rabbia, e Coste abbassò gli occhi sul tizio inginocchiato davanti a lui.

Se Alice avesse sporto denuncia, sarebbe stata la sua parola contro quella dell'idiota che ora gemeva ai piedi del poliziotto. Coste lo sapeva. Lei avrebbe dovuto sopportare gli esami medici, il confronto, il diniego dell'aggressore che l'avrebbe trattata da adescatrice, poi infine il tribunale, con l'avvocato della difesa che l'avrebbe distrutta.

Per un dito. Quello aveva dalla sua tutte le probabilità di cavarsela senza conseguenze. A Coste non andava bene. Non stasera.

Sotto la potenza della ginocchiata, la faccia gli si coprì di un color pomodoro maturo, il profilo del naso deviò di un centimetro a sinistra con uno scricchiolio sordo modificando dolorosamente la simmetria di un viso perfetto, e Coste si tagliò la pelle su un canino del moschettiere.

Di certo gli aveva appena fatto perdere il ruolo principale nello spettacolo di fine anno.

Il tragitto in auto fino al loro palazzo di periferia avvenne in silenzio, con la mano di Alice posata sulla nuca di Coste. Niente era cambiato, lui continuava a soffocare. E adesso si pentiva. Non aveva mai sopportato la violenza.

36

Dariush Abassian, sovrintendente capo al comando del dipartimento Ispezione generale dei servizi, si faceva poche illusioni sul genere umano. E ancora meno sui poliziotti. Il potere è una fonte di tentazione difficilmente controllabile. Un tesserino tricolore e una pistola possono dare l'impressione di essere superiori, sotto molti aspetti, agli altri e talvolta alla legge. Abassian interveniva quando un poliziotto cominciava a sfiorare la linea rossa. E in quel fine settimana, nell'SDPJ 93, uno di loro aveva chiaramente calpestato la linea rossa, portando via una bella somma e l'occorrente per alimentare in cocaina un locale notturno per diverse settimane. Cinquemila euro e trecento grammi di droga.

Organizzando un test delle urine per l'intero commissariato, il lunedì di buonora, aveva voluto dare un segnale forte. Si era però accontentato d'inviare sul posto una squadra costituita da due ispettori e un medico, senza giudicare necessario fare atto di presenza per l'intera giornata. Dopo avere informato delle operazioni il capo dell'SDPJ 93 Stévenin, che doveva essersi messo a pregare affinché nessuno dei suoi uomini pisciasse positivo, Abassian si congedò e premette il pulsante zero dell'ascensore. Quando le porte si aprirono depositandolo al pianoterra, per poco non urtò un ometto in giacca e cravatta e si scusò. Le porte si richiusero alle sue spalle nell'attimo in cui la sua memoria attribuiva un nome all'uomo che aveva appena incrociato. Si fermò di colpo in mezzo al corridoio e si voltò come se l'altro fosse ancora dietro di lui. Malbert.

Entrambi erano invecchiati di vent'anni, ma lo sgradevole sguardo di sbieco di Malbert si era impresso nel suo cervello come un insulto vivente al loro mestiere.

Lucien Malbert aveva riconosciuto Abassian in una frazione di secondo e, nell'ascensore, sfoggiava un grande sorriso. Con deliziosa obiettività, si chiedeva perché mai un uomo disonesto come lui ricevesse dalla vita regali tanto graditi. Quante domande devono scontrarsi nella tua testolina di poliziotto integro, si disse.

Giunto nell'ufficio della squadra 1 dell'Anticrimine, Coste trovò Sam in uno stato avanzato di tensione.

«Dov'è Ronan?»

«Al cesso.»

«È bello avere degli amici.»

Sam non sorrise alla battuta. De Ritter nemmeno la capì. I due uomini proseguirono la discussione criptica.

«Ti sei informato? Si svolge come al solito?» domandò Coste.

«Il dottore rimane davanti alla porta, si è da soli al cesso» rispose Sam.

«Allora respira.»

De Ritter ebbe un lampo.

«Mi prendete per i fondelli? Ronan sta pisciando in una boccetta per Sam, è così?»

Non riusciva a capacitarsi e tornò alla carica: «Il codice di deontologia è un gioco per voi?».

Coste spalancò la porta dell'ufficio.

«I due ispettori sono nella sala riunioni, se vuoi parlarci ti accompagno.»

De Ritter uscì dall'ufficio e preferì allontanarsi anziché fronteggiarlo. Sam nel frattempo aveva raggiunto uno stadio critico di stress.

«Che credi che farà?»

«Credo che se ne farà una ragione. Credo pure che tu debba smettere di farti le canne, non sei più un adolescente.»

«Mi sento uno stronzo.»

Ronan irruppe nell'ufficio e lanciò una boccetta opaca a Sam.

«Grand Cru 2012, da bere con moderazione.»

Il suo sorriso svanì.

«Che facce da funerale! Dov'è Jo?»

Dopo avere adempiuto agli obblighi dell'indagine interna di Abassian, Coste stava tornando a fare il punto con la squadra quando sul percorso fu intercettato.

«Capitano Coste?»

Si voltò e non riconobbe l'uomo. Ne dedusse che incontrava per la prima volta il famoso...

«Mi presento, Lucien Malbert.»

«Comandante Malbert, contavo di parlare con lei in giornata.»

«Soltanto comandante in pensione, sono qui per dare una mano, fare un po' di lavoro amministrativo. Ti offro un caffè?»

Davanti al distributore, Malbert cominciò il balletto di chi cerca qualche moneta in tasca. Coste alimentò la macchina e con un gesto disilluso lo invitò a comporre il numero desiderato. Vellutata al pomodoro. Malbert aveva proprio tutto per non piacere. Il seguito avrebbe rafforzato quell'idea.

La consuetudine vuole che due poliziotti che fanno conoscenza snocciolino l'uno all'altro il loro percorso, come due cani che si annusano il culo.

«Sono stato per un bel pezzo nella Buoncostume di Parigi. Un bel pezzo significa vent'anni. Poi mia madre si è ammalata gravemente, un cancro, e ho preferito andare in pensione con un certo anticipo per occuparmi di lei. Quando è morta, mi sono detto che sarei rientrato, tanto per non crepare di noia.»

Coste non metteva in dubbio che Malbert potesse non apprezzare se stesso come unica compagnia.

Tuttavia Noviello, l'enciclopedia della polizia giudiziaria, aveva fornito una versione diversa della carriera del finto figlio modello. Senza la madre malata e con un po' più di denaro sporco e prostitute. Ma Coste lo lasciò proseguire.

«All'inizio dell'anno avete avuto il caso di un pachistano senza documenti, ritrovato congelato nei paraggi di un tempio sikh, con una pallottola in faccia. Ho alcuni casi identici collegati a esecuzioni per mano della mafia pachistana, mi chiedevo se non potessi tentare un confronto con il SALVAC.»

Coste propose di continuare il discorso nell'ufficio assegnato a Malbert, un luogo più calmo, per andare in fondo alle cose. Chiusa la porta, lo afferrò e lo appiccicò al muro. Urlò in silenzio, a denti stretti: «Adesso basta! Non si nasconde più niente sotto il tappeto! Chiama chi vuoi e digli che è finita. Siamo poliziotti, cazzo, vuole dire ancora qualcosa, no?».

Contro ogni aspettativa Malbert gli rivolse un gran sorriso e Coste, sorpreso, mollò la presa. L'ometto riassestò la giacca e la cravatta i cui colori stonavano. Non si sorride così se non si ha in tasca una carta vincente.

«E che farai, Coste? Andrai a denunciarmi? Sei fortunato, gli ispettori sono nella sala riunioni. Se vuoi scambiare due chiacchiere con loro riguardo al tuo amico Mathias Aubin, vengo con te.»

Figlio di puttana. Lo lasciò continuare.

«Che c'è? Hai messo il dito sul Codice 93 e adesso ti tormenta, vero? Sei un po' fragile per combattere contro una cosa del genere. E poi chi vuoi difendere, le puttane e gli zingari?»

«E tu perché ci stai? Non credo che sia per andare a vivere ad Annecy.»

«Me ne strafrego delle montagne e del vino caldo. Ho gli stessi motivi di quelli che hanno creato il Codice 93, la grana, semplice e volgare. E ti azzittisco subito, non parlarmi d'integrità e di onore, me ne sono sbarazzato da tempo. Considerami perduto per il paradiso se ti va a genio. Ma a dirla tutta, non ho la minima idea di quale molla li spinga a voler risolvere con tanto accanimento il problema delle cifre degli omicidi. E comunque, detto fra noi, me ne sbatto.»

Coste tentò di rispondere, consapevole di aver perso quella mano: «Troverò il modo di buttarti fuori dal commissariato».

Malbert si sedette comodamente in poltrona per dargli il colpo di grazia.

«Sai che il tuo amico Aubin è inguaiato fino al collo, eppure te ne stai qui a farmi la morale. Allora, Coste, ti dirò un segreto: o accetti o il tuo amico farà un brutto capitombolo. Inoltre, quanto più chiudi il becco su di lui, tanto più diventi complice, e guardando da qui ho come l'impressione che tu abbia già scavato troppo in profondità.»

Riprese un tono professionale.

«Mi aspetto il fascicolo sulla scrivania in giornata, se ti sta bene. E puoi immaginare senza difficoltà quale sorte riserverò al tuo pachistano congelato.»

Terminata la frase, posò rapidamente la vellutata davanti a sé, cosciente di rischiare un pugno in faccia nel giro di pochi secondi.

«Non vorrai colpire un vigliacco, Coste.»

No, non lo avrebbe colpito, quell'uomo lo disgustava e basta. Meschino, pauroso, impostore e bugiardo, le parole gli venivano senza sollecitarle, facili. Quello che lo stomacava di più era che da quel momento in poi loro due avrebbero dovuto giocare nella stessa squadra. Lasciò l'ufficio, un po' inebetito e piuttosto adirato.

Se la menzogna iniziale di Aubin era il battito di ali della farfalla, il terremoto che minacciava di scoppiare avrebbe fatto tremare di lì a poco l'intero commissariato e, alla seconda scossa, tutta la polizia nazionale.

Una volta da solo, Malbert alzò il telefono e comunicò all'interlocutore la sua inquietudine. La chiamata fu presa sul serio e le decisioni conseguenti sarebbero state radicali.

37

L'espressione del viso di Coste mentre entrava nell'ufficio consigliava chiaramente di non stuzzicarlo. Diede inizio alla riunione.

«Bene, com'è andata la vostra domenica?»

La domanda non aveva un destinatario preciso, ma Sam si considerò tale.

«La stampa è stata informata in tempo reale del nostro carbonizzato, così come di Bébé Coulibaly. Avevi chiesto di controllare la videosorveglianza attorno alla cabina telefonica da dove è partita la telefonata per Farel, il giornalista.»

«Risultato?»

«La cabina è in rue Chevaleret, nel XIII arrondissement, e la strada non è coperta da nessuna telecamera.»

De Ritter entrò nella conversazione e nello stesso tempo rassicurò gli altri tre poliziotti sul fatto che lei faceva parte della squadra, nonostante tutto.

«L'informatore potrebbe avere accesso al nostro elenco delle telecamere operative nell'Île-de-France. Oppure è un colpo di fortuna.»

«Non proprio, è abbastanza facile evitarle.»

Sam girò lo schermo del computer affinché tutti vedessero la carta particolareggiata del XIII arrondissement costellata da una miriade di punti rossi. Un punto rosso equivaleva a una telecamera. Riprese la sua esposizione.

«Il sito si chiama paris-sans-videosurveillance.fr. È aggiornato di volta in volta dal Collettivo democrazia e libertà. Ci trovi l'elenco e il posizionamento di tutte le telecamere per ogni arrondissement. Poi è sufficiente beccare una via al riparo da Big Brother. Non c'è bisogno di essere un poliziotto, basta una buona connessione. Ora, per quanto riguarda i diversi cellulari, non abbiamo avuto maggiore fortuna. L'intercettazione telefonica di Coulibaly non dà nulla eccetto chiamate senza interesse, la maggior parte sono alla madre o a qualche amico. Non fa mai nomi né soprannomi che potrebbero metterci su una pista.»

De Ritter intervenne: «Il medico legale è riuscito a estrarre il cellulare dal cadavere di Franck Samoy senza far accendere il naso rosso».

Rise da sola. Poi si fermò ricordandosi che gli altri non avevano figli e probabilmente non conoscevano le regole dell'Allegro chirurgo. Tornò seria.

«Ho parlato con il medico legale. Non molto simpatica. Mi ha fatto ripetere il mio nome due volte ed è parsa sorpresa che fossi nella tua squadra, Coste.»

Il capitano fece la smorfia di chi ha commesso una gaffe. Cosa che mandò Ronan in brodo di giuggiole.

«Victor, non hai avvertito Léa della tua nuova recluta? Che scorrettezza! Rischia di farsi un'idea sbagliata.»

«Non dargli retta. Continua, Johanna, per favore.»

«Okay. Il cellulare è stato recuperato e affidato agli analisti della sezione informatica. Ho il rapporto ufficioso, quello definitivo sarà disponibile da qui a una settimana, ma posso già assicurarti che hanno passato tutto al setaccio, memoria interna e SIM, e il telefono sembra essere stato ripulito. Non resta che quella chiamata identica, ogni tre ore, e trasferita alla segreteria, anch'essa vuota, e faccio appello al vostro fiuto per chiedervi: da dove provengono le chiamate?»

Coste formulò la risposta ovvia: «Da una cabina telefonica di rue Chevaleret, immagino. C'è dunque un nesso fra chi informa la stampa e chi ci ha condotti dritto a Franck Samoy. O un informatore privilegiato, o l'assassino in persona».

De Ritter s'inquietò.

«Pensi che stia giocando con noi?»

«No, penso che voglia farci partecipare al gioco, è diverso.»

Coste si girò verso Ronan, dandogli la parola.

«Ieri, nel tardo pomeriggio, ho fatto un salto nella cité Paul-Vaillant-Couturier a Bobigny, dove abita Bébé. È una zona di spaccio molto attiva. Samoy era un consumatore, il nostro gigante è uno spacciatore, e ho controllato se i due facevano affari insieme.»

De Ritter lo interruppe: «Ieri nel tardo pomeriggio... Vuoi dire dopo tutto quello che hai scolato al ristorante?».

Sam rispose alla domanda che non gli era rivolta.

«Sì, ma io ero di backup, sorvegliavo.»

«È naturale, Tom mai lontano da Jerry.»

«E così ho raccolto informazioni dai colleghi del commissariato locale. Il tizio che gestisce lo spaccio si fa chiamare Brahim. Quando lavoravo ad Aubervilliers l'ho pizzicato una volta per una storia di regolamento di conti. Il vero nome è Jordan Paulin, nato là dove certamente creperà, a Bobigny. Non ha niente a che vedere con il Nordafrica, non è nemmeno convertito all'islam, Brahim è solo per fare colore. Sono andato sul posto. Il tipo arriva al punto di vendita in mattinata, tra le dieci e mezzogiorno, per rifornire i venditori.»

De Ritter immaginò il peggio.

«E tu come li rimorchi quegli amanti della polizia? Devi essere stato proprio persuasivo per farti dare i suoi orari, no? Gli rifili droga, soldi? Cazzo, non dirmi che c'entri qualcosa con la sparizione della droga.»

«Smettila, Johanna, ti stai facendo un pessimo film. Magari facciamo qualche strappo alla regola, ma presto vedrai che, se vuoi un'informazione, beninteso una buona, non una di quelle che ti fanno sfondare una porta alle sei del mattino per trovare pochi grammi di hashish, sei costretto a infilare le mani nella merda. Però sta' a sentire, se vuoi, puoi anche tentare di farti un informatore legalmente, come ti autorizza il codice di procedura penale. Lo fai registrare all'Ufficio centrale delle fonti e, con un po' di fortuna, gli potrai mollare cento euro. È sicuro che a quel prezzo le tue informazioni saranno di prima scelta.»

«Un vero piedipiatti degli anni Ottanta» lo schernì De Ritter.

Punto sul vivo, Ronan ribatté: «E tu, se posso permettermi, tu non sei ancora una vera poliziotta. Perciò ti spiego meglio. Le paghe dei confidenti dell'Ufficio centrale delle fonti cominciano a essere interessanti quando si parla di traffico internazionale di droga o di terrorismo. Invece, per il piccolo spaccio di periferia avrai solo qualche banconota da offrire, poco adeguato. Allora siamo noi ad adeguarci. Ma non per questo siamo cattivi poliziotti. Adesso, se davvero credi che io sia andato a rubare nel locale dell'Antidroga per avere un'informazione tanto semplice, dovrai stare di più sul campo. Ho puntato sul tossico ed è bastato».

De Ritter non aveva capito e Ronan precisò: «Arrivi in un luogo di spaccio e aspetti la visita di un bel relitto, un eroinomane di preferenza, quelli parlano con più facilità. Dopo che ha comprato la droga, gli stai alle calcagna per qualche metro. Quando sei in un posto tranquillo lo intercetti, gli prendi la dose e poi gli chiedi quello che ti pare, lui avrà un sacco voglia di parlare con te. Di solito ce l'ha in mano, per liberarsene in fretta, ma può anche averla nascosta nelle mutande o in bocca, persino tra i capelli, se è un rasta. Se poi ha due dosi, butti la prima per aria, questo lo manda in tilt, e lo ammorbidisce. A quel punto è pronto a farti un pompino per riavere il suo mezzo grammo, perciò spifferarti gli orari del fornitore non gli crea un problema.»

«E la dose che resta gliela restituisci?»

«Certo che sì. Perché fare lo stronzo? E poi chissà che non avrò bisogno di lui un'altra volta.»

Coste guardò l'orologio al polso, era l'orario di lavoro di Jordan «Brahim» Paulin.

«D'accordo, andiamo a vedere se il tuo boss conosce i nostri amici. Prendiamo due macchine, Ronan viene con me. Sam e Jo rimanete in vista all'entrata del quartiere, prendiamo le radio, ci mettiamo in riunione privata sulla DIR 2.»

Cité Paul-Vaillant-Couturier, la seconda autocivetta della squadra anticrimine 1, la C3 blu finalmente riparata, parcheggiò nei pressi dei primi casermoni. La vetrina, dove non succede niente. La 306 guidata da Ronan s'inoltrò nel quartiere poi scomparve.

Un po' preoccupata, De Ritter cercò di farsi rassicurare da Sam.

«Non dovremmo rimanere in vista?»

«Fa' un tentativo, vedi se li captiamo.»

De Ritter prese la radio portatile incastrata discretamente tra le cosce.

«Auto 2 a auto 1 per un test radio.»

L'apparecchio gracchiò un «auto 1, ricevuto». Sam slacciò la cintura di sicurezza e si mise comodo.

«E adesso aspettiamo.»

«Sarà una cosa lunga?»

«È una domanda che non si fa.»

38

Ronan guidava al passo tra gli edifici. Per disattenzione, il volume della radio era al massimo e la voce di De Ritter gli spaccò i timpani.

«Auto 2 a auto 1, test radio.»

Imprecando, Ronan levò una mano dal volante, abbassò l'audio e rispose alla chiamata.

«Auto 1, ricevuto.»

Ripose la radio nello scomparto laterale.

«Come ti sembra De Ritter?»

«Quando avrà steso un velo su qualche sua illusione, tutto andrà bene. Dalle un po' di tempo. Hai stampato una foto di Jordan Paulin?»

«Sam me l'ha inviata sul telefono.»

Gli porse il cellulare mentre cominciava a fare retromarcia per appostarsi a pochi metri da un ingresso, ingombro di un gruppo di teppistelli di varie età che li avevano avvistati sin dall'inizio fischiando l'allarme. Coste sganciò la cintura di sicurezza e diede un'ultima occhiata alla foto abbastanza scura.

«Aspettami qui. Apro un po' il finestrino?»

«E abbaio se vedo gente.»

Ronan lo guardò scendere dall'auto da solo. Coste camminò senza fretta verso il gruppo da cui alcuni cominciavano a separarsi in direzioni diverse, portando con sé il ventaglio di prodotti stupefacenti. Seduto sui gradini davanti all'atrio dell'edificio, con una mazza da baseball verniciata di nero e parecchio ammaccata posata sulle gambe come uno scettro, Jordan Paulin aspettava tranquillamente che il poliziotto arrivasse alla sua altezza. Se ne stava in compagnia di cinque tipi in tuta sportiva, ognuno dei quali si sarebbe mangiato Coste in un boccone. Era chiaro che non aveva niente su di sé e neanche niente da rimproverarsi.

«Brahim? Vorrei parlarti, se possibile in santa pace e senza le tue amichette.»

«Non ho niente da dirti.»

Era sempre complicato rompere il ghiaccio.

«Devo forse rivolgermi a Jordan Paulin, tu sai dov'è, no?»

Il giovane incassò l'informazione, eppure...

«Manco lo conosco, chi cazzo è?»

Coste sospirò. Ancora una volta avrebbe dovuto fare lo sforzo di una tirata convincente.

«Ascolta. Tre giorni fa Bébé Coulibaly, uno dei tuoi ex spacciatori, si è fatto tagliare i coglioni. Il giorno dopo, si è fatto bruciare uno dei drogati che probabilmente partecipava al tuo commercio, un certo Franck Samoy, ti dice qualcosa? Sarebbe comunque un motivo sufficiente per piazzare un furgone di celerini all'entrata della cité e mettervi delle pattuglie tra le palle h24. Un guaio per il tuo commercio, no? E dunque pensi che tu e io possiamo andare a discutere nel mio ufficio, oppure devo appiccare il fuoco al tuo quartiere?»

Il bersaglio era stato centrato.

«Sta' calmo, è okay! Bébé non vende più per me, è passato ad altro. E quell'altro, sulla testa di mia madre non so niente. Secondo te mi ricordo il nome di tutte le teste di cazzo che vengono a mendicare?»

Coste si girò verso Ronan, che sapeva in posizione sui blocchi di partenza, e gli fece segno di raggiungerli. Brahim s'irrigidì riconoscendolo.

«Lavori con questo figlio di puttana?»

«So di chi circondarmi. E ti restituisco il complimento, anche i tuoi soci non sono niente male.»

Su richiesta di Coste, Ronan mostrò la fotografia di Franck Samoy data alcuni giorni prima dalla madre. Vedendola, Brahim annuì con uno schiocco di lingua.

«Sì, lo conosco, ma nemmeno lui viene più.»

«Ovvio, ti ho appena detto che è morto. Concentrati, cocco mio, per favore.»

La guardia più vicina di Paulin scoppiò a ridere senza discrezione. Coste lo interrogò di nuovo.

«I mendicanti del posto, credevo che non ti restassero impressi, eh Brahim?»

«Infatti, mi ricordo di più la sua puttana.»

«La sua ragazza, vuoi dire?»

«La mandava a succhiarmi il cazzo per l'eroina, magari tu la chiami principessa, io puttana.»

«Ci può stare. Sai dove posso trovarla?»

«È un pezzo che non gironzola qui. All'inizio non ero contrario a essere pagato in natura, capisci, tanto più che era una bella fica. Ma non ne ho approfittato a lungo. Un tizio è venuto a parlarmi, era interessato, aveva progetti per lei; della serie "vietato ai minori". Afferri la cosa? Dopo, niente più notizie.»

«E per avere il nome del tizio devo portarti via o preferisci sputarlo subito?»

«Vecchia volpe, ce l'hai già il nome. È Bébé.»

Numerosi collegamenti si crearono nella mente di Coste.

«Vuoi dire che Coulibaly organizzava ammucchiate?»

«È troppo minchione per organizzare qualunque cosa. No, lui reclutava le ragazze, è tutto.»

«E tu hai partecipato a quelle serate?»

«Ho chiesto più volte, ma Bébé mi ha detto che era roba da ricconi, capisci, gente che ha tanta grana per farsi un bel regalo. Niente a che vedere con me. Né con te, se posso dirlo.»

«Bene, ora vieni con noi di tua volontà e metti tutto per iscritto.»

Paulin si girò verso le guardie del corpo, poi si rivolse di nuovo al poliziotto.

«Mi dai due minuti?»

«Prego, organizzati.»

39

Nulla di straordinario era emerso dall'interrogatorio. Jordan Paulin non sapeva molto di più e De Ritter al computer finiva di porre le ultime domande. Oltre a quella storia di orge, era venuto a galla un legame possibile fra Coulibaly e Samoy che avrebbe potuto rilanciare il caso, ma quel legame era una drogata che le crisi di astinenza rendevano disponibile e che ancora non era stata identificata. Era una porta aperta su un muro.

Sam accese il computer e avviò il software di riconoscimento Canonge.

«Fammi una descrizione fisica della principessa. Se consuma di certo si è fatta accalappiare per detenzione, furto o adescamento, e in tal caso abbiamo una foto nello schedario. Forza, comincia.»

«Le tossiche sono come le cinesi. Non si sa mai l'età che hanno, direi tra diciotto e trenta in funzione di quello che si è infilata nel braccio. È bianca, bassa, un metro e cinquantacinque, magra, i capelli, non so... sporchi?»

«Colore degli occhi?»

«Che genio! Rossi quasi sempre.»

Il software girò per qualche tempo, poi propose una selezione di settantotto fotografie corrispondenti ai criteri forniti. Settantotto povere ragazze che, in un momento della loro vita, avevano preso una brutta direzione. Coscienziosamente, Jordan Paulin le guardò una dopo l'altra, spronato dalla voglia di lasciare le stanze della polizia giudiziaria, poco abituato a fare il testimone. Concluse senza esitare: «Mi spiace, tra queste non c'è».

Spinse indietro la sedia e si rivolse alla squadra.

«Va bene, ho fatto il bravo, ora posso filare?»

Coste si alzò e gli chiese di seguirlo lungo il corridoio che andava dal suo ufficio all'ascensore. In quell'indagine faceva un passo avanti e due indietro, e non era mai stato un buon ballerino. Nello spazio comune che accoglieva gli ascensori e la sala di attesa delle vittime, Paulin si rivolse a Coste con una voce che quest'ultimo non aveva ancora sentito, pacata e senza animosità. Quasi rassicurata.

«Sinceramente pensavo che mi sarei beccato ventiquattro ore in gabbia.»

«Avevamo un accordo, è importante la parola data. E d'altra parte, non avevo un motivo per sbatterti dentro.»

«Perché, avete bisogno di un motivo adesso?»

«Sempre di più, sì.»

Le porte si aprirono e lo sguardo di Jordan Paulin corse al di sopra della spalla del poliziotto.

«La tua principessa puttana...»

«Sì?»

«È dietro di te.»

Coste si voltò verso la sala vuota e scrutò l'unico motivo decorativo: i manifesti dell'APEV, menzionavano a caratteri rossi, sopra le foto dei ragazzini, la parola «Scomparsi» e la sua traduzione inglese, «Missing».

«Prima foto in alto a sinistra, quella con il pullover verde che sorride. È lei. Insomma, così l'ho vista la prima volta, poi tutto è andato in vacca.»

Paulin approfittò dell'immobilità da cane da ferma del poliziotto davanti alla fotografia per sparire nell'ascensore.

Rimanere là in giro equivaleva a rischiare un nuovo interrogatorio. Il poliziotto avrebbe saputo dove trovarlo.

Coste si ripeté più volte il nome scritto sotto il viso dell'angelo scomparso.

Camille Soultier.

Non gli diceva niente. Accelerò il passo, entrò in ufficio e abbaiò a Sam: «Camille Soultier».

Scandì il nome.

«Voglio tutto quello che abbiamo su di lei, subito.»

Mentre De Ritter si accingeva a chiedere da quale cappello avesse tirato fuori quell'identità, Sam si tuffò sul computer senza tentare di saperne di più. Le informazioni sarebbero arrivate al momento opportuno. Sapeva come funzionava Coste.

«Soultier Camille, ce l'ho.»

40

Il telefono rimase silenzioso ma una spia rossa si accese a indicare una chiamata interna della segretaria. Galienne, il vicedirettore della polizia giudiziaria, premette meccanicamente il tasto e la voce della donna lo informò dell'identità dell'interlocutore. La conversazione fu veloce. Riattaccò e si alzò.

Percorse in fretta i venti metri che separavano il suo ufficio da quello del direttore. Gli ultimi passi furono al trotto e, prima di spalancare le porte imbottite, si rivolse con un leggero affanno alla segretaria che lo spiava da sopra gli occhiali bassi sul naso.

«Conosce la frase?»

«Non disturbare fino a nuovo ordine?»

La ringraziò spingendo i battenti spessi della porta.

«Direttore, ho ricevuto una chiamata del commissario Stévenin dell'SDPJ 93. Dovrebbe mettersi in contatto con lui.»

Alcuni minuti dopo, il telefono del direttore mandò uno scintillio rosso e la segretaria lo informò che la chiamata richiesta era in attesa. Mise il vivavoce per il vicedirettore, abbastanza inquieto da far scorgere di sé solo la calvizie.

«Christophe, so che vuole parlarmi.»

«I miei rispetti, direttore. Ho ricevuto una chiamata dal comandante Malbert.»

«Un problema?»

«Può darsi. Un colloquio con il capitano Coste, che ha menzionato il Codice 93.»

«In effetti, è preoccupante. Mi parli di questo capitano... come?»

«Capitano Victor Coste, caposquadra all'Anticrimine dell'SDPJ 93. Ottimi risultati. Qualche passo falso ma niente da usare come leva. Ha fatto quasi tutta la carriera nel 93 in coppia con il tenente Mathias Aubin, quello sostituito da Malbert.»

«E la fuga sul Codice 93 verrebbe da quel tenente Aubin? Quale sarebbe il suo interesse a rivelare tutto? Si seppellisce da solo.»

«Forse non ha avuto scelta» disse il commissario Stévenin. «Coste è un poliziotto curioso e intelligente, è anche suo amico.»

«Qualità imbarazzanti. Che abbiamo come mezzo di pressione? Un punto debole, un passato, una dipendenza, un'amante?»

«Niente. Si è buttato nel lavoro dopo il suicidio della sua compagna alcuni anni fa.»

«Chi non ha niente da perdere è il più pericoloso. Come pensa di risolvere la situazione, Christophe?»

«Dipende, signore. Mi dà carta bianca?»

«Mi permetto di ricordarle il nostro interesse comune in questa operazione. Non mi dica in che modo intende agire, mi dica solo quando sarà fatto. La sua carriera è nelle mie mani, lo sa.»

«Vale la pena di precisarlo?»

«Certamente, perché, si figuri, qualcuno da qualche parte al ministero dell'Interno tiene in mano la mia.»

Stévenin tentò di rassicurare il direttore quanto se stesso.

«La situazione è sotto controllo. Se Coste è andato da Malbert, non lo ha detto alla comandante Damiani, la sua caposezione. È plausibile che cerchi di proteggere il tenente Aubin, quindi per ora non è cambiato nulla.»

«Non possiamo fare affidamento soltanto sulla loro amicizia, dobbiamo guardarci le spalle.»

Il direttore esitò a chiarire il suo pensiero. Dall'altro capo della linea, il commissario Stévenin sapeva che il passo che stava per essere fatto era l'ultima risorsa. Il direttore decise: «Gli metta paura».

Ecco una cosa che non voleva dire niente. Come far paura a un poliziotto del 93?

41

Ronan era il tipo che non riconosceva una ragazza con cui era andato a letto anche se la incrociava una settimana dopo e anche se portava gli stessi abiti. Sam non fu sorpreso di vedere che la fotografia di Camille Soultier appena visualizzata sul computer non suscitasse nessuna reazione in lui. A preoccuparlo di più era il silenzio di Coste perché quella ragazza, ne era sicuro, la conoscevano tutti.

Il manifesto «Scomparsi» era stato strappato dalla sala di attesa delle vittime e stava al centro dell'attenzione, posato sulla scrivania di Sam. Ancora una volta, la fotografia scattata al momento del suo unico arresto per detenzione di stupefacenti e quella consegnata dalla famiglia Soultier alla polizia non combaciavano. La curva del sorriso si era adattata ai denti mancanti e tutto l'avvenire era scomparso dallo sguardo triste. De Ritter si stupì e si girò verso Sam.

«Con la faccia che si ritrova, possibile che l'abbiano beccata una sola volta?»

«Be', scuserai i colleghi che non hanno troppa voglia di controllare i tossici in strada. Se vai a spasso nei pressi della stazione del metrò Château-Rouge, nel XVIII, ti si para davanti un quadro da fine del mondo. C'è un furgone di celerini pieno di guerrieri corazzati che s'impegnano a guardare da un'altra parte, e a meno di un metro, gomito a gomito con le forze dell'ordine, senza nascondersi da nessuno, gruppetti di drogati, sconvolti, accecati dalla luce del giorno, intenti a fumare crack o a scambiarsi farmaci palliativi.»

«Lexomil?»

«Macché, quello serve solo a vincere la paura all'esame di maturità! Di un po' più potente hai il Subutex, il Néo-Codion o lo Skenan se hai paura delle iniezioni, ma i più hanno un debole per La Roche. Prima che me lo chiedi, La Roche è il nome del laboratorio che fabbrica il Roipnol, caramelle per tossici in astinenza di eroina. E quando sai che venderebbero la verginità del fratellino per procurarsi una dose, sai pure che non puoi fare più niente per loro. Voglio dire, come poliziotto. Perciò non mi sembra strano che l'abbiano acciuffata una sola volta.»

Coste stampò la scheda della ragazza poi annunciò: «Calamity e io andiamo a trovare la famiglia Soultier. Sam, tu contatti il commissariato che ha arrestato Camille e ti fai trasmettere il fascicolo. Voglio leggere l'interrogatorio, sapere se quel giorno era in compagnia. Inoltre voglio che chiami l'APEV per controllare se sono al corrente che lei gira tra i drogati del 93. Ronan, tu fili al Jean-Verdier per mostrare le foto di Camille, di Paulin e di Samoy a Bébé Coulibaly. Rischi un vaffanculo, ma dal punto di vista procedurale non possiamo esimerci. Ci rivediamo qui fra due ore».

Coste prese il cappotto. Sentiva su di sé lo sguardo di Sam senza volerlo incrociare. Sperava semplicemente che si fidasse di lui.

Prima di lasciare l'ufficio per una discussione profondamente intellettuale con l'eunuco, Ronan si sedette sullo spigolo della scrivania di Sam. Anzitutto perché sapeva che il collega non lo sopportava, ma anche perché si chiedeva per quanto tempo ancora avrebbero recitato la commedia.

«Immagino di non essere il solo.»

«Precisa, ti direbbe Coste.»

«Il solo ad aver riconosciuto la ragazza dello squat di Les Lilas. Quella che Brahim ha identificato come Camille Soultier.»

«Ecco che mi sorprendi. Pensavo sul serio che cancellassi l'hard disk della tua memoria ogni ventiquattro ore.»

«Non quando il mio amico Sam è stato lì lì per vomitare, al suo primo caso. Lo squat dell'ex municipio di Les Lilas, me lo ricordo benissimo, e di sicuro anche Coste. Credi che ci nasconda qualcosa?»

«No, e tu nemmeno. Più che altro, credo che ci protegga da qualcosa.»

«Probabile. E allora che facciamo? Aspettiamo che si decida a metterci al corrente?»

42

Coste non aveva mai considerato quell'incapacità come un difetto, eppure lo era, non riusciva a tenere a mente i nomi delle strade. Alle città che componevano il dipartimento poteva dare un nome, ma alle strade, impossibile. Le conosceva come poliziotto, per il ricordo dei reati che vi erano stati commessi.

Rue du Chemin-Vert, a Bobigny, non gli diceva niente. Invece il caso del ragazzino ritrovato sotto un frigorifero gettato sui poliziotti dal ventiquattresimo piano di un casermone, nessun pericolo di dimenticarlo. Si ricordava del colore della cartella scolastica quando avevano sollevato l'elettrodomestico, ma il nome della strada, non c'era verso.

De Ritter aveva messo il GPS dopo aver capito che Coste non le sarebbe stato di aiuto. La casa dei Soultier, sulle alture di Saint-Cloud, avrebbe potuto anche trovarsi in India per quanto ne sapeva lui: una volta superato il cerchio del raccordo, la cosa non lo riguardava più. Uscendo da Bobigny, costeggiarono il cimitero di Pantin lungo avenue Jean Jaurès. Per Coste era un maledetto rettilineo pieno di locali notturni clandestini africani e con epiloghi a coltellate per storie di sesso e alcol quasi ogni domenica mattina.

De Ritter lasciò Pantin e il cartello che annunciava l'ingresso a Parigi informò Coste che, a partire da quel momento, non avrebbe riconosciuto più niente, se non i principali monumenti storici. Della capitale ne sapeva tanto quanto un turista giapponese.

Siccome il capitano non sembrava incline alle chiacchiere, De Ritter alzò il volume della radio. Il risuscitato dell'obitorio e l'autocombustione di Pré-Saint-Gervais continuavano a occupare il primo posto nei programmi e, irritato, Coste abbassò il volume. Quando il silenzio diventò troppo pesante, De Ritter tolse la parola alla voce metallica che le indicava regolarmente di girare a destra o a sinistra.

«Sai, Coste, mi rendo conto che, per essere un primo caso, ho la fortuna di capitare su... roba consistente.»

«È un modo di vedere le cose. Se mi permetti di correggerti, è di certo l'indagine di tutta una carriera. Peccato che ti capiti così presto, rischi di trovare un po' insipidi gli anni che ti separano dalla pensione.»

L'imponente cancello che dava su un viale alberato disorientò in maniera definitiva i due poliziotti. La villa lasciava trasparire la sua rispettabile rovina solo per chi la conosceva davvero e loro due non videro niente dall'esterno.

Avvertito dal rumore del motore, Brice comparve sui gradini dell'ingresso. De Ritter frenò un po' forte. Il tuttofare si disse che avrebbe dovuto passare il rastrello sulla ghiaia prima di subire i rimproveri della signora.

«Capitano Coste, polizia giudiziaria, vorremmo parlare con il signore o la signora Soultier.»

L'uomo s'irrigidì.

«La signora Soultier è in casa. Quanto al signore, dipende. Entrambi non sono presenti. Il marito, il signor Jacques Soultier, è morto; e il figlio è al ministero delle Finanze. Se volete seguirmi, vi annuncio.»

Dopo una serie di corridoi e stanzette, Coste rinunciò a tentare una mappatura del luogo e si accontentò di seguire.

Anticamera, salottino e salone di gala, tanti nomi che non aveva mai dovuto trascrivere nel verbale di un caso del 93.

De Ritter, dal canto suo, si sentì fuori posto e per la prima volta il grosso pile blu notte le parve imbarazzante. Scivolò dietro Coste con la magra speranza di passare inosservata.

Quando Brice comparve di nuovo, era dietro la sedia a rotelle su cui si trovava un'anziana signora. Voce pacata ed elocuzione a scatti, la donna ringiovanì di vent'anni sin dalle prime parole.

«Coste, Coste, non mi dice niente, Coste. Lei è per caso un amico del commissario Dalerieux? Lui e il procuratore generale bevevano qui il tè pochi giorni fa.»

Il sorriso sicuro che le rivolse il poliziotto le segnalò che la sbruffonata non lo aveva nemmeno sfiorato.

«No, signora, siamo della polizia giudiziaria della Seine-Saint-Denis.»

«Allora vi siete certamente persi» concluse la signora Soultier con una risata secca.

«È infatti probabile che non avremmo mai avuto l'occasione di venire in questa zona se non fosse stato per parlare di sua figlia Camille.»

«Mia figlia? Lei è un uomo affabile, capitano, ma con i miei ottant'anni ormai prossimi, penso che sarebbe abbastanza sorprendente avere una figlia di ventidue anni.»

43

Brice aveva preparato il caffè e disposto alcuni biscottini su un piatto contrassegnato da una S dorata. De Ritter non sapeva se si trovasse di fronte a un giardino all'inglese o alla francese, né sarebbe stata in grado di affermare se quello fosse un patio o una veranda. Inzuppò il biscottino nel caffè bollente perdendolo con un piccolo pluf fastidioso, posò il tutto sul tavolino e decise una volta per tutte di farsi minuscola e silenziosissima.

Senza aver capito come, Coste aveva ammansito la vecchia borghese. La sua calma, forse. La sua aria non troppo idiota, più probabile. Le aveva chiesto di parlargli di Camille. Dall'inizio. Non sempre De Ritter riusciva ad afferrare il progredire del pensiero di Coste, aveva tuttavia fiducia nel capitano. Margaux Soultier cominciò a parlare in tono solenne invitando entrambi a non interromperla prima della fine della storia.

«Camille non è una figlia desiderata, ancora meno riconosciuta dal padre, e Isabelle, la mia sorella minore, era una ragazza madre. Il vuoto lasciato da quell'uomo molto amato non è mai stato riempito e la sua ragione ha cominciato a vacillare man mano che ne ritrovava lo sguardo negli occhi di Camille. Sarebbe morta consumata dal dolore come un fuoco che si spegne, ma per fortuna il suo destino è stato meno travagliato. Ci ha lasciato in uno stupido incidente stradale, se ne esistono che non lo siano, sebbene i gendarmi non abbiano capito come mai non c'erano segni di frenata su quel rettifilo di campagna. L'albero che ha fermato la sua corsa è stato quasi sradicato. Alcuni mesi dopo ho avuto la custodia di Camille, aveva meno di un anno. Il mio patrimonio mi permetteva di offrirle una buona educazione, anche la mia posizione. Due anni prima avevo perso mio marito per un cancro e il mio figlio maggiore, Gaël, era andato via di casa per continuare gli studi, lasciandomi da sola con Lucas. Ho pensato che gli obblighi legati all'arrivo di Camille avrebbero potuto sottrarmi alla noia. Di sicuro mi giudicherete cinica, ma certe famiglie sembrano scrivere la loro storia soltanto nelle disgrazie.»

Margaux Soultier ringraziò con gli occhi Brice che posava un portapillole accanto alla tazza.

«Per Lucas, che aveva appena compiuto sedici anni, l'arrivo di Camille fu una primavera in una casa che non conosceva più quella stagione da lungo tempo. S'infuriava quando avevo l'audacia di chiamarla nipote, perché l'ha considerata sua sorella sin dal primo giorno. Mi ricordo di un colloquio nell'ufficio dello psicologo scolastico, con Lucas che non staccava gli occhi da terra, immobile sulla sedia. Lo psicologo aveva usato l'immagine di un fiume arginato per la carica affettiva che Lucas non poteva dirigere né verso il padre defunto, né verso il fratello assente, e nemmeno verso di me che, lo confesso, sono poco abituata alle dimostrazioni di tenerezza. Eppure ho amato i miei figli. In un certo modo. Il mio modo. Bisogna davvero abbracciarsi di continuo e accarezzarsi e parlarsi? Non è possibile considerare l'amore filiale come acquisito?»

La vecchia signora si era un po' adirata, ma riprese in fretta un tono più neutro.

«Comunque sia, mi rifiuto di addossarmi qualsiasi responsabilità. La vita non diventa un fallimento a causa di una mancanza di affetto, che diamine! A quel tempo avevamo una bambinaia africana, sono molto brave e materne. Eppure

Lucas la mandava via ogni pomeriggio al ritorno da scuola per restare da solo con Camille. Di mattina lo ritrovavo nella sua camera, steso accanto a lei come un cane che monta la guardia. Camille ha raggiunto l'adolescenza sotto le sue ali protettrici, e anche a quell'età mi ha proibito di rivelarle la verità, cosicché ho dovuto aspettare di essere da sola con lei per parlarle dei veri genitori, dell'abbandono del padre e delle circostanze della morte della madre. Lucas non mi ha mai perdonato quel tradimento, anche se era necessario. Ritengo che certi segreti s'inaspriscano con il tempo, e che una quattordicenne possa affrontare la propria storia. Io stessa sono stata educata così. Contro ogni aspettativa, lei ha riversato su Lucas la sua amarezza e il suo dolore. Sapeva forse che né l'una né l'altro mi avrebbero commossa? Ha insomma scelto un bersaglio più vulnerabile. Man mano che si allontanava, Lucas diventava invece più asfissiante, tentando di passare tutto il tempo con lei e ricevendo in cambio solo insulti da dietro una porta chiusa.

«Poi, piano piano, siamo passati dal rancore al rifiuto totale. Non cenava più con noi, e quando ci faceva l'onore di una fugace apparizione a casa, in genere era per una doccia o per chiedere soldi. E credo di averla vista sempre con gli auricolari alle orecchie, per cui sono sicura che, verso la fine, guardava le nostre labbra muoversi senza cercare di capire quello che avevamo da dirle. Spariva per giorni interi e la sua tristezza, che potevo comprendere, ha lasciato il posto a un'inaccettabile insolenza. Ciò non toglie che Lucas abbia continuato a volerle bene e a tentare di capirla fino agli ultimi giorni della sua presenza. Venendo da lei, niente per lui era importante o grave. Le perdonava tutto. I numerosi furti, sebbene ne fosse spesso la vittima, come anche gli invitati a sorpresa che Brice doveva talvolta accompagnare al cancello. Il filo dei nostri rapporti si è teso all'eccesso e ha finito col rompersi. Allora è diventata tutta aggressività e rimproveri. Il maniero si è diviso in due, la sua camera da un lato, il resto del mondo dall'altro. Purtroppo nel resto del mondo c'era Lucas, e nel mondo di Lucas, ormai deserto, c'era solo Camille. Ho avuto la fortuna di avere solo figli maschi e la mia autorità è sempre bastata a organizzare la vita di questa casa senza disaccordi. Al contrario, sulla piccola non avevo alcuna presa. Tanto che se n'è andata definitivamente prima della maggiore età, dopo quattro lunghi anni di conflitti, talvolta sordi altre volte l'esatto opposto. E Lucas non ha mai mandato giù quell'abbandono.»

Siccome la donna glielo offriva, Coste approfittò del silenzio.

«Ha denunciato le sue fughe alla polizia?»

«A costo di sorprenderla, capitano, le dico che la nostra famiglia ricorre di rado ai vostri servigi. Mio figlio costruisce da troppo tempo un penoso inizio di carriera politica e in nessun modo volevo che Camille nuocesse a ciò che lui poteva diventare. Pertanto ci siamo rivolti a Simon, un investigatore privato di cui già si serviva il mio defunto marito, cosicché fino alla sua ultima evasione sapevamo all'incirca cosa faceva e chi vedeva. Su mia richiesta, Brice ha frugato più volte nella sua camera e quello che il viso sempre stanco di Camille lasciava trapelare è stato confermato dalle siringhe e dai cucchiaini anneriti scoperti nella sua borsa. Alla vigilia dei diciotto anni, non vedendola tornare, è stato Lucas stesso a denunciarne la scomparsa, per evitare ciò che voi chiamate una ricerca nell'interesse della famiglia.»

«È comprensibile, i maggiorenni hanno il diritto di scomparire mentre i minorenni devono essere ricondotti a casa. E dopo, nessuna notizia?»

«Dovrebbe chiederlo a Lucas. Da parte mia, ho accantonato questa storia con il resto dei miei ricordi. Adesso Camille ha ventidue anni e immagino che varcherà di nuovo la porta d'ingresso quando avrà toccato il fondo. Le ho offerto la mia casa e il mio... affetto, cosa dovevo fare di più?»

Coste si girò verso De Ritter, che tirò fuori dallo zainetto una cartella. Coste cercò tra i fogli e dispose, affiancate sul tavolino, tre fotografie: Franck Samoy, Bébé Coulibaly e Jordan Paulin. La vecchia signora tolse da un grosso libro gli occhiali che aveva usato come segnalibro.

«Questi giovani non hanno un aspetto perbene, se vuole il mio parere, capitano.»

«Glielo confermo. Uno di loro le dice forse qualcosa?»

Margaux Soultier esitò, poi il dito nodoso si posò sulla fotografia di Franck Samoy senza più lasciarla per tutta la frase.

«Questo qui. Al principio l'aspettava educatamente al cancello, poi veniva in macchina e parcheggiava come fosse il padrone di casa. L'ultima volta che l'ho visto sfiorava appena il suolo con i piedi quando Brice lo ha afferrato per il collo trascinandolo fino all'esterno della proprietà.»

«Dice che parcheggiava davanti a casa sua. Ricorda la macchina?»

«Certamente, una macchina rossa.»

«Una BMW» precisò Brice, che non aveva mai lasciato la stanza. «Un vecchio modello.»

Margaux Soultier ritenne di aver cooperato abbastanza e ribaltò i ruoli.

«Forse sarebbe il momento di dirmi il motivo della sua presenza, capitano. Ha notizie di Camille?»

«Purtroppo no. Cerco di saperne di più sull'uomo con la BMW perché è apparentemente coinvolto in un regolamento di conti attorno a un traffico di droga. È stato lui a portarci fino a casa sua. Se Camille sia al sicuro o in buone condizioni di salute, questo non lo so, ma posso tenerla informata, se vuole.»

Sebbene la donna annuisse, Coste non scorse in lei nessuna premura. Sulla sua mano si posò quella pesantemente inanellata di Margaux Soultier, miscuglio di carne avvizzita e metallo lucente.

«Orrenda. Non è forse la parola che ronza dietro le sue pupille, capitano? Mi trova orrenda? Si rassicuri, Lucas mi punta addosso lo stesso sguardo e io non tremo, come neppure sotto il suo. Camille non è mia figlia e tento di proteggere quello che rimane di una famiglia in declino.»

Come quel sole del tardo pomeriggio, pensò Coste, che decise di lasciar perdere per il momento. Mentre si alzava, gli tornò in mente una frase della signora Soultier.

«Lei ha citato i suoi figli. Mi ha parlato di Lucas, ma che ne è dell'altro?»

«Lucas è il minore, il maggiore non ha voluto seguire le orme del padre. Adesso è farmacista in un programma umanitario. C'è da credere che in un modo o nell'altro tutti cerchino di lasciarmi.»

«Potrei incontrarlo?»

«Come no! Quando arriverà in Mauritania, chieda di Gaël Soultier dell'associazione Farmacisti senza frontiere. Stando alla sua ultima lettera, la pista che porta al villaggio di Diaguily è stata riparata.»

«Dubito che mi permettano un simile viaggio. Mi accontenterò di ascoltare il minore, Lucas. Può dargli il mio biglietto da visita?»

La vecchia signora accettò, con piacere, secondo lei, senza tuttavia fare un gesto. Brice prese il biglietto dalle dita del poliziotto e, spostandosi di lato, indicò gentilmente che era ormai tempo di lasciar riposare Margaux Soultier.

Nell'auto, De Ritter fu la prima a commentare il colloquio che si era appena svolto.

«Mia madre ha guadagnato punti. Non mi sarebbe piaciuto subire questa qui.»

«Non conosci la mia, a quanto pare.»

«Neanche ci pensavo che tu potessi averne una.»

Nonostante quel casino, gli aveva strappato un mezzo sorriso. Coste telefonò a Sam e gli fece esporre i particolari della giornata. Come aveva previsto, Bébé Coulibaly aveva negato di riconoscere Camille, Paulin e Franck Samoy. Ronan aveva provato a fargli pressione e a minacciarlo, ma il ricoverato si era già fatto tagliare i testicoli ed era abbastanza complicato intimidirlo. Sam aveva ricevuto il fascicolo del commissariato che aveva arrestato Camille Soultier nel 2010 per detenzione di stupefacenti dopo che aveva stupidamente tentato di scavalcare il tornello di una stazione del metrò per finire ruzzoloni ai piedi di un gruppo di controllori in agguato. Non trovandole addosso i documenti, questi avevano chiamato una pattuglia di polizia, che aveva scoperto mezzo grammo di eroina durante la perquisizione. Nulla d'interessante. Nonostante tutto, Coste volle alcune precisazioni.

«Prelievo del DNA? Impronte digitali?»

«Non abbiamo niente. Per mezzo grammo, il verbale è stato redatto senza un fermo e tutto è finito con un'archiviazione. La Scientifica non avrà nemmeno avuto il tempo di fare i prelievi. Succede, anche spesso.»

«Era da sola, quel giorno?»

Sam diede un'altra scorsa al fascicolo.

«Il verbale menziona un tizio, ma dopo una perquisizione negativa i poliziotti lo hanno lasciato andare. Non abbiamo né nome né cognome. Con ogni probabilità, Franck Samoy, se vuoi la mia.»

Il seguito del resoconto di Sam fu più istruttivo e mise i due uomini a disagio.

«Ho chiamato l'APEV. Non hanno niente di preciso su Camille Soultier. Li ho informati che poteva gironzolare nel 93 e sembravano essere già al corrente. Mi hanno spiegato che dopo un certo periodo le famiglie assumono un detective. Tra l'angoscia e i poliziotti che non saranno mai all'altezza delle aspettative di una famiglia che ha perso il figlio, è una reazione comprensibile.»

«Non so se sia per il motivo che dici, ma la vecchia Soultier ha fatto lo stesso.»

«Sì, lo so. A quanto pare, uno dei migliori. Aspetta...»
Fece pazientare Coste, cercando negli appunti.
«Ecco, Simon Beckriche. Ha anche creduto di avere una pista. Nel 2011. In uno squat. Les Lilas.»
Tra ciascuna breve frase aveva lasciato un silenzio, minimo ma sufficiente perché Coste intervenisse. Invano. E cazzo, che diavolo avrebbe dovuto dire? Confessare a Sam che puntavano dritto a una tossica che Aubin aveva cancellato più di un anno prima e che ora si rivelava essere la figlia di una famiglia borghese? Confessare che lei era un errore e che altre ventidue persone erano finite nel dimenticatoio per una storia di cifre e risultati? Non sapeva neppure come metterlo in parole senza sentirsi ridicolo. Coste non era pronto a parlare e Sam si rassegnò a proseguire: «L'investigatore ha contattato il poliziotto incaricato del caso per procedere all'identificazione del corpo all'obitorio. Un buco nell'acqua, la famiglia non ha riconosciuto Camille».
«Okay, ti ringrazio, Sam.»
«Sai di non essere da solo in questa storia, no?»
«Dammi ancora un po' di tempo.»
«Sei tu il capo.»
«Un'ultima cosa, Sam. Trovami tutto quello che puoi sulla famiglia Soultier. Concentrati su Lucas Soultier, un aspirante politico del ministero delle Finanze. E fa qualche controllo sul fratello Gaël, la madre mi ha detto che è farmacista in un'associazione umanitaria in Africa. Per concludere, il domestico si chiama Brice, anche lui m'interessa. Mi sono appena congedato dalla madre, Margaux Soultier, e penso di essermi fatto un po' infinocchiare.»
«Okay, mi ci metto.»
Coste riattaccò mentre l'auto lasciava il maniero.
«Già visitato l'Istituto di medicina legale?»
«Una volta, durante la scuola di polizia.»
«Inserisci l'indirizzo nel GPS, ci ritorni per una seconda visita. Ho ancora qualcosa da verificare prima di lasciarti libera.»

44

Alla reception, fece avvisare la dottoressa Marquant della loro presenza. Comparve con i capelli legati e, come sempre, Coste la giudicò prodigiosamente bella in camice bianco. Il cuore perse un battito quando lei gli rivolse un sorriso attraverso il vetro della porta mentre l'apriva per raggiungerli. Coste fece le presentazioni.

«Léa, le presento la tenente De Ritter.»

Le due donne si strinsero la mano e, siccome la conversazione non si avviava, De Ritter si sentì di troppo.

«Okay... d'accordo. Coste, faccio una telefonata fuori, controllo che i bambini siano a tavola e che abbiano finito i compiti.»

A prima vista, la nuova tenente non rappresentava un pericolo per una donna come Léa Marquant, eppure aveva voluto precisare di essere sposata per non farsi rispondere freddamente al telefono come se fosse una minaccia potenziale.

«Devo confessarle, Victor, che l'avevo immaginata più... insomma, più Johanna...»

Lui la lasciò trarsi d'impiccio con la fine della frase, sorridendo.

«Sorvoliamo. Che cosa mi porta oggi, una mummia, un extraterrestre?»

«So di avere alzato l'asticella a proposito delle sue aspettative, ma vengo a consultare un banale referto. Un caso che risale a dieci mesi fa. Il cadavere di una ragazza senza identità arrivata qui il 16 marzo 2011.

Pochi istanti dopo, la dottoressa sfogliava gli archivi dell'obitorio. Trovato l'anno giusto, e il mese, i suoi gesti diventarono più lenti fino a estrarre l'incartamento voluto. Gli chiese cosa cercasse in particolare.

«Le foto dell'autopsia e, da controllare, la traccia del passaggio di familiari per un riconoscimento.»

Léa tolse da una busta una serie di fotografie con il corpo senza vita e le porse a Coste. Poi guardò gli altri fogli.

«Infatti è passata una famiglia. Lucas e Margaux Soultier. Riconoscimento negativo.»

«Chi era il poliziotto che li accompagnava?»

«Un uomo della sua squadra, il tenente Mathias Aubin.»

Il capitano prese una fotografia dal fascicolo dell'autopsia e la posò sulla scrivania del medico legale.

«Questa è la sbandata dello squat.»

Dalla tasca della giacca tirò fuori un foglio piegato in quattro che spianò con la mano. Il manifesto con le foto dei figli scomparsi.

«E ora le presento Camille Soultier.»

La dottoressa non si capacitava.

«Cazzo, è la stessa ragazza. Conciata per le feste, ma la stessa.»

Coste le lasciò trarre le deduzioni del caso. Da stupita, Léa diventò furiosa.

«E quella vecchiaccia della madre che mi ha assicurato di non riconoscerla!»

«Madre adottiva, per l'esattezza.»

«E il rampollo che mi ha giocato lo stesso tiro! Famiglia di svitati!»

«Si rassicuri, Léa, vengo da casa loro e la vecchia Soultier mi ha recitato la stessa commedia.»

«Ma com'è possibile rinnegare una figlia, anche se adottiva? E soprattutto, per quale motivo?»

«Per l'appunto, ci lavoro. Quello che ora vorrei sapere è come posso ritrovare un corpo anonimo che ha circa un anno. Siamo entrambi convinti che quella ragazza sia la stessa delle due foto, tuttavia è solo un riconoscimento oculare. Mi serve la prova scientifica che i Soultier ci prendono per i fondelli. Quello che voglio è esumare il corpo ovunque sia, procedere a un prelievo del DNA e fare un confronto.»

La dottoressa sembrava non avere ascoltato le sue parole.

«Léa, ho bisogno di lei, ora!»

«Sul serio, Victor, lei cerca di nuocermi. Mi ha già fatto eseguire l'autopsia di un vivo e adesso mi annuncia che ho spedito una povera ragazza nella fossa comune? Finché non mi farò licenziare per via delle sue cavolate, avrà reso appassionante il mio mestiere.»

«Fossa comune?»

«All'obitorio conserviamo gli anonimi per un mese. Scaduto il termine, il corpo viene sotterrato nella fossa comune del cimitero di Thiais, dove si trova ancora mentre parliamo. Ho qui il suo numero di registrazione, glielo scrivo. Fra tre anni il corpo sarà cremato per lasciare il posto agli ignoti successivi.»

«Non perdete tempo.»

«Esatto, siamo carogne senza cuore. Con più serietà, si calcola che i morti anonimi in Francia siano circa millecinquecento all'anno, perciò non abbiamo davvero il tempo, lo spazio, e nemmeno i soldi per tenerli più a lungo. Tra l'autopsia, le pompe funebri, l'inumazione e la cremazione, un anonimo costa tremila euro. E bisognerebbe aggiungerne altri mille per il DNA e la cartografia genetica necessari per un confronto con i casi di scomparsa. La nostra amministrazione non pare disposta a spendere tanto. E quindi, a causa di questi ridicoli mille euro, alcune famiglie cercano il corpo del figlio per anni quando invece è seppellito a pochi chilometri. Quegli invisibili non sono una priorità per nessuno. Soltanto corpi da mettere sottoterra senza neanche una preghiera.»

«Sì, lo so.»

Ironia della sorte, Léa Marquant aveva usato la parola «invisibili». Anche lei. Coste ricevette un messaggio sul cellulare. De Ritter si spazientiva.

«Capisco il salto all'obitorio – lei vale la pena – una certa aria alla Audrey Hepburn – ti farai male con una ragazza così – possiamo andarcene?»

«Un messaggio importante?»

Coste fece schioccare la conchiglia di protezione del telefono richiudendolo.

«Non tanto, mi richiamano all'ordine.»

TERZA PARTE

«Il 93 è sempre stato un mattatoio,
per quale motivo vorrebbero spacciarlo
per un villaggio vacanze?»
Lucas Soultier

45

Per Simon, i dubbi erano cominciati nel marzo 2011, quando, con tutte le precauzioni necessarie per non suscitare troppe speranze, aveva annunciato: «Potrei avere una pista».

«Camille?»

«Senza certezza, signora.»

Per la famiglia Soultier, una prova dura quanto inutile all'Istituto di medicina legale. Stando alla logica, il seguito avrebbe dovuto rilanciare l'investigatore privato sulle tracce di Camille, l'elettrone libero e strafatto della famiglia. Eppure niente. Senza accorgersi che il vento cambiava direzione, si era ritrovato dalla parte sbagliata dell'intrigo, non capendo, tentando di spiegarsi perché mai Lucas Soultier gli avesse ordinato di proseguire le indagini sulla giovane sconosciuta dell'obitorio. La ragazza che tuttavia non aveva identificato come sua sorella.

Da buon detective, si era abituato a porre un freno alla curiosità, non permettendosi di andare contro il datore di lavoro. Ma con il tempo le regole cambiano.

La famiglia Soultier era rappresentata da un figlio dall'avvenire politico senza promesse e da una vecchia inacidita. E dire che all'epoca del padre aveva goduto di un notevole prestigio.

Jacques Soultier si era trasformato agevolmente da uomo d'affari in uomo di potere senza dover cambiare le regole del gioco, poiché gli erano parse identiche nei due casi. Aveva costruito la sua seconda carriera come se organizzasse il rilevamento di una società o la liquidazione di un'altra: sfruttando i segreti degli avversari che si sforzavano di nasconderli. Per molti anni aveva avuto l'appoggio di Simon. Sull'investigatore privato circolava la seguente battuta: se un politico desidera fare un regalo all'amante, deve prima rivolgersi alla persona che la conosce meglio, il vecchio Simon.

Alla morte di Jacques, Margaux Soultier aveva confermato il contratto, e per rispetto verso il defunto, Simon aveva accettato di fare da baby-sitter. A Lucas come a Camille. Il primo non rischiava di far brillare il blasone della famiglia mentre la seconda prometteva di offuscarlo in modo irreversibile. Nonostante l'impiego monotono, era ben pagato e, per il momento, gli andava bene così.

Ma dopo la visita della famiglia all'obitorio, aveva cominciato a dubitare. Le turpitudini, gli intrallazzi e i tiri mancini erano qualcosa che conosceva e, facendoci i conti ogni giorno ormai da un bel pezzo, gli era persino capitato di pensare di averne inventato le regole. Ma ritrovarsi invischiato era un'altra faccenda. Eppure aveva creduto di averci azzeccato con la ragazza dello squat, e quanto più Lucas negava, tanto più Simon dubitava.

Nel corso di una conversazione aveva tentato di saggiare il cliente.

«Vuole che parallelamente continui le ricerche su sua sorella?»

«È proprio quello che sta facendo» rispose con calma Soultier figlio. «Si concentri sulla sconosciuta, ci porterà da lei. Potrebbe essere una sua amica. Hanno le stesse brutte abitudini e frequentano gli stessi posti, magari conoscono le stesse persone, no? Si ricorda di quel giovane con cui Camille andava in giro e che portava a casa di nascosto? Quello con la macchina rossa?»

«Una BMW rossa modello 633. Lo avevo già identificato come un accompagnatore ricorrente. Un tale Franck Samoy. Posso scavare un po' di più se vuole, Lucas.»

Lucas represse un gesto d'irritazione. Perché insisteva a chiamarlo Lucas quando la madre aveva diritto a signora Soultier? Ma forse solamente il padre sarebbe stato in via definitiva il signor Soultier. Accantonò l'irritazione.

«Lo trovi. Voglio conoscere tutti i posti che è solito frequentare. Vorrei anche conoscere le circostanze esatte della morte di quella ragazza.»

«Mettere le mani su una denuncia presentata in un commissariato lo posso fare, consultare il fascicolo di un'indagine in corso è più complicato e non mi sento pronto a derubare la polizia del 93.»

«Non può contattare il poliziotto incaricato del caso? Fra colleghi...»

«Non lo siamo affatto, però nulla impedisce di tentare, è lei ad avere le leve del comando, Lucas.»

Signor Soultier, porca puttana!

Ritrovare Franck Samoy con la sua grossa BMW rossa era stato abbastanza semplice. Poi aveva redatto un elenco dei posti che frequentava, di quelli dove si bucava e delle case che occupava abusivamente, e aveva anche annotato le visite saltuarie alla madre, a Romainville. Le ricerche lo avevano condotto da ostelli a centri di accoglienza, facendogli persino conoscere le farmacie e le associazioni che fornivano servizi cosiddetti di «riduzione del danno e limitazione dei rischi», dove lo si poteva incontrare quando era a corto di siringhe. Il tutto gli aveva preso meno di due settimane.

Avere accesso al fascicolo aveva sollevato alcuni problemi, ma non quelli che Simon si aspettava. Conosceva il poliziotto incaricato del caso, lo aveva già contattato per organizzare il riconoscimento del corpo. Ormai la giovane sconosciuta era morta da mesi e decise di chiamare semplicemente il commissariato del 93 per un appuntamento con il tenente Aubin.

«È assente.»

«Può dirmi chi altro lavora sul caso della ragazza trovata morta nello squat di Les Lilas il 16 marzo di quest'anno?»

«Aspetti, do un'occhiata.»

Gli piacevano le segretarie. Bastava usare un tono autoritario ed erano capaci di fornire qualunque informazione per telefono. Doveva avere sulla scrivania la fotografia di un gattino in un cesto, ci avrebbe scommesso la camicia.

«Non abbiamo nessun ritrovamento di cadavere in quella data.»

«Ne è sicura? Può controllare meglio?»

La segretaria si mostrò un po' più diffidente.

«Mi ripete il suo nome e il suo ufficio, per favore?»

Simon riattaccò.

Se riassumeva correttamente i fatti, era impegnato a indagare su una ragazza che non era Camille, almeno secondo i familiari, e il cui fascicolo sembrava essersi volatilizzato in modo inopportuno. Non esitò a lungo a chiamare Marc Farel, che sapeva volare in cerchio al di sopra dei casi più scabrosi. I due uomini si conoscevano e l'investigatore si preparava a condurre la discussione camminando sulle uova.

Senza menzionare l'identità di Camille, avendo lo scopo di allontanare quanto più possibile lo scribacchino dalla famiglia Soultier, riuscì tuttavia ad attirare la sua attenzione sulla storia di quella tossica sbandata.

«Buongiorno, Marc.»

«Shalom, Simon.»

«Vorrei essere rassicurato.»

«Vediamo quello che posso fare.»

«Sto cercando un fascicolo giudiziario. Una ragazza morta di overdose in uno squat nel comune di Les Lilas. So che del caso si è occupata l'Anticrimine dell'SDPJ 93 perché sono stato in contatto con un ufficiale. Però, quando provo a saperne di più, la segreteria mi spiega che il fascicolo non esiste. Una morte sospetta senza indagine, le sembra plausibile?»

«Si può smarrire involontariamente un fascicolo, ma prima o poi deve ricomparire. Smarrirlo volontariamente è un altro paio di maniche.»

«E capita spesso?»

«No, nel modo più assoluto, sto lavorando di fantasia come ogni giornalista. Perché mi ha chiamato? La faccenda le puzza?»

«Lei è considerato un vero ficcanaso tra i cronisti giudiziari e mi sono detto che, volendo azzardare domande tendenziose sulla polizia, lei mi avrebbe tenuto il muso se non l'avessi cercata.»

«È gentile da parte sua. Mi dica, continua a lavorare per la famiglia Soultier?»

A quel punto entravano in ballo le uova.

«Non più dopo la morte del padre.»

«Mi sa che le ha creato un gran vuoto nelle tasche.»

«Lei lo ha sempre demonizzato, Marc. Jacques Soultier era un uomo politico, con tutti i compromessi impliciti.»

«Chi fa compromessi si compromette, no?»

«Se le dà gusto giocare con le parole.»

«E dunque la storia della sbandata morta in uno squat non ha niente a che vedere con la scomparsa della giovane Soultier, quella che hanno adottato?»

Con le uova, Farel era più bravo di lui e conosceva l'argomento come anche i protagonisti. Simon gli aveva appena gettato un osso e il giornalista sarebbe tornato alla carica solo dopo averlo rosicchiato per bene, e tenendolo stretto fra le zanne.

46

Farel non si sentiva mai così vicino alla realtà come quando era di fronte alla menzogna destinata a occultarla. Il suo istinto di giornalista sapeva riconoscere una stonatura nella voce, il sospiro di troppo, l'esitazione traditrice; e dopo la telefonata di Simon era stato contagiato dal germe del dubbio. Il vecchio investigatore aveva chiaramente tentato d'ingannarlo con quella storia di una sconosciuta morta di overdose. Una storia che somigliava molto a quanto sarebbe potuto accadere a Camille Soultier, sebbene, non essendo anonima, il suo profilo non corrispondeva agli altri.

Nel suo intimo Farel sapeva che quei fascicoli erano stati fatti sparire, ma gli occorreva riunire elementi a sufficienza prima di dare in pasto al pubblico il suo scoop: infatti, nonostante la pazienza, era ancora lontano dal traguardo.

In meno di un anno d'indagini aveva tappezzato una parete del salotto di ritagli di giornale alla ricerca dei candidati potenziali, quelli che l'anonimato permetteva di cancellare in silenzio. Si era costretto a leggere ogni mattina tutti i fatti di cronaca e i dispacci della France-Presse per non perderne nessuno, in modo coscienzioso, come quei vecchietti che passano il tempo a ritagliare i buoni sconto nei giornali.

Parallelamente si occupava di altri argomenti, talvolta interessanti, ma quelle sparizioni erano il suo pallino fisso, la sua inchiesta personale, la sua ossessione. Su alcuni trafiletti fissati al muro c'era la parola «possibile» seguita da un punto interrogativo. Su altri diciassette, stavolta in rosso, la parola «sicuro» era stata scritta in stampatello, talora con un impeto che l'aveva fatta debordare sulla carta da parati.

Senza saperlo, ma soprattutto senza volerlo, l'investigatore privato aveva spostato i tasselli del puzzle rendendo più chiara la lettura al giornalista. Camille Soultier era diventata il punto di partenza. Il grosso degli omicidi commessi nella Seine-Saint-Denis spettava automaticamente all'SDPJ 93, che ne aveva il filo conduttore, e secondo le rivelazioni di Simon il tenente Mathias Aubin era il punto d'accesso. Sicuro di avere abbastanza informazioni da disorientarlo, Farel aveva preso contatto con il poliziotto e gli aveva fatto passare un brutto quarto d'ora. Il colloquio aveva fornito parecchie informazioni e, quella sera stessa, si era ritrovato con una scatola di cartone piena di fascicoli e una spiegazione accurata di quello che i poliziotti chiamavano Codice 93.

Sulla parete, la scritta «sicuro» era stata cancellata per lasciare il posto a Codice 93, mentre la cifra era passata da diciassette a ventitré. E ormai c'era da pensare a sostituire la carta da parati.

La giovane sconosciuta di Simon, se era davvero Camille, avrebbe fatto più scalpore, e il silenzio che avvolgeva la sua morte lo spinse a telefonare a Lucas Soultier. Tra i casi selezionati, soltanto Camille sembrava avere una famiglia, o almeno una famiglia pronta a manifestarsi. Poco mancò che la loro conversazione durasse una manciata di secondi e, ancora una volta, Farel aveva dovuto pungere nel vivo l'interlocutore per non farsi sbattere il telefono in faccia.

«La scomparsa di mia sorella non sarà il suo prossimo articolo, signor Farel.»

«Lo capisco, ma io non ci marcio con le notizie scandalistiche. Penso che Camille sia legata ad altri casi.»

Lucas sapeva che non serviva a niente cercare Camille in un posto che non fosse il cimitero. Tuttavia, conoscere le cause e le circostanze della sua morte gli stava sempre a cuore. Decise di ascoltare il giornalista con più attenzione.

«Ho in mano le copie di ventitré fascicoli giudiziari relativi a decessi sospetti.»

«A ciascuno le sue letture.»

«Il problema non è questo. Quando interrogo i miei contatti alla polizia giudiziaria, la risposta è invariabilmente la stessa. Non c'è un'indagine corrispondente. Quei morti non compaiono da nessuna parte nello schedario informatico.»

Farel scelse a bella posta un esempio che faceva colpo.

«Per darle un'idea, quella ragazza di circa vent'anni, morta di overdose in uno squat di Les Lilas all'inizio del 2011. I poliziotti del commissariato sono intervenuti e il verbale è stato trasmesso alla polizia giudiziaria, ma sembra che non sia giunto a destinazione, nei loro uffici non ce n'è traccia. Eppure ce l'ho qui, davanti agli occhi.»

Se Lucas avesse avuto tra le mani una fetta biscottata, sarebbe semplicemente esplosa. La stilografica fu più solida. Tentò di dominare la voce come meglio poteva.

«E che ne deduce? È voluto? Le indagini vengono insabbiate?»

«Sarebbe un po' lungo da spiegare, ma sì, penso di sì. Penso che tentino di mascherare certi omicidi nel 93, quelli che i poliziotti definiscono invisibili, allo scopo di garantirsi un risultato accettabile in termini di cifre.»

«Ma il 93 è sempre stato un mattatoio, per quale motivo vorrebbero spacciarlo per un villaggio vacanze?»

«Preferirei parlarne faccia a faccia, ma sono intimamente persuaso che Camille, per un errore, sia finita tra quegli anonimi cancellati.»

«Sono molte informazioni tutte insieme, signor Farel. E lei dice che ne ha le prove, nei fascicoli giudiziari in suo possesso?»

«Ventitré volte sì.»

«E con i fascicoli, ha anche i referti delle autopsie.»

La domanda gli parve fuori luogo, ma a qualunque costo doveva lusingare l'interlocutore.

«Il riepilogo completo e le conclusioni, sì.»

Soultier aveva accettato un appuntamento per la sera successiva. Subito dopo, aveva telefonato a Simon. L'investigatore privato avrebbe svolto un ultimo compito per la famiglia.

47

Farel aveva proposto un luogo che conosceva bene. Il Café de la Musique, nel XIX arrondissement. Il locale consentiva di scegliersi l'ambiente. Pubblico, ai tavolini di fronte al mercato coperto di La Villette, sempre zeppo di gente a ogni ora. Privato, nelle comode poltrone in fondo alla sala, mezzo nascosta dal pianoforte a coda, puro oggetto decorativo, di certo scordato da sempre. L'appuntamento era alle ventuno e trenta. Farel uscì dal metrò con venti minuti di anticipo, per controllare, come i poliziotti gli avevano insegnato. Incamminandosi verso il caffè, attraversò la piazza selciata al centro della quale troneggiava una fontana con otto leoni seduti che sputavano un filo d'acqua.

Man mano che si avvicinava, vide meglio quelli che al principio aveva scambiato per un gruppo di studenti, data la vicinanza del conservatorio di musica e per via dei pochi lampioni. Tre ceffi poco cordiali con un forte accento dell'Europa orientale che si percepiva senza che dovessero pronunciare una parola. Farel strinse la valigetta con il computer e la strinse ancora di più quando si accorse che i tre tracciavano una linea retta verso di lui. Giunti alla sua altezza, due di loro si trasformarono in uno sbarramento poderoso mentre il terzo si guardava attorno senza smettere di saltellare sulle gambe. Farel pensò che fosse il novellino della squadra, un po' testa matta, quello che rompe le ginocchia mentre gli altri due, più maturi, si occupano della parte conversazione. Non gli ci volle molto per capire che non era vittima di un'aggressione fortuita ma che lo stavano aspettando.

La placidità che Farel scorse negli occhi dell'uomo più vicino lo sconcertò. Aveva sulle mani quei tatuaggi non riusciti, fatti in casa o in prigione, con il tratto incerto, il colore disuguale. E uno sguardo grigio pallido, penetrante e sicuro, che gli diceva che qualsiasi sua mossa sarebbe stata un errore. Con un cenno del mento l'uomo indicò la valigetta. Farel gliela porse con un sorriso rassegnato. Doveva soltanto ubbidire, se non voleva perdere qualche dente per lo stesso risultato.

I due uomini fecero dietrofront, lasciando a becco asciutto l'apprendista scagnozzo che continuava a saltellare per tenere a bada l'eccitazione. Li guardò allontanarsi con l'espressione di chi non ha avuto il dolce promesso. Si girò verso Farel come se fosse responsabile della sua delusione e gli mollò un diretto che si schiacciò pesantemente tra le narici e le gengive. Gli sputò in faccia un «*idi u pičku materinu*»* spruzzandolo di saliva come quando si sputa su un uomo a terra. Un velo bianco gli scese sugli occhi, poi il colore tornò a poco a poco, l'udito si regolò, il giornalista si asciugò qualche lacrima di dolore e dieci secondi dopo ricominciò a captare il mondo che lo circondava.

Nel Café de la Musique non poté fare a meno di ridere di se stesso. In una mano un whisky senza ghiaccio, nell'altra un fazzoletto di carta con cui tentava di arginare il sangue che colava dal naso. Aveva appena capito fino a che punto la situazione sarebbe stata buffa se fosse andato a denunciare al commissariato il furto del computer che conteneva le copie scannerizzate dei fascicoli che i loro colleghi della polizia giu-

* Insulto serbo, letteralmente «va' nella fica di tua madre», che equivale a «figlio di puttana».

diziaria volevano nascondere. Come faceva Soultier a sapere che avrebbe avuto con sé il portatile? Con tutte le incognite del caso, quella mossa era stata decisamente temeraria.

Gli rimanevano comunque le copie stampate dei fascicoli, sempre riposte nella scatola di cartone del tenente Aubin, sotto la scrivania, neanche tanto nascoste. Mentre svuotava il bicchiere, capì che in quella partita non ci sarebbero stati altri colpi di mano e che senza dubbio il suo appartamento era già stato svaligiato. Chiese di nuovo da bere e prese un fazzoletto pulito.

48

Il vecchio Simon aveva eseguito a dovere il suo ottimo compito e Lucas, pur sospettando che Farel si fosse preso una bella ripassata, non si sentiva per niente in colpa. Il seguito sarebbe stato ancora più brutale. Sui sedili posteriori della Land Rover, usata perlopiù da Brice per la manutenzione del giardino e del parco, aveva caricato un portatile, un pesante scatolone di documenti rubati di fresco e vari indumenti di ricambio.

Aveva addotto il pretesto di voler trascorrere il weekend nella loro casa di campagna a Sauny, un paesino a un'ora e mezzo da Saint-Cloud. E se ne infischiava che la madre non avesse creduto neppure a una parola.

Riacquistò la calma via via che il maniero rimpiccoliva nel retrovisore. Tra i fascicoli che trasportava lo aspettava quello di Camille, che non aveva ancora avuto il coraggio di aprire. A Sauny, il cassiere-proprietario del minimarket prossimo alla chiusura definitiva gli fece notare che non li vedevano da anni e, con innocenza, chiese notizie della madre e di Camille. Per un istante, Lucas si concesse il diritto di vivere in un mondo immaginario più felice, assicurando che entrambe stavano a meraviglia.

Uscendo dal paesino, imboccò il sentiero privato che serpeggiava lungo una collina ripida sulla cui cima troneggiava, bisecolare e isolato, il cascinale dei Soultier. Parcheggiò l'imponente fuoristrada il cui cofano sporgeva dal garage coperto, come in agguato. Una pioggerella lo indusse a togliersi il cappotto per coprire il cartone e il computer e, un po' di corsa, con la camicia incollata alla pelle, entrò nella casa addormentata con le imposte chiuse.

Qualche ceppo secco nel camino s'incaricò di riscaldare le pietre del muro mentre lui levava i lenzuoli bianchi che proteggevano i mobili come tanti fantasmi da scacciare. Quando infine si sedette, la notte aveva avvolto la collina.

Aveva trovato una zuppa in scatola in una credenza, l'aveva riscaldata, poi dimenticata sul piano di cottura. Aveva fame, ma di altro. Si sedette davanti all'enorme camino, costruito al tempo in cui venivano arrostiti animali interi. Il fuoco che aveva acceso pareva ridicolo. Dispose il computer, i fascicoli e il dossier su Franck Samoy approntato da Simon prima di essere congedato. Il computer aveva un PIN e Lucas, che intratteneva un rapporto conflittuale con l'informatica in generale e con l'hackeraggio in particolare, lo spostò di lato. Rilesse gli appunti di Simon e quelli del giornalista che, sebbene potesse recitarli a memoria, gli permettevano di allontanare il momento in cui avrebbe dovuto affrontare, come sola orazione funebre, le parole crude, quasi disumanizzate, dei poliziotti e dei medici legali.

Si ricordò del giorno in cui era andato con la madre all'obitorio e, per l'onore della famiglia, aveva preferito tacere. Quello stesso giorno in cui aveva scoperto su Camille un tatuaggio che già conosceva. All'altezza dell'inguine.

Camille. Anche lui l'aveva riconosciuta. La sua Camille. Quasi sua sorella. L'aveva riconosciuta e aveva taciuto. Non poteva essere lei, no, l'avrebbe riconosciuta, quella sera, nella voce, nei gesti. E se i suoi occhi erano stati ingannati da un corpo diverso, il suo cuore non ci sarebbe cascato, lo avrebbe avvertito, e lui, Lucas, l'avrebbe salvata. Avrebbe salvato Star, la ragazza dalla stella rossa. Salvato, non scopato.

Guardò le fotografie del corpo senza vita, steso sulla barella metallica pochi minuti prima dell'autopsia. Ogni parola del referto del medico legale si trasformò in vetro spezzato che, ingoiato scheggia dopo scheggia, gli incideva profondamente la ragione e gli infettava l'equilibrio mentale.

Con la pelle delle nocche lacerata, rossa di sangue per aver colpito senza freno le pietre ancora fredde, e il cuore che pulsava nel vuoto, Lucas corse fuori e si lasciò cadere in ginocchio sulla terra fangosa. Mentre i muscoli si contraevano in un crampo diffuso, lanciò il grido della disperazione più terrificante senza che nessun suono trafiggesse la notte.

Le lacrime si mescolarono alla pioggia, il sangue delle mani alla terra, ed ebbe la sensazione di essere sconnesso dal mondo.

Al mattino si svegliò, con gli indumenti macchiati del giorno prima, sul divano di pelle coperto di fango secco, incapace di ricordare come vi fosse finito. Contro ogni aspettativa, il cervello era subentrato durante il sonno agitato e, quando aprì gli occhi, il subconscio dettò nei particolari lo svolgimento dei giorni a venire. Fece una lunga doccia, preparò un caffè, prese un quaderno nuovo e un pennarello nero che posò in ordine davanti a sé. Con calma, scelse il suo primo bersaglio.

49

Ormai da tempo Franck Samoy si era iniettato nelle vene il ricavato della vendita dell'auto. Da alchimista dotato, trasformava qualunque cosa in eroina, anche i televisori. Tuttavia, nei pochi minuti di lucidità del risveglio, riconosceva di aver fatto una grossa fesseria separandosi dalla sua casa su ruote. Adesso era ridotto a mendicare ogni giorno un posto nel centro di accoglienza, quel genere di alloggio che non accetta prenotazioni. Mendicare sapeva farlo, e ad Aubervilliers era finito in una zona non più grande di un chilometro quadrato nella quale coesistevano tre di quei centri, dove capitava spesso di farsi derubare, aggredire o violentare, dato che i codici che regolavano quei luoghi somigliavano a quelli della strada. Una notte passata lì equivaleva a starsene rannicchiato in un angolo, aggrappato agli effetti personali ficcati in sacchetti di plastica, con gli occhi chiusi ma la mente vigile. Niente di riposante. Poiché i suoi vagabondaggi non erano sfuggiti a Simon, ormai Lucas sapeva dove dare il via alla sorveglianza.

Aveva pensato che la lista del materiale necessario sarebbe stata più lunga, si chiedeva anche se non avesse dimenticato qualcosa. Una sgargiante auto a noleggio, una bottiglia di whisky, un bell'orologio con un appariscente cinturino d'oro, alcune compresse di Stilnox sottratte dall'armadietto dei medicinali della madre, fornello elettrico a due piastre di millecinquecento watt e fil di ferro. Duecentottanta euro spesi in modo utile, con il falso orologio comprato da un ambulante che gli era costato quanto il fil di ferro.

Aveva visto Samoy che entrava alle quattordici e trenta al Refuge, il centro di rue Hamelet, e si era messo ad aspettare che l'astinenza facesse uscire il lupo dal bosco, finalmente allo scoperto. La notte ebbe appena il tempo di calare sulla città e Lucas di ripetersi la parte, preparata al millimetro, che la porta d'ingresso si aprì, lasciando emergere tre ombre scheletriche. Poche parole impercettibili, uno scambio invisibile. Fra loro c'era una donna; scoppiò a ridere forte e altrettanto all'improvviso si arrabbiò, prendendo a spintoni uno degli uomini, poi il gruppo si separò, lasciando isolato il bersaglio di Lucas. Capelli sporchi arruffati, pantaloni e giacca di jeans, un grosso pullover liso di lana bianca e occhi all'erta.

Lucas mise in moto. Se la Land Rover gli dava l'impressione di guidare un bufalo, la piccola Audi nervosa che aveva noleggiato chiedeva solo di spiccare il volo. Andò al passo e superò Samoy per fermarsi pochi metri più avanti. Abbassò il vetro dal lato del passeggero, si chinò verso destra e, nel momento in cui passava Samoy, pregò perché la voce non lo abbandonasse.

«Buonasera, giovanotto.»

La sagoma continuò a camminare. Cazzo, non aveva pensato alla frase di abbordaggio. Non doveva avere usato il tono giusto. Ripartì, andò al passo fino a raggiungerlo e provò di nuovo, con parole diverse.

«Scusa un po', per favore...»

L'ombra rallentò e si girò verso di lui. Squadrò la macchina, un'Audi quasi nuova, non un'autocivetta, si chinò a guardare nell'abitacolo e scrutò il conducente, faccia da attore giovane, ma rimase sulla difensiva. Ora gli sbirri non avevano più l'aspetto degli sbirri. D'altra parte, non aveva niente addosso, un bel prestigiatore in astinenza.

«Cazzo vuoi?»

«Avevo appuntamento con una persona, proprio davanti al Refuge, ma...»

Lucas posò la mano sul finestrino abbassato e, a braccio teso, l'orologio spuntò dalla manica della camicia, vistoso come un lingotto d'oro.

«... ma forse non ha trovato posto stasera. Mi sa che dovrei ripassare domani. A meno che tu... magari lo conosci, eh?»

Gli occhi di Franck Samoy passarono dall'orologio sgargiante alla carrozzeria splendente dell'Audi e si disse che la notte sarebbe stata più breve del previsto.

«Che stai cercando? Il brivido in periferia? Vuoi un po' di droga? Non sembri il tipo.»

Lucas fece un sorriso timido, recitava la parte dell'allocco alla perfezione.

«Non è quello che cerco.»

«Ah. Un pompino cinquanta euro. Senza guanto il doppio.»

«Sali.»

Su indicazione dell'esperto copilota, Lucas entrò nella rotonda di Porte d'Aubervilliers e imboccò una lunga strada persa tra le rotaie della ferrovia e le catapecchie di legno e lamiera, una baraccopoli di notte e una città fantasma di giorno. All'indomani della primavera araba, il flusso migratorio tunisino e algerino era triplicato, in assenza del benché minimo programma che fornisse accoglienza e alloggi. Attirati dalle luci di Parigi, rapidamente espulsi come un corpo estraneo, i nuovi migranti erano stati accolti, come al solito, dal cugino povero del 93. Avevano fatto scappare le prostitute rumene e si erano insediati al loro posto, in quella via che le pattuglie di polizia evitavano con cura.

Lucas spense il motore e, su richiesta di Franck Samoy,

anche i fari dell'auto, rendendola anonima come le altre. Un unico lampione gli permetteva di distinguere il contorno delle cose. Chiuse gli occhi per qualche attimo, volendo imporsi un buio assoluto, e quando li riaprì il viso del passeggero e l'interno dell'auto si fecero più precisi. Il passeggero aveva riempito l'abitacolo con il proprio odore, un puzzo acre di sudore, tabacco freddo e chiuso umido.

«Nel cruscotto c'è una bottiglia di whisky, credo che ne avrò bisogno, non sono abituato a questi appuntamenti.»

«Eh già, ci credo!»

Samoy allungò il braccio, premette il tasto e la ribalta si aprì da sola sotto il peso della bottiglia.

«Posso?»

Una proposta che non prevedeva un rifiuto: le labbra già attaccate al collo della bottiglia ne ridussero il contenuto di un terzo in un paio di sorsi. Posologia, una compressa al giorno, dieci milligrammi al massimo, poco prima di andare a letto. Lucas si domandò se la dozzina di compresse di Stilnox, benché diluite in quasi un litro di alcol, non lo avrebbero banalmente ucciso. Samoy gli porse la bottiglia e Lucas finse di bere mentre l'altro accendeva una sigaretta. Sentì il contatto del vetro bagnato e, anche se vi era preparato, il miscuglio delle loro due salive lo disgustò.

«Mi vuoi baciare... roba del genere?»

«Uhm... no.»

«Qual è il tuo sfizio? Farti succhiare o succhiare?»

«Preferirei che fossi tu a farlo.»

«Hai un guanto oppure tentiamo il diavolo?»

Se Lucas Soultier fosse stato un poliziotto, avrebbe saputo che un'operazione, anche preparata meticolosamente, non si svolge mai come previsto. Aveva pensato che il sonnifero agisse più in fretta. Pochi minuti in più, e temeva il modo in cui li avrebbero trascorsi insieme.

«Vada per il diavolo.»

Fece di nuovo finta di bere e porse la bottiglia. Franck Samoy buttò la sigaretta dal finestrino socchiuso, si concesse altri tre bei sorsi, la tappò e la lasciò cadere a terra. Si girò verso il cliente e si asciugò le labbra volgarmente con il dorso della mano. Le dita si posarono sulla patta e abbassarono la lampo senza intoppi. Si mise a frugare tra le gambe di Lucas e ne tirò fuori il sesso, che maneggiò senza abilità. Lucas alzò gli occhi al cielo per una preghiera inopportuna e sentì la bocca chiudersi su di lui. Il suo intero corpo rabbrividì di raccapriccio e vedere la testa di Franck Samoy andare su e giù gli diede il voltastomaco. Arrivare a quella prova non faceva parte del piano e neppure che il drogato ci mettesse tanto slancio. Sentì la saliva scorrere sul suo sesso floscio e fino al basso ventre. Samoy alzò il viso su di lui e lo fissò.

«Avvertimi prima, eh?»

La voce un po' impastata di Samoy gli diede conforto: non avrebbe resistito a lungo all'effetto delle compresse. Il moto verticale rallentò, fino a una completa immobilità. Lucas si accorse di aver subito quei preliminari come in apnea e, finalmente, respirò a fondo. Si guardò attorno, strada, marciapiedi, passanti, macchine, erano sempre da soli. Nel silenzio si udiva nonostante tutto un fievole mormorio, rassicurante, quasi commovente. Una suzione infantile. Nel suo sonno forzato, il piccolo Franck continuava a succhiare.

Lucas lo afferrò per le spalle e lo staccò con un rumore di ventosa. Mise in moto.

Il benzinaio della stazione di servizio glielo confermò: il suo modello andava a benzina verde e, siccome glielo chiedeva, gli fornì una tanica vuota da cinque litri. Aggiunse alcuni litri al serbatoio quasi pieno e, mentre si accingeva a riempire la tanica con lo stesso carburante, un'altra macchina si fermò sotto la luce livida dei neon. Di notte, le stazioni di servizio del 93 chiedono il pagamento in anticipo per evitare malaugurate dimenticanze, e dunque il nuovo cliente andò alla cassa. Superando l'Audi, vide il passeggero addormentato, con il mento di traverso sul torace e un filo di bava che li collegava. Alzò gli occhi su Lucas, che lo stava guardando con la tanica in mano. Una specie di barbone assopito in un'auto di lusso, con un tizio in giacca e cravatta che faceva scorta di alcuni litri di benzina in più, come se fosse l'ultima stazione prima delle porte del deserto: l'uomo si disse di abbassare gli occhi, fare il pieno e andarsene alla svelta. Il «buonasera» sorridente di Lucas, vano tentativo di apparire normale, gli fece accelerare il passo.

Meno di due ore dopo i fari illuminarono i muri di pietra del cascinale a Sauny. Lucas si caricò il corpo addormentato sulle spalle ed entrò in casa. Organizzò con metodo il risveglio dell'ospite e, pazientemente, si sedette davanti a lui. Il primo schiaffo arrivò dopo una trentina di minuti. Franck Samoy aprì a fatica gli occhi dopo il quinto e si accorse di non essere più in un'auto né in un ambiente familiare. Con la mente annebbiata dalla chimica, credendo di fare un brutto sogno, aspettò una decina di secondi prima di rassegnarsi a quella nuova realtà. Era seduto su una sedia di ferro, al centro di una grande stanza, con le mani legate dietro la schiena e i piedi fissati alle gambe della sedia. Abbassò gli occhi per vedere cosa gli procurasse quella sensazione particolare. Il piede destro nudo in una pentola d'acqua, il piede sinistro in un'altra, e le due pentole posate sulle due piastre di un fornello elettrico ancora spento. La paura che cresceva in lui si tradusse in un «che è 'sto casino?».

A rischio di svitarsi il collo, fece forza il più possibile per guardarsi attorno, cercare di riconoscere il posto, o trovare un mezzo per liberarsi. Sul massiccio tavolo di legno che gli stava di fronte erano allineati il suo telefono, la carta d'identità, qualche moneta e un pacchetto di cartine lunghe OCB. Un rumore di passi lo mise in allarme. Come nei film, avrebbe potuto fingere di essere ancora groggy per assalire l'avversario nel momento in cui meno se lo aspettava, oppure per riprendere l'autocontrollo e fronteggiare il pericolo in modo da disorientare l'uomo che lo aveva legato alla sedia. Avrebbe potuto fare come in un film, ma ecco... al primo rumore di passi, si mise a piagnucolare pisciandosi addosso.

«Ciao, Franck.»

«Ma chi cazzo sei?»

Lucas avrebbe potuto dirglielo subito: Sono il fratello di Camille e tu sei il primo artefice della sua rovina. So che tu sei l'inizio, anche se altri sono la fine. Sei soltanto il primo atto. L'hai iniziata e poi imprigionata nella dipendenza fino a quando la sua vita si è ridotta a un lungo e interminabile delirio nel quale nemmeno il mio amore aveva più posto.

Era ancora presto per simili confidenze.

Si chinò e accese il fornello il cui filo elettrico, troppo corto, aveva avuto bisogno di una prolunga per essere collegato alla presa a muro.

«Dimmi quello che vuoi, ti faccio quello che vuoi, dimmelo.»

«Devi essere paziente, ma sta' tranquillo, abbiamo molte cose da dirci. E poiché forse non mi prendi subito sul serio, proviamo ad accertarci della mia determinazione, vuoi?»

Il prigioniero si agitò con vigore disperato e lo implorò.

«No, merda, non voglio, te lo giuro, ti prendo subito sul serio.»

L'acqua prese a scaldarsi in modo disuguale tra le due piastre, di diametro diverso. Lucas scelse il silenzio senza confessarsi che quella posizione di dominio assoluto gli infondeva un turbamento piacevole.

«Non ti servono soldi, si vede, e allora che vuoi? Aspetta, conosco certi frocetti che vanno a nozze con questi giochi, potrai fargli quello che ti pare.»

Un tremito incontrollabile della mandibola riempiva di

terrore le parole del suo monologo, che si mescolavano alla saliva pesante e bianca, al moccio denso e alle lacrime di paura.

«Cazzo, questa è tortura, lo sai? Ti supplico, dimmi cosa devo fare.»

Prima che l'acqua iniziasse a sobbollire, il dolore invase il piede sinistro diventando rapidamente insopportabile. Samoy si dibatté con la forza decuplicata dalla sofferenza e la sedia su cui stava e i legacci che lo trattenevano si dimostrarono meno solidi del previsto. In un sussulto disperato, perse l'equilibrio e cadde di traverso, sempre legato, rovesciando le due pentole piene. Una delle mani si divincolò dal nodo e cercò a tastoni dietro la schiena di liberare l'altra. Con un balzo, Lucas fu davanti al camino e afferrò un pesante ceppo ancora infiammato. Nel momento in cui tramortì Samoy in un fascio di scintille e cenere, l'acqua nelle pentole raggiunse la prolunga, fece saltare il contatore e, con un rumore secco, la casa sprofondò nel buio a eccezione di qualche brace rossa sul pavimento.

«Porca puttana!»

Lucas aveva avuto il tempo di modificare il suo approccio, troppo carente al principio, e lo aveva semplificato al massimo. Al secondo risveglio, Franck Samoy ci mise poco a concentrarsi e a capire di nuovo dove si trovava. Così come la luce del sole impiega un tot di tempo per arrivare a noi, anche la realtà accusò un impercettibile ritardo. Subito compensato. Con la violenza di uno schiaffo, tutto gli tornò in mente. Abbassò gli occhi. Adesso aveva le scarpe ai piedi e il fornello era scomparso. Sentiva fitte dolorose alla mascella. Passando la lingua dentro la bocca, nel punto dove aveva ricevuto il colpo, si ferì con lo spigolo tagliente di un molare rotto. Il canino dondolante lo sputò di lato. Lucas entrò nel suo campo visivo, si chinò fino alla presa a muro e infilò la spina del nuovo strumento. Aveva letto la storia di una banda di zingari scervellati e violenti che, in pieno stile *Arancia meccanica*, aggiornato però, prendeva di mira zone residenziali e case isolate: seguendo un metodo operativo abbastanza semplice, rompevano una finestra, svegliavano la famiglia addormentata, riunivano i membri in una stanza e bruciavano il viso della madre o di uno dei figli con il ferro da stiro. Un modo ingegnoso e perverso per non dover portare addosso un'arma, anche se è considerata una scortesia andare in casa d'altri a mani vuote. Sin dal primo contatto con la pelle, il PIN del bancomat e il nascondiglio dei gioielli erano subito svelati. Lucas cercava informazioni e, per l'appunto, la spia rossa del ferro da stiro indicava che il calore massimo voluto era stato raggiunto.

«Fai sul serio, con questo? Cazzo, no! Dimmi quello che vuoi, ti supplico.»

«Non stancarti, mi hai già supplicato.»

Davanti all'orrore di quanto stava per capitargli, Lucas precisò, come per fargli un favore: «Però puoi gridare, se vuoi».

«Possiamo accordarci, non hai bisogno di farlo!»

«Purtroppo per te, sì, ne ho bisogno. Avevo previsto un po' di messinscena, ma tu mi costringi a essere più sobrio. Ti porrò una serie di domande, ma prima voglio che tu consideri la menzogna o l'omissione come improponibili. Capisci tutte le parole di questa frase?»

Gli si avvicinò e premette fermamente la piastra di alluminio a 205 °C sulla parte sinistra del viso, coprendola dalla guancia alla fronte. Al contatto, il primo quarto del primo secondo fu il lasso di tempo durante il quale il cervello gli comunicò che sarebbe stato giudizioso spostare il viso; il dolore scoppiò subito dopo. Le suppliche si trasformarono in ululati animaleschi mentre la pelle cominciava a bruciare, liberando un odore pungente di carne carbonizzata. Un fumo nero si sprigionò dal ferro e, quando Lucas tentò di toglierlo, sentì una resistenza. Se lo avesse appoggiato sulla faccia di plastica di un manichino, l'effetto non sarebbe stato diverso. La pelle della guancia si era attaccata alla piastra è una parte della palpebra pendeva come un volgare pezzo di lardo. Il labbro inferiore, invece, si era rigirato, sciogliendosi e incollandosi al mento. L'alluminio della piastra era completamente ricoperto di pelle arrostita e, sebbene Lucas non avesse stirato molte camicie, conosceva il pulsante del vapore. Come una perfetta casalinga, lo premette diffondendo una nuvoletta di fumo bianco. Con l'ospite ridotto a un rantolo soffocato, gli stirò l'orecchio destro, scatenando un ruggito disumano.

«Adesso, la prima domanda. Ti ricordi di Camille?» gli chiese all'orecchio, quello sinistro.

* * *

Di quel colloquio speciale aveva annotato coscienziosamente ogni risposta. Brahim lo spacciatore. I primi aghi che sostituiscono le sniffate. La mancanza costante di soldi e le prime marchette per l'eroina a metà prezzo. I favori di Camille non valevano nemmeno a ottenerla gratis. Poi Franck Samoy gli aveva parlato dell'arruolamento da parte di Bébé Coulibaly, sempre in cerca di nuove candidate. Aveva gli indirizzi, i numeri di telefono, e conosceva le loro schifose abitudini. Franck Samoy parlava senza sosta, a volte con frasi incomprensibili, sfilze di parole senza logica e precisazioni senza interesse. Non parlava, guadagnava tempo. Il fuoco nel camino cominciava a spegnersi. Lucas si mise alle spalle del prigioniero, lo rovesciò all'indietro e trascinò la sedia di metallo, i cui piedi posteriori rigarono le mattonelle del pavimento con due linee irregolari ma parallele, fino al focolare ancora fumante.

Franck Samoy piangeva senza ritegno, con singhiozzi da bambino in preda a un grande dispiacere. Lucas si sedette sul divano di fronte al camino e sistemò sulle ginocchia una scatola di legno laccato da cui tirò fuori una Luger P08, una pistola che la famiglia Soultier conservava da più di settant'anni. L'occhio straziato offuscava la visione, ma Samoy riuscì a distinguere il bagliore metallico della canna dell'arma.

«Non so quello che vuoi fare ma lasciami andare via, non dirò niente, non so chi sei, non ti conosco, lasciami andare via.»

«Mi chiamo Lucas Soultier» annunciò come una sentenza.

«No! Ma cazzo, non voglio sapere il tuo nome! Non dirò niente lo stesso, lo giuro!»

Con la pistola in mano, Lucas infilò il caricatore, tirò la culatta indietro e introdusse una cartuccia. Fino a quel momento, niente di complicato, si era allenato. Arretrò di tre passi, prese la mira, premette il grilletto e, in una deflagrazione assordante, sparò un metro a destra, facendo esplodere un mattone del camino. Sentì un bruciore al timpano e l'arma gli sfuggì di mano. Nella stanza echeggiò la risata del condannato, mentre tirava su col naso. La risata di chi sa di essere già morto. Le parole deformate dalla bocca martoriata furono ugualmente abbastanza chiare da sorprendere Lucas.

«Coglione... non sai neanche sparare... forza, dai, fammi vedere... forza... forza...»

Poi il tono della voce si trasformò in una preghiera impercettibile.

«Forza... fallo... per favore, fallo...»

Lucas fece un passo avanti, sparò tre volte, tre proiettili nel petto, e Samoy crollò con la schiena nella cenere tiepida, sollevando una nuvola grigia. Lucas spinse con un piede la sedia in fondo al camino, poi rialzò il corpo afferrandolo saldamente per il colletto. Ora Samoy troneggiava al centro, nel suo bel pullover bianco macchiato di sangue.

Lucas uscì dalla casa e tornò con il bidone da cinque litri di benzina.

Nonostante numerosi errori, aveva portato a termine la prima parte del piano. Ma doveva per forza aggiustare le mosse future. Tuttavia, il fulgore di quell'omicidio rischiarava soltanto le quattro mura della casa isolata. Che crudele mancanza di pubblico, che assenza di riconoscimento se si fosse fermato lì! Ma aveva pensato anche al resto, in realtà aveva già scritto tutto. Ogni quadro era creato per essere un dittico. Una parte dedicata a quanti avevano trascinato la sorella all'inferno, l'altra per i poliziotti che avevano tentato di farla sparire. Non gli restava che mettere in scena lo spettacolo e avvertire la stampa. Quel fascicolo non sarebbero riusciti a cancellarlo.

Il sibilo persistente dovuto ai quattro spari gli ronzava ancora nella testa come una zanzara tenace. Dopo aver svestito Franck Samoy, riaccese il fuoco nel camino.

Alcune ore dopo arrotolò con attenzione il corpo in una spessa coperta e lo caricò nel portabagagli dell'Audi. Un villino abbandonato che aveva già scoperto a Pré-Saint-Gervais avrebbe accolto il seguito del suo progetto. Viaggiò tenendo il finestrino aperto, con la sgradevole impressione che l'odore di carne bruciata gli si depositasse direttamente sulla lingua.

50

Il problema principale con Bébé Coulibaly era la stazza. Grazie a Franck Samoy, non era stato difficile individuarlo, e confonderlo con qualcun altro era impossibile, talmente dava l'impressione di essere l'unico adulto in un mondo di bambini. Il confronto diretto non era da prendere in considerazione, a meno che Lucas non volesse farsi schiacciare come una mosca. Avrebbe dovuto trascinarlo altrove, ma anche stimarne il peso nel modo più esatto per stabilire il giusto dosaggio.

Aveva badato a fare gli acquisti in due farmacie diverse. Il noleggio della sedia a rotelle nella prima, l'etere nell'altra. Per la vendita di quest'ultimo occorreva la ricetta di un medico, ma la vecchia Margaux era una cliente regolare e conosciuta. Con i suoi ordini abusivi di sonniferi, di antidepressivi e di tutti i medicinali che tengono a galla una signora in declino, avrebbe potuto da sola far funzionare con profitto l'una come l'altra farmacia. Lucas aveva addotto come pretesto un cane pieno di zecche e l'uomo in camice bianco, senza fare domande, aveva posato sul bancone una bottiglietta azzurra, con un sorriso e un «buona giornata» in omaggio.

Nella sua camera, sfinito, chiuse uno dei numerosi manuali di medicina del fratello maggiore. Anche Gaël Soultier era scappato dal maniero non appena aveva potuto e il più lontano possibile. Alla morte del padre, si era trovato di fronte al mutismo della madre e alle aspettative eccessive del fratello minore. E anziché prendersi cura dei parenti più stretti, una volta messa in tasca la laurea in farmacia, aveva preferito occuparsi di sconosciuti, in un altro continente. Per lui andarsene era diventato vitale, anche se sapeva che Lucas avrebbe preso la sua partenza come un secondo abbandono, una seconda perdita. Quell'assenza e quel dolore Lucas li aveva riversati su Camille e di sicuro l'aveva soffocata come avrebbe fatto con un cuscino. Poi pure lei lo aveva piantato in asso, portandogli via i sentimenti residui che ancora sopravvivevano, lasciandolo pressoché svuotato.

Posò il volume *Medicine – Schede di sintesi* su un altro manuale intitolato *Farmacia galenica – Formulazione e tecnologia farmaceutica*. Ora aveva in testa i dosaggi. Rimise i libri nello scatolone coperto di polvere che il fratello aveva lasciato dietro di sé e che lui aveva riesumato dalla soffitta. Gli tornò in mente che in quel periodo si era chiesto perché non avessero abbandonato anche lui lassù, tra la roba inutile.

Bébé Coulibaly ricevette un sms mentre cenava con la madre, i fratelli e le sorelle. Mafè di pollo, gombo e riso Tiep, tutto il Senegal nei grandi piatti riempiti per bene.

«Nuova ragazza – vuoi provarla?»

La madre aveva alzato gli occhi al cielo e il fratellino, beffardo, si era lasciato sfuggire un «ehilà».

«Niente cellulare a tavola, signor Bébé.»

«Scusa, mamma.»

Il messaggio era di Franck, un tossico senza importanza ma che gli aveva presentato candidate interessanti. Giovani sballate da sacrificare sull'altare del vizio in serate porno chic. Lucas sperava che la proposta lo spingesse a presentarsi da solo all'anteprima. Bébé rispose con discrezione da sotto il tavolo: «Casa mia – cantina 55 – ore 23».

Non fu difficile da trovare. Le cantine dei casermoni di periferia sono perlopiù vuote e aperte. Una cantina chiusa a chiave è un incitamento a scassinarla. Soltanto la 55 aveva un catenaccio. Era nota a tutti come quella di Coulibaly e nessuno si sarebbe azzardato a toccarla, se non con l'intento di scatenare una guerra. Lucas entrò nello spazio angusto della 53, attigua, e si mise ad aspettare. Uno spiraglio gli permetteva di vedere se l'altro fosse con qualcuno. Controllò di nuovo il taser accendendolo. Nel rumore discontinuo della scarica, un lampo unì in un arco azzurrognolo le due punte della pistola elettrica, armeria della Gare de l'Est, ottantuno euro, modello disponibile in rosa per le donne. Il commesso aveva precisato che si trattava di un'arma di quarta categoria per la quale occorreva un'autorizzazione, altrimenti non poteva venderla. Il biglietto da cento euro, posato sul bancone insieme al prezzo iniziale, gli fece risparmiare la saliva e stroncò la lezione sulla regolamentazione delle armi.

Il vantaggio di quel mezzo di difesa è unico. Se la logica dice che quanto più imponente è l'avversario tanto meno facile è la vittoria, il taser ribalta completamente la situazione: cinquantamila volt bloccano il sistema nervoso centrale e paralizzano anche i muscoli di un gigante. L'arma perfetta per quella preda pericolosa.

Lucas Soultier si dondolava su una gamba e sull'altra per far passare il formicolio che gli assaliva gli arti immobili da circa un'ora, quando il rumore della porta dell'ascensore risuonò nel corridoio dello scantinato. Un'ombra enorme gli scivolò davanti agli occhi provocando lo stesso effetto di un grande squalo bianco che si avvicina a un sub. Il cuore accelerò i battiti. Lucas gli si mise silenziosamente alle spalle e scaricò i cinquantamila volt conficcando le due punte metalliche nella piega adiposa della nuca di Bébé, il quale stramazzò pesantemente nella polvere terrosa del suolo. Lucas lo accompagnò nella caduta e lasciò che l'elettricità gli percorresse il corpo per i cinque secondi, non oltre, raccomandati dalle istruzioni per l'uso. Aspettò e preferì giocare sul sicuro. Appoggiò di nuovo i due dardi su una spalla e scaricò la corrente contando fino a cinque per decretare il KO. Aveva alcune decine di secondi a partire da quel momento. Scostò una bretella dello zaino e, proseguendo il movimento, se lo tirò davanti per prendere la bottiglietta di vetro azzurro in una tasca laterale. Con una mano sulla nuca del gigante gli sollevò la testa, che si rovesciò all'indietro. Svitò il tappo, inzuppò una garza e senza perdere un secondo gli premette il tessuto contro il naso.

Per Bébé mai quel nome era stato tanto azzeccato. Steso sul pavimento, con la testa sulle gambe incrociate di Lucas, dormiva beatamente. Al quadretto mancava soltanto il mormorio dolce di una ninnananna. Lucas tolse la garza, quasi asciutta per l'evaporazione rapida del prodotto. Picchiettò il viso addormentato, poi si permise uno schiaffo sonoro, senza riuscire a svegliarlo. Si rialzò e andò a prendere la sedia a rotelle dalla cantina 53. Aveva corso parecchi rischi, il resto sarebbe avvenuto con calma nel cascinale isolato che, come un orco, aspettava il secondo pasto. All'eccitazione della vendetta si univa la follia orgogliosa di sostituirsi alla Giustizia.

Nudo a pancia in giù e legato saldamente al tavolo della stanza principale, Bébé si svegliò con un poderoso mal di testa. Al principio aveva pensato di essere in una stanza immersa nel buio, poi sentì il contatto del tessuto sul viso e il respiro che tornava indietro, più caldo sulla pelle. Quando gli fu tolto il cappuccio, la luce vivida gli bruciò la retina e Bébé strizzò gli occhi più volte prima di abituarsi. Vide un pavimento di mattonelle scure in una grande stanza di pietra e legno, ben riscaldata, e sollevando la testa quanto più poté, credette di scorgere un camino immenso. Con lui, Lucas non aveva nessuna voglia di parlare e il silenzio che impose alla scena fu disturbato soltanto dalle domande senza risposta della nuova vittima che, prive di un interlocutore, si esaurirono in fretta per essere sostituite da un torrente d'insulti. Lucas sprofondò le mani nelle carni delle cosce spalancate e gli afferrò il sesso e i testicoli. Circondò la base con uno spago solido, ancora e ancora, stringendo sempre più forte. Il viola che colorò l'apparato genitale strangolato a mo' di garrota prese via via un aspetto scuro e inquietante. La paura che paralizzava la preda smisurata, immobilizzata sul tavolo, dipendeva dall'ansia più che dal dolore. Preparato il suo bouquet di carne, Lucas strinse i testicoli e tirò indietro con il massimo della forza, poi tagliò con una sola sforbiciata. Colò poco sangue. Bébé urlò a morte.

Grazie ai manuali scolastici del fratello, aveva preparato la lista del contenuto dell'armadietto della madre e previsto le dosi giuste. Nello stesso tempo era arrivato alla conclusione che Camille non avrebbe mai dovuto lasciare il maniero per sballarsi quando le bastava frugare nei farmaci già a disposizione. Aveva calcolato il dosaggio normale di barbiturici per un peso stimato intorno ai novantacinque chili, poi lo aveva moltiplicato per quattro a causa della costituzione robusta e dello scopo da raggiungere.

Gli mostrò la bottiglia d'acqua nella quale aveva diluito i barbiturici e, come due calamite che si respingono, Bébé allontanava la testa ogni volta che il collo della bottiglia si avvicinava alle sue labbra. Il colosso non era più impressionante, non faceva più paura. Era solo un bambino che piangeva sommessamente, ripetendo tanti inutili «perché».

«Ti rimane il cazzo. Posso tagliarti pure quello.»

Convinto, bevve a grandi sorsi.

Il gigante chiuse gli occhi in meno di un quarto d'ora e Lucas diede inizio alla seconda parte del dittico. Gli infilò il pullover bianco con i tre fori di pallottola e, con l'aiuto della sedia a rotelle, caricò il mostro sulla Land Rover. Poi fece rotta verso i magazzini abbandonati di Pantin. Durante i sopralluoghi notturni aveva potuto constatare che il custode non si staccava mai dal televisore portatile e che il suo cane da guardia non aveva nulla di un cerbero. Tuttavia, aveva l'occorrente nel caso in cui l'animale avesse deciso di diventare importuno. Una ghiottoneria che aveva appena prelevato da Bébé Coulibaly.

51

Erano bastate due notizie dell'ultima ora perché la vita di Simon prendesse una svolta decisiva. La prima trattava un fatto di cronaca che mescolava una castrazione e un risveglio in piena autopsia. Quella storia rocambolesca lo aveva dapprima fatto sorridere, ma in seguito lo aveva incuriosito, quando aveva riconosciuto, sul giornale, il viso di un amico di Camille, il gigante nero che lui aveva registrato tra le conoscenze occasionali.

Tre giorni dopo, mentre tentava di radersi il viso rugoso impegnandosi a non tagliarsi, la radiolina appesa alla maniglia della porta del bagno gli annunciò il notiziario del mattino. Ascoltò distrattamente fino ad apprendere per bocca del giornalista che «è stato finalmente svelato il mistero sull'identità dell'uomo ritrovato bruciato in una casa del comune di Pré-Saint-Gervais. Franck Samoy, trentun anni...».

Il nome gli fece l'effetto di una scarica elettrica. Si mise a riflettere il più rapidamente possibile. Quattro decenni trascorsi nello stesso settore, pagato per ficcanasare e tacere, lo avevano dotato della capacità di sentire quando cambiava il vento. Conosceva il nesso tra Camille, seppellita nella vergogna, Franck Samoy e Bébé Coulibaly: lo aveva stabilito proprio lui. La domanda, adesso, era: quelle informazioni lo avrebbero messo in pericolo?

Non era credente – i precetti della Bibbia non si accordavano con quelli, meno intransigenti, del suo mestiere – tuttavia si disse che era giunto il momento di farsi un viaggetto nel Vicino Oriente, nella città delle sue origini. Così scomparve, il tempo di farsi dimenticare.

QUARTA PARTE

«Bella roba per entrambi,
mani legate e bocca imbavagliata!»
Marc Farel

52

Perché agisse prima bisognava scioglierlo sotto la lingua, ma a Coste non piaceva il sapore e tentò di nasconderlo nello zucchero di un succo di arancia. Ne aveva preso metà e si concesse un'altra metà prima di andare a letto. Aveva bisogno di una vera notte di sonno e, se non ci fosse riuscito da solo, sarebbe subentrato il Lexomil.

Poco prima di crollare dispose mentalmente i dati del caso facendosi sfilare davanti le informazioni, quelle già repertoriate e quelle nuove, ancora da analizzare. C'erano due crimini con messinscena e tutti i morti dimenticati. C'era il suo amico Mathias. E c'erano le menzogne. C'era la figlia scomparsa dei Soultier il cui viso si sovrapponeva esattamente a quello della giovane drogata dello squat. Doveva aspettare l'esumazione e i risultati del DNA, perché solo a quella condizione avrebbe potuto sporcare con le sue scarpe infangate il velluto del mondo ovattato dei Soultier.

Uno scheletro divertente, con il cranio irto di siringhe, cominciò a danzargli attorno, e Coste chiuse gli occhi per inseguirlo nel sogno.

Il primo colpo, sonoro, lo fece raddrizzare sul letto. Rimase immobile nel buio, in ascolto. Bisbigli appena percettibili. Il secondo colpo fece esplodere la porta. Il legno si schiantò nell'ingresso e uno dei cardini rimbalzò sulle pareti con un rumore metallico prima di cadere a terra girando come una trottola. Un'ondata di uniformi nere invase l'appartamento e Coste fu tirato giù dal letto con le mani dietro la schiena e la testa piegata a forza.

Da sotto la visiera, un poliziotto gli urlò: «La pistola, dov'è la tua pistola?».

Coste si era sempre chiesto che impressione facesse un'irruzione della polizia alle sei del mattino a colpi di ariete sulla porta. Adesso lo sapeva.

Seduto sulla sponda del proprio divano, sempre ammanettato dietro la schiena e con indosso un paio di boxer e una maglietta bianca, Coste aspettò che i colleghi procedessero a una perquisizione della casa. Quando tutte le stanze furono giudicate sicure, un uomo senza uniforme entrò nel salotto. Dariush Abassian. Udì abbaiare nella stanza vicina e si rivolse al sovrintendente capo.

«L'unità cinofila? Abassian, sul serio?»

L'unità cinofila del 93 attua tre tipologie di missione. Ricerca di esplosivi, ricerca di sostanze stupefacenti e mantenimento dell'ordine. Coste era ricorso spesso al loro aiuto e a ragion veduta: bastava un solo pastore tedesco per tenere a bada una decina d'individui minacciosi.

Poiché l'animale tirava il guinzaglio fino a soffocarsi, l'istruttore abbassò gli occhi a disagio e salutò Coste, che riconobbe Dominae, la femmina di pastore belga specializzata nella ricerca di droga. Non capiva il motivo di quello spiegamento di forze, ma aveva abbastanza esperienza da sapere che era meglio aspettare che gli parlassero anziché cercare di comprendere, per quanto cominciassero a delinearsi i contorni di una trappola.

Coste pazientava da due ore in una cella dei locali dell'Ispezione Generale dei Servizi, nel XII arrondissement di

Parigi, in rue Hénard, al numero 30. Giuda aveva ricevuto trenta denari per tradire il Cristo, metodo mnemonico impareggiabile per ricordare il numero esatto della via della polizia delle polizie.

L'agente di custodia gli aveva portato acqua e alcuni biscotti, che accantonò; il suo stomaco chiuso non avrebbe potuto accettare nulla. Nel corso della mattina fu condotto in un ufficio dalle pareti beige, senza elementi di arredo, a meno che non si volessero considerare come tali la pianta che languiva in un angolo e l'orologio elettronico.

Dariush Abassian prese posto di fronte a lui e chiese che gli fossero tolte le manette. Dispose sulla scrivania davanti a Coste una serie di fotografie che lo raffiguravano insieme al tenente Ronan Scaglia mentre erano impegnati in una discussione animata con Jordan Paulin. La voce di Dariush Abassian era pacata, bassa, e contrastava nettamente con le accuse mascherate che pronunciava.

«Trecento grammi di cocaina scompaiono dal suo ufficio...»

La partita fra i due uomini cominciava e Coste, che ancora non conosceva la profondità della cisterna di merda nella quale nuotava, si mise sulla difensiva.

«Non sono dell'Antidroga, Abassian, lei perde tempo.»

«Lo so. Trecento grammi di cocaina scompaiono dal suo ufficio, dicevo, e qualche ora dopo lei attacca bottone con Jordan Paulin detto Brahim, piccolo spacciatore che sta salendo di grado, nel bel mezzo del quartiere Paul-Vaillant-Couturier. Con due soli poliziotti. Un po' pochino per un posto simile, no?»

«Ha a che vedere con un'indagine, il fascicolo è sulla mia scrivania, ne possiamo parlare. Da chi ha avuto queste foto, Abassian?»

«Anche noi abbiamo informatori anonimi.»

«Quando un poliziotto viene denunciato, in genere lo si deve a un altro poliziotto. Stavamo solo discutendo. Ascolti, ieri la tenente De Ritter ha interrogato Paulin, la chiami, cazzo, cosa che avrebbe dovuto fare prima di sfasciarmi la porta alle sei del mattino, no?»

«Sarà difficile, Coste, la notte non è stata clemente con tutti.»

«Precisi.»

«Ci stavo arrivando.»

53

Domicilio di Jordan Paulin. Le cinque del mattino. L'ora ideale. Poco prima significa correre il rischio d'incontrare gruppi di festaioli che fanno tardi, poco dopo gli utenti ancora addormentati dei primi trasporti pubblici. Lucas ripose l'ultimo barattolo di vetro rosso scuro insieme agli altri, nel frigorifero che aveva svuotato di tutto il cibo e che lasciò aperto affinché soltanto la sua luce interna illuminasse la stanza. Migliorava man mano che procedeva con le messinscene, poiché la ricerca della perfezione non riguardava il delitto, ma il modo di presentarlo. Con la personalità divorata dalla vendetta, di cui ormai era un semplice strumento, Lucas sentiva un altro uomo dentro di sé, un uomo che lui stesso non avrebbe riconosciuto.

Si tolse i guanti di plastica, ispezionò l'appartamento ancora una volta e andò allo stereo. Alzò il volume al massimo, indifferente alle impronte digitali che avrebbe lasciato, e fece partire il cd senza controllare né il titolo né il nome del gruppo. *Voodoo People* dei Prodigy. Nessun problema, tanto non ci capiva niente di musica elettronica. Al decimo secondo del brano, il sample di batteria che straziava le orecchie fece vibrare a ritmo le membrane delle casse acustiche di ultima generazione. Lucas se ne andò lasciando spalancata la porta dell'appartamento. I bassi del subwoofer rimbombarono in tutto l'edificio, accompagnandolo fino all'ascensore e continuando a picchiare mentre usciva dall'atrio per raggiungere l'auto a noleggio. Si era ormai abituato all'odore di whisky e di sudore, e partì lentamente a fari spenti, grazie ai lampioni. Intanto, una serie di luci cominciava ad accendersi intorno alla finestra dell'appartamento trasformato in locale notturno.

Il primo vicino che vi si era avventurato era uscito pallido. Aveva risalito le scale a quattro a quattro per comporre il 17, il numero per le emergenze. Sei minuti dopo si presentò una pattuglia della polizia e il primo poliziotto che entrò a casa di Jordan Paulin non fece una figura migliore. Telefonata alla polizia giudiziaria di Bobigny poi al magistrato di turno, e alle sei e trenta in punto la comandante M.C. Damiani dell'SDPJ 93 cercò il cellulare, alla cieca, nelle pieghe delle lenzuola. A sua volta svegliò la capitana Lara Jevric dell'Anticrimine, che mise in stato d'allarme la sua squadra e la Scientifica. Si erano organizzati in fretta, ma non più velocemente dei giornalisti, che li accolsero sotto una raffica di flash. Davanti all'edificio c'erano tanti poliziotti quanti cronisti, tante auto della polizia quante unità di ripresa con le antenne paraboliche spianate sul tettuccio.

Se Damiani riusciva a mascherare bene, Lara Jevric accusava il colpo del risveglio brusco: la faccia era un panno sgualcito macchiato di trucco, per un effetto alla Picasso mancato.

«Comandante, non capisco, perché non c'è Coste con la sua squadra?»

«Ha altri impegni.»

«Aspetti, ma da quanto ne so somiglia agli altri omicidi, no?»

Damiani non nascose l'esasperazione. Il giorno prima era stata avvisata dell'operazione contro Coste e ancora non riusciva ad accettare quella storia che voleva il capitano invischiato in un volgare traffico di droga. Ci credeva così poco che aveva preferito lasciar fare, convinta che le accuse si sarebbero sgonfiate nelle prime ore dell'indagine. Prima di lasciare l'appartamento aveva telefonato al suo diretto superiore, il commissario capo Stévenin. Irritato di vedere il 93 ostaggio di un pazzo dalla fantasia straripante, Stévenin le aveva ordinato di contattare la polizia giudiziaria del quai des Orfèvres, tanto per passarle la patata bollente.

«Lara, andrà tutto bene» disse Damiani. «Passo il caso all'Anticrimine di Parigi. Questa indagine assume proporzioni incontrollabili e Coste non ha le spalle abbastanza larghe. Quindi lei e la sua squadra v'incaricate degli accertamenti e aspettate che vi diano il cambio, tutto qui. È una cosa che sa fare, no?»

Jevric non sopportava Coste. Ne odiava la pacatezza. Invidiava il rispetto che gli portava la sua squadra e anche il suo modo di affrontare serenamente qualunque caso mentre lei iniziava a sudare alla prima telefonata. Ma soprattutto odiava essere trattata da idiota, perché, seppur a malincuore, doveva ammettere che se qualcuno aveva le palle per quel genere di casino, quel qualcuno era proprio Victor Coste.

«Buongiorno, capitana.»

Jevric si voltò e ricambiò il saluto di Léa Marquant, anche lei svegliata in piena notte per l'occasione. Sotto il cappotto stretto di lana nera, la dottoressa aveva osato, nonostante il freddo, una leggera gonna corta, per essere all'altezza del primo appuntamento all'esterno con Victor, così presumeva. Jevric si chiese di nuovo come facessero certe donne ad avere l'aspetto fresco di chi ha dormito per tutta la notte, quando invece la rugiada mattutina arrugginiva accuratamente la sua pesante carcassa. Anche la voce di Léa Marquant era chiara e soave.

«Credevo di trovare Coste.»

«Anch'io, glielo confesso. Del resto, lo avrei preferito.»

«Una vostra auto mi ha lasciato qui un quarto d'ora fa, ma non ho ancora avuto accesso alla scena del crimine.»

«Mi segua, la guido. Tenga le mani in tasca, così evita di toccare in giro.»

Le due donne si aprirono un varco attraverso i giornalisti e le macchine fotografiche e le telecamere che si puntarono su di loro sotto una bordata di domande incalzanti dai toni diversi.

«Conferma l'omicidio? C'è un legame con i precedenti? Chi è il vampiro? Conferma l'esistenza di un serial killer?»

Durante un'operazione, i poliziotti non prendono mai l'ascensore. I giovani del quartiere possono bloccarlo intenzionalmente, oppure può verificarsi un guasto senza la garanzia di un pronto intervento, ma in ogni caso è sempre imbarazzante perdere tempo o annullare un'operazione perché si è troppo pigri per salire tre rampe di scale. E dunque i poliziotti non prendono mai l'ascensore, tranne Jevric. Nella cabina stretta e cigolante che le portava al quattordicesimo piano, Léa Marquant volle essere sicura di aver sentito bene.

«Il tizio qui sotto, il giornalista, ha detto la parola "vampiro", vero?»

«Purtroppo sì.»

«Perché?»

«Pazienza.»

Il frigorifero era stato lasciato aperto e il medico legale fu autorizzato a dargli un'occhiata, e anche a toccare, purché portasse i guanti e la maschera chirurgica per non contaminare la scena con il suo DNA a ogni parola pronunciata. E a patto di rimettere tutto a posto. Léa si chiese se fosse la sola a trovare artistica quella serie di barattoli di vetro pieni di un liquido rosso contro uno sfondo bianco freddo. Dietro la folta barba, il responsabile della Scientifica non le aveva tolto gli occhi di dosso e, con un cenno della testa, le concesse di prenderne uno in mano.

«Colore, viscosità, posso sbagliare ma ovviamente propendo per il sangue.»

Con il dito, come gli accompagnatori verificano il numero dei bambini in gita scolastica, contò i barattoli di vetro. Abituata a strumenti graduati di ogni tipo, mormorò a se stessa: «Due barattoli da settantacinque centilitri, tre da cinquanta e quattro da venticinque. Precisamente quattro litri. Il corpo ne contiene cinque. Anche se conto il poco che potrebbe essere ancora nelle vene e negli organi, manca comunque un litro. Dov'è il corpo?».

A intervalli, il corridoio contiguo alla cucina era rischiarato da una vivida luce bianca, ogni volta che un tecnico della Scientifica scattava una fotografia della scena del crimine da ogni prospettiva. Accompagnata da Jevric, Léa Marquant seguì i lampi che la condussero fino alla stanza da bagno. Di nuovo, la stessa combinazione di colori la colpì gradevolmente. Bisognava aver visto tante immagini sconvolgenti per interessarsi all'estetica in una situazione del genere. Il bianco delle piastrelle a muro e della vasca contrastava con il sangue, che aveva disegnato arabeschi la cui ampiezza era diminuita con l'abbassamento della pressione sanguigna.

«Ecco il litro di sangue che mi mancava» concluse la dottoressa.

Lo specchio era stato rotto al centro, forse da un pugno rabbioso, e il viso di Léa vi si riflesse, spezzettato, torturato. Lo tenne per sé, dicendosi che l'assassino aveva dovuto guardarsi in quello stesso riflesso poche ore prima, e lei si sentì più vicina a lui, anche troppo.

«Temo di ripetermi, ma dov'è il corpo?»

L'uomo con la macchina fotografica le fece segno di continuare fino in fondo al corridoio e la dottoressa si addentrò di più nell'appartamento. Pensò alla *Divina Commedia*, ai nove cerchi dell'Inferno e alla discesa di Dante. *Lasciate ogni speranza, voi ch'intrate*.

In una camera dalle finestre ricoperte di lenzuoli, illuminata da una lampadina nuda appesa al soffitto, giaceva Jordan Paulin. Senza vestiti, il corpo livido, le braccia allargate e, conficcato in profondità a livello del cuore, il manico di legno spezzato di una mazza da baseball nera. Per un istante Léa fu distratta dal televisore che troneggiava su un mobile sghembo ai piedi del letto e che in silenzio sputava immagini psichedeliche dallo schermo infranto. Seconda superficie riflettente distrutta. Léa Marquant fece subentrare il medico legale.

«Poco sangue attorno alla ferita, soprattutto a quel livello. Il colpo al cuore è senza dubbio post mortem.»

Su un lato della gola erano nettamente visibili due fori delle dimensioni di un dente di forchetta o di un canino affilato.

«Anche se vogliono farcelo credere, non ha perso il sangue da qui.»

Una scia rossa attirò il suo sguardo vicino all'inguine. Con la mano guantata scostò la coscia molle.

«Larga incisione dell'arteria femorale, ecco la spiegazione più probabile. Ci avrà messo dai quattro ai sette minuti per dissanguarsi del tutto. Pallore cutaneo completo, assenza di cianosi.»

Il capo della Scientifica l'aveva seguita nella camera.

«La parola che lei non tarderà a cercare è ipovolemia o esanguinazione.»

Incuriosita, si girò verso di lui e gli sorrise con candore.

«No, stavo per dire vampirismo come tutti.»

All'esterno dell'edificio, Léa Marquant, non ancora nota ai giornalisti, si fece strada fra loro per mettersi in disparte e, per la seconda volta consecutiva, lasciò un messaggio sulla segreteria telefonica di Coste, introvabile da quando era arrivata.

54

«Sarà difficile, Coste, la notte non è stata clemente con tutti.»

«Precisi.»

«Ci stavo arrivando. Stamattina, alle cinque e mezzo, un vicino di Jordan Paulin lo ha trovato morto, completamente svuotato del suo sangue, travasato in barattoli di vetro e conservato nel frigo. Presenta una ferita all'inguine, un'altra al cuore e due fori all'altezza della gola.»

Tre parole danzarono negli occhi di Coste. Zombi, autocombustione e vampiro. Un vero film d'infima categoria come lo avrebbe girato Ed Wood. Non aveva niente da fare lì, prigioniero e inattivo. Eppure sapeva che i pazzi che gridano di essere guariti ricevono in genere una doppia dose di sedativi. Non serviva a nulla pronunciare la parola trappola, no, doveva essere Abassian a pronunciarla per primo. Pregò perché il sovrintendente capo avesse i neuroni funzionanti.

«Cosa ne pensa di un testimone che viene da lei con il nome del colpevole e il suo movente?»

Abassian fu sorpreso dalla decisione di Coste di condurre il gioco e, come se gli facesse un favore, accettò di giocare.

«Penso che m'interesserei a lui come anche a quello che ha denunciato.»

«Esatto. Nemmeno a me va a genio che la soluzione mi sia servita su un piatto d'argento.»

La porta dell'ufficio si aprì e un agente posò due caffè sulla scrivania. Attraverso la porta socchiusa, Coste scorse un gruppo di curiosi in divisa che finsero di guardare altrove e di non origliare. Forse non era il poliziotto del secolo, ma aveva una buona reputazione e il suo arresto faceva scalpore nel mondo delle forze dell'ordine.

«Ce l'ha lo zucchero?»

«No, mi dispiace.»

Cominciava ad abituarsi e bevve un sorso tiepido di un caffè simile a piscio. Proseguì: «Per prima cosa, il furto all'Antidroga. Trecento grammi di cocaina, mica male da rivendere. Poi immagino una chiamata anonima affinché possiate trovarvi nel posto giusto durante la mia chiacchierata con Paulin. Meglio ancora, meno stancante per voi, le foto vi sono state consegnate».

Abassian non reagì, invitandolo a sviluppare il ragionamento.

«Organizzate la spedizione di stamattina, vi portate i cani dell'unità cinofila e, mentre sfondate la mia porta, Paulin viene fatto fuori. Con le manette dietro la schiena in mezzo a una decina di poliziotti nel mio appartamento, non è malaccio come alibi, no?»

«Può avere delegato.»

Coste scoppiò a ridere. Era il tipo di argomento che avrebbe tirato in ballo se fosse stato dal lato opposto della scrivania.

Sebbene soffocata dalla parete che separava le due stanze, una voce si levò, chiara e tonante: «Cazzo, toglimi 'ste manette, stronzo, sono un poliziotto come te».

Coste riconobbe l'accento familiare e buttò lì con ironia: «Non so chi gli abbiate messo davanti, ma se posso darvi un consiglio, non togliete le manette al tenente Scaglia».

Abassian cominciava a sentire il sapore amaro della macchinazione. Il poliziotto di fronte a lui aveva un curriculum pressoché ineccepibile, se si esclude una nota di biasimo per insubordinazione, cosa che tendeva a rassicurarlo. Coste sapeva opporsi e i curriculum puliti sono quelli dei poliziotti senza carattere. Il sovrintendente capo, se da una parte non riponeva completa fiducia negli istruttori cinofili per far colare a picco un capitano rispettato, dall'altra non poteva accusare d'indulgenza i cani per non aver trovato neanche un microgrammo di cocaina.

Ma c'era soprattutto quell'ometto incontrato il giorno prima davanti all'ascensore. Lucien Malbert. La sua sola presenza rendeva possibili tutti gli intrighi immaginabili.

«Allora cosa? Le hanno teso una trappola?»

«Crede?»

«Chi?»

«Non lo posso scoprire restando con il culo inchiodato su questa sedia.»

* * *

C'era però voluto molto di più perché Abassian accettasse d'includere una solida nozione di dubbio in quella vicenda. Gli interrogatori si erano moltiplicati e le stesse domande erano state ripetute di continuo. Al calare della sera, il fermo di Coste fu annullato ma gli fu notificata una sospensione. Il tempo di sbrogliare il vero dal falso, stando all'IGS, e quel tempo avrebbe dovuto trascorrerlo senza l'arma di servizio, senza il tesserino e con il divieto di prendere contatto con gli altri membri della squadra o di mettere piede in ufficio fino a nuovo ordine.

Libero, ma controllato.

55

Ronan tirò fuori dal pacchetto una sigaretta, l'accese con quella che aveva in bocca e la porse a Coste, che era uscito dagli uffici dell'Ispezione Generale dei Servizi quindici minuti dopo di lui. In cella, Ronan aveva avuto il tempo di riflettere.

«Non so chi ti abbia fottuto, Coste, ma ti sei beccato lo scolo.»

«Mi spiace, Ronan, non dovevano metterti in mezzo.»

«Mettermi in mezzo? Va' al diavolo, capitano! Sono il tuo vice e, anche se per te aveva più senso quando c'era Mathias, sono io adesso a guardarti le spalle. So che ci hai tenuti all'oscuro per buoni motivi. Se non mi sbaglio, è per risparmiarci grane e, anche se non so spiegarmi il motivo, per salvare il culo di Mathias.»

«Mathias?»

«La ragazza di Franck Samoy, sia Sam che io l'abbiamo riconosciuta. È quella dello squat di Les Lilas, un'indagine di Mathias. Me ne frego d'indagare alla cieca, mi fido di te. Persino in queste celle del cazzo mi fido di te, però almeno sai dove stai andando?»

La domanda non era infondata. Coste aveva creduto di poter gestire i segreti di Mathias, ma le erbacce erano cresciute a dismisura e ora ricoprivano ogni parcella di terreno.

Ronan non aveva finito: «Sai cosa penso? Credo che questa

faccenda possa scoppiarci sul muso in ogni momento e che tu voglia assicurarti che la squadra resti coinvolta il meno possibile. Tipo sacrificio alla cazzo di cane».

Coste gettò la sigaretta e prese il pacchetto che sporgeva dal giubbotto da motociclista di Ronan tirandone fuori un'altra. Cercò di mitigare le cose.

«Comunque sia, ci ritroviamo in ferie obbligate. Abassian mi ha informato che la giudiziaria di Parigi si prende tutto, dal primo all'ultimo omicidio.»

«E dunque puoi parlarmi?»

«Dammi ancora un po' di tempo. Il tempo di capire come collegare i vari pezzi.»

Una Mini Cooper nera rallentò alla loro altezza, quasi invisibile nell'oscurità della sera. Léa Marquant diede un colpo secco di clacson.

«Salite.»

La piccola auto parcheggiò nei posti riservati ai taxi, di fronte alla scalinata dell'Opéra Bastille. Un istante dopo, Coste, Ronan e Léa ritrovavano Sam e De Ritter nella saletta privata di un bar. Riuniti andando contro agli ordini ricevuti, davano l'impressione di una banda di rapinatori che preparava un colpo.

Il gestore, che aveva l'aspetto scorbutico degli osti autentici, posò sul tavolo cinque bicchieri e una bottiglia di acquavite fatta in casa, priva dell'indicazione dei gradi o dell'origine. Chiamandolo per nome, domandò a Sam se occorresse altro, poi lasciò la stanza tirando il paravento che li isolava dal resto del locale.

Léa Marquant si era seduta accanto a Coste e prese da un borsone un fascio di pagine con le orecchie.

«Copia del referto autoptico di Jordan Paulin» disse rivolta a Coste. «Mi sono detta che avrebbe potuto interessarle.»

Il capitano si mise a sfogliare le pagine a casaccio. Il medico legale gli fece un riassunto lampo: «Esanguinazione completa.

Tutto il sangue è stato ritrovato in vari barattoli di vetro nel frigorifero dell'appartamento. Se ci piacciono i romanzi è l'opera di un vampiro, invece per la medicina legale si è dissanguato a causa della recisione dell'arteria femorale. La cura riservata alla messinscena è identica a quella degli altri due casi, se mi consente di atteggiarmi a poliziotto».

Da parte sua, De Ritter bolliva d'impazienza.

«A quanto pare nessuno è scandalizzato, ma che ci facevate voi due chiusi nei locali dell'Ispezione?»

Coste non avrebbe scommesso sulla presenza della tenente. Davvero un bel periodo di prova. Ma correndo il rischio, come gli altri, di essere lì, De Ritter rivendicava il suo posto nella squadra, insieme a un minimo di spiegazione.

«Hanno fatto un accostamento precipitoso tra il furto all'Antidroga e la nostra visita a Jordan Paulin, è tutto. Del resto, guarda, siamo fuori, no?»

«Mi prendi per una cogliona. Divieto di parlarci, divieto di andare nel tuo ufficio, siamo costretti a incontrarci in una squallida bettola, mi pare chiaro, no?»

Coste esitava, era commosso dalla presenza di ognuno di loro, ma si sentiva colpevole anche solo all'idea che venissero travolti con lui.

«Mi prendo qualche giorno di vacanza. Sam, fammi un ultimo favore, ho bisogno del numero di Farel, il giornalista che ci ha dato la dritta sul tizio della cabina telefonica.»

De Ritter sbuffò, con aria disillusa.

«Sembrano fantastiche, le tue vacanze.»

Coste non badò alla frecciata.

«Da qui in poi nessun contatto, nessuna telefonata, rispettiamo le regole.»

All'unisono, afferrarono i bicchieri e bevvero di un fiato, ciascuno con la propria smorfia personale. Sotto il tavolo, senza tentare di farlo con discrezione, Léa prese la mano di Coste e la strinse.

Aveva accettato di farsi riaccompagnare e fu sorpreso di vedere Léa imboccare la direzione giusta, senza chiedere indicazioni.

«Sa dove abito?»

«Se guarda il suo cellulare vedrà che l'ho un po' assillata in queste ultime ore. Ho anche cercato il suo fisso sfogliando l'elenco.»

«Non ci sono più.»

La dottoressa lo contraddisse sottovoce: «Sì. A nome della signorina Melvine».

Coste accusò il colpo.

«È...»

«So chi è la signorina Melvine, Victor. So chi era per lei. E immagino che si senta responsabile. Abbastanza da ficcarsi in testa che le tocca essere presente per tutti quelli a cui vuole bene, Mathias, la sua squadra, a qualunque costo, anche addossandosi tutto. Abbastanza da non avere più il coraggio d'impegnarsi. Abbastanza da non guardarmi negli occhi.»

Con il suo sguardo un po' troppo espressivo, Coste era tutt'altro che un libro chiuso per chi voleva interessarsi; ma da lì a essere messo a fuoco in quattro frasi, ecco che ammutoliva. La sua debolezza era l'Altro, lo sapeva. Sentirlo dire era diverso.

Léa parcheggiò davanti a casa di Coste con una manovra approssimativa. Nonostante il motore spento, lui non si mosse. Una pioggerella imperlò i vetri, poi le gocce diventarono rivoli, dando l'immagine da dentro l'auto di una città che si stava sciogliendo. In quel silenzio che avrebbe potuto essere imbarazzante, il cuore di Léa cominciò a battere forte. Sentiva il sangue pulsare nelle tempie mentre un calore dolce le invadeva il grembo. Se entro tre secondi lui non l'avesse baciata, ci avrebbe pensato lei.

Concentrato su altro, Coste non le diede il tempo. Cogliendola alla sprovvista, la ringraziò, scese dall'auto e si allontanò sotto la pioggia.

Cafone! Léa si giurò di non concedergli mai più tre secondi e imprecò durante il tragitto di ritorno.

Una volta uscito dalla doccia, con la mente più lucida, Coste riaccese il cellulare. L'ultimo sms era di Sam che gli comunicava il recapito telefonico di Farel.

«Fra un'ora?» gli propose Coste.

Il giornalista non parve troppo sorpreso.

«Alle ventidue, d'accordo. Café de la Musique, nel XIX arrondissement, le sta bene? Ho qualche demone da esorcizzare in quel posto.»

Coste aveva bisogno di parlare con qualcuno che gli offrisse un nuovo punto di vista. Il giornalista aveva indagato sul Codice 93, aveva preso contatto con Mathias e tuttavia non aveva fatto nulla delle informazioni ottenute. Sperava che Farel potesse soffiare sulla nebbia che gli si era insediata nel cervello.

56

Con venti minuti di anticipo i due uomini s'incontrarono nel luogo convenuto, il tavolino di fondo, nascosto dal pianoforte del Café de la Musique.

«Lei ha abitudini da poliziotto, Farel.»

«Arrivare sempre prima, per osservare il posto e la gente. Controllare le diverse uscite. Scegliere il tavolo di fondo e mettersi di fronte all'ingresso, mai di spalle.»

«È quanto c'insegnano.»

Il cameriere prese le ordinazioni e li lasciò soli. Coste non aveva intenzione di tirare per le lunghe la serata.

«Le dico quello che ho e lei prova a completare, le sta bene come patto?»

«Il sogno di ogni giornalista. Non chiedo di meglio.»

Coste inspirò a fondo, come se dovesse tirare fuori la storia tutta di un fiato.

«Una settimana fa ho ricevuto una lettera anonima che mi ha orientato verso un caso vecchio di circa un anno. Una tossicodipendente senza identità ritrovata in uno squat di Les Lilas. La mattina di quello stesso giorno avevo trovato il cadavere di Bébé Coulibaly nei magazzini in disuso di Pantin.»

«Non è rimasto cadavere a lungo, se non sbaglio.»

«Esatto, ma non è la cosa più importante. Il giorno dopo troviamo Franck Samoy carbonizzato in un villino abbandonato di Pré-Saint-Gervais e io ricevo una seconda lettera anonima. Stavolta, l'omicidio di una puttana rom soffocata nella sua roulotte, con uno strofinaccio in gola. Di entrambi i casi era incaricato il tenente Aubin.»

Coste fece una pausa e ripeté: «Il tenente Aubin...».

«Sì, capisco. L'ho conosciuto.»

«Lo so. È stato trasferito. Sono andato a trovarlo ad Annecy e da lui ho sentito parlare per la prima volta del Codice 93. Una linea statistica nella quale verrebbero cancellati gli omicidi di persone considerate senza importanza, "invisibili", dal punto di vista sociale, allo scopo di abbassare le cifre della criminalità nel dipartimento della Seine-Saint-Denis.»

Nella tasca interna della giacca, Farel controllò che il pulsante REC del registratore fosse sempre premuto.

«È così facile? Voglio dire, far sparire corpi...»

«È burocrazia, Farel, il tenente Aubin non è tanto matto da affossare cadaveri per piacere. È solo un padre di famiglia che è stato preso alla gola.»

«E ciò scusa tutto?»

L'osservazione, troppo giusta, lo punse sul vivo.

«Lei ascolta, oppure giudica?»

«Le due cose sono indissociabili.»

Il capitano sospirò, ma non aveva altra scelta che proseguire e, soprattutto, non aveva un altro interlocutore.

«In seguito abbiamo indagato su Franck Samoy e stabilito le sue abitudini nella cité Paul-Vaillant-Couturier a Bobigny. Lo spacciatore locale, Jordan Paulin, lo ha riconosciuto in foto e ci ha messo sulla pista dell'amichetta di Samoy, che ha identificato come Camille Soultier. A torto, secondo la famiglia, dato che né il fratello né la madre adottiva, Margaux Soultier, l'hanno riconosciuta all'obitorio. Per completare la sequenza, stanotte, verso le cinque del mattino, Paulin viene dissanguato come una vergine dei Carpazi. Ecco a che punto sono.»

Coste bussò tre volte sul tavolo di legno nero.

«Visto che mi sta registrando, metta sul tavolo il suo arnese del cazzo!»

Farel ubbidì, un po' a disagio, e disse: «Sono parecchie indiscrezioni per un caso aperto, capitano. Lei mi dà l'impressione di essere un poliziotto isolato che non sa come uscire dal ginepraio in cui si è cacciato. E sembra inoltre che corra qualche rischio, considerando il suo passaggio nelle celle dell'Ispezione».

«È giunto anche alle sue orecchie?»

«Sarei un pessimo cronista se mi sfuggisse una notizia del genere. Di orecchie, Coste, ne ho in ogni vostro ufficio.»

Il livello dei bicchieri non era sceso di un centilitro e il cameriere, deluso, fece dietrofront senza arrivare fino a loro. Farel posò le mani sul tavolo, a dita unite, e fece la sua parte.

«Mi scuso per lo stereotipo delle lettere anonime...»

«Sono contento di dare una faccia al mio amico di penna.»

Farel aveva pensato di sorprendere il poliziotto, ma dopo la settimana appena trascorsa ci sarebbe voluto un po' di più per scuoterlo.

«Avrei potuto scegliere la posta elettronica, ma le mail anonime non esistono, troppo facile seguirne le tracce. Lei doveva scoprire da solo il coinvolgimento del tenente Aubin. Secondo le mie informazioni, voi due avete calpestato l'asfalto del 93 insieme per dieci lunghi anni; se mi fossi presentato con i miei dubbi e le mie domande mi avrebbe mandato a quel paese.»

«Probabile, ma lei ha cominciato dalla fine.»

«Lo so. Sarebbe meglio che accettasse di continuare questa discussione a casa mia, ho qualcosa da mostrarle.»

57

Un po' prima di mezzanotte, Farel apriva il terzo chiavistello della sua nuova porta blindata. Come per giustificare quelle precauzioni eccessive, chiarì all'ospite: «Furto con scasso, pochi giorni fa».

Il giornalista accese le luci, gettò il cappotto sul divano bianco del salotto e prese una bottiglia di whisky in una credenza.

«Beve qualcosa?»

La proposta non arrivò fino a Coste che, senza togliersi il cappotto, rimase immobile di fronte alla parete completamente ricoperta da ritagli di giornale fissati con le puntine, cancellati, sottolineati, maltrattati. Erano stati aggiunti fotografie, pagine strappate di riviste e post-it scarabocchiati, nomi, luoghi, una valanga d'informazioni collegate le une alle altre in una ragnatela complessa.

«Lei mi preoccupa, Farel. Rasenta l'ossessione.»

«È il prezzo da pagare per avvicinarsi alla verità.»

Farel stappò la bottiglia e gli porse un bicchiere. Coste bevve un sorso sgradevole, non gli piaceva il whisky. Si girò verso Farel, ora toccava al giornalista sbottonarsi.

«Il tenente Aubin le ha spiegato perché esiste il Codice 93?» chiese Farel.

«Vagamente. Da quello che sa, lo scopo è provocare un calo fittizio della criminalità, però mi sembra un po' tirato per i capelli, per una semplice storia di manipolazione dei dati.»

«D'accordo, Coste, lei è un vero poliziotto. Addestrato a dare ascolto alle gerarchie senza cercare di capire, a differenza di un giornalista che crede di sentire menzogne a ogni parola. Buoni soldati, fiduciosi nelle istituzioni, polizia, giustizia, governo, quando invece sono le prime a barare, a prendervi in giro e ad alterare le cifre.»

«Le cifre sono soltanto indicative. Non vogliono dire niente. Chiedere una cifra è valutare un lavoro. La risposta cambierà in funzione della persona a cui si pone la domanda. Se lei si rivolge a chi ha fatto il lavoro, la cifra salirà. Se si rivolge ai suoi detrattori, andrà giù. Chiedere di valutare in cifre un'attività significa essere sicuri di avere un'informazione già falsata. In fondo le cifre sono fronzoli che servono ad abbellire resoconti vuoti.»

«Lei sbaglia, Coste, le cifre sono tutto, proprio per questa ragione. Si tenta di farle parlare proprio perché è impossibile fargli dire tutto. Ciò vale in particolare per le cifre della delinquenza e della criminalità le cui conseguenze hanno ripercussioni a molti livelli. E a questo punto è necessario completare il puzzle con il tassello che mancava a lei come anche al tenente Aubin. Il progetto della Grande Parigi.»

«E adesso che c'entra?»

«Parigi soffoca da vent'anni. Il progetto è ingrandire la capitale aggiungendovi i dipartimenti limitrofi, 92 Hauts-de-Seine, 93 Seine-Saint-Denis e 94 Val-de-Marne, per creare la Grande Parigi. La più grossa speculazione edilizia dai tempi di Haussmann, forse anche la più grossa di tutta la storia francese. La promessa d'investimenti prodigiosi. Una megalopoli senza pari, granaio del paese e terra vergine per i programmi più audaci. Senza parlare della creazione obbligatoria di una gigantesca rete di trasporti, nuove infrastrutture stradali, decine di migliaia di posti di lavoro, e dell'incidenza sui mercati finanziari. Ho perso la speranza di riuscire a valutare con precisione un progetto di tale portata, l'ammontare è praticamente inconcepibile. Anche volendo prendere in esame solo la costruzione di nuove linee di metrò e di tram, già si parla di trentacinque miliardi di euro. Il resto sono altre centinaia di miliardi. In questo quadro prospero, il 93 disturba lo scenario. Il tasso di omicidi è il triplo della media nazionale, e dunque se uno ha un'azienda, dove sceglie d'impiantarla?»

«Non certo nella Seine-Saint-Denis.»

«Questo è il problema. Il suo meraviglioso dipartimento è incluso nel progetto della Grande Parigi, ma se non si fa sparire la criminalità, nessuno si arrischierà a investirvi. Risultato: un fiume di denaro che viene deviato per aggirare il 93 e non farvi vedere un centesimo. Un territorio isolato, sommerso dalla violenza, destinato a trasformarsi in un'enclave di povertà e disuguaglianza, il tutto comodamente seduto su una polveriera.»

Per Coste era facile immaginarlo.

«Le prime sommosse non si faranno attendere» disse.

«Questo, e l'aumento delle economie sommerse. La nascita di una gigantesca zona di non diritto delle dimensioni di un dipartimento. L'ipotesi è impensabile per il governo e ancor più per i sindaci, i prefetti, il vostro direttore della polizia giudiziaria e anche il vostro commissario, che si giocano tutti la carriera proprio su questa vicenda. E perciò devono nascondere sotto il tappeto un bel mucchio di cadaveri, di modo che gli investitori scelgano la Seine-Saint-Denis come nuovo eldorado, anziché i seducenti 92 e 94.»

«E lo scopo politico sarebbe spacciare il 93 per il genero ideale?»

«Si può sempre tentare di vendere una casa marcia se la facciata si presenta bene. Non mi dica che è sorpreso. Oppure le hanno fatto il lavaggio del cervello?»

Un po' sopraffatto, Coste seguiva il ragionamento nell'irritante posizione dell'ingenuo. Il giornalista era un fiume in piena.

«Quando alcuni sindaci del 93 vogliono assicurarsi la rielezione, che fanno? Pagano. Lautamente, anche. Ungono in abbondanza i boss dei quartieri perché se ne stiano tranquilli nei mesi che precedono il voto, tanto per limitare la delinquenza e far credere che gestiscono il comune con pugno di ferro.»

«Sono voci.»

«Che io ho sentito, che lei ha sentito, che molti altri conoscono. E non c'è fumo senza arrosto.»

Coste si rassegnò a terminare il bicchiere tutto di un fiato mentre Farel, imperturbabile, continuava la spiegazione.

«Spingiamoci oltre. Immaginiamo l'apertura di un centro commerciale. Vantaggioso per il comune, interessante per chi ottiene il cantiere da centinaia di posti di lavoro, senza dimenticare le mazzette per chi favorisce la realizzazione del progetto. Inconveniente maggiore, un centro commerciale nel 93 è un barattolo di miele messo davanti a uno sciame di vespe. I giovani vi si appiccicano a grappoli di trenta, aggrediscono le vecchiette che fanno la spesa e, a seconda del bisogno di soldi, svaligiano i negozi. La sfido a trovare qualcuno disposto ad aprire anche il più misero dei baracchini se non viene garantito un minimo di tranquillità e pace pubblica. Da qui a truccare la realtà, il passo è breve. L'imprenditore apre una voce di bilancio chiamata Aiuto alla promozione della cultura, o magari Associazione per lo sviluppo delle periferie, qualunque cosa possa dare l'impressione di un coinvolgimento solidale nella vita dei quartieri popolari, e affida ai sindaci la gestione dei fondi. I sindaci ungono di nuovo gli stessi che alimentano la delinquenza e l'insicurezza, in cambio di una calma relativa nel periodo di avvio del progetto.»

«Qual è il rapporto?»

«Già si parla di voci fittizie di bilancio, di corruzione e di tangenti per la semplice apertura di un centro commerciale, o per una rielezione, s'immagini cosa può succedere quando si parla di collegare Parigi a tre fra i dipartimenti più popolosi della Francia. Quel cantiere frutterà un mare di profitti e il vostro tasso di criminalità è il granello di sabbia che potrebbe inceppare tutto. Se i boss e le loro bande possono essere comprati, come sappiamo, con gli assassini è più complicato. Quando è nato il progetto della Grande Parigi, chiunque era al corrente dell'impossibilità di risanare il 93 nei tempi stabiliti. Perciò era prevedibile che, in un modo o nell'altro, sareste stati indotti a far scomparire un buon numero di omicidi. Ne deriva la scelta degli invisibili. Purtroppo, fra loro, avete sotterrato Camille Soultier. Camille è un nome come un altro, il cognome Soultier invece è un problema.»

«Ma il riconoscimento del corpo è stato negativo!» esclamò Coste. «E comunque la vecchia Soultier si aggrappa a questa versione.»

«So che lei non ci crede» ribatté il giornalista.

«Non è importante quello che credo, ma quello che posso spiegare. Lucas Soultier si è immedesimato parecchio nel ruolo di fratello, abbastanza da soffocare Camille. Stando alle confidenze della madre, il suo amore sfiora l'incestuoso. Non ce lo vedo a girare i tacchi all'obitorio, abbandonare la sorella e lasciarla marcire in una bara a buon mercato, solo per salvare l'onore della famiglia.»

«Eppure Soultier figlio ha chiesto a Simon di proseguire le ricerche concentrandosi proprio su quella giovane sconosciuta. E il fascicolo di quella sconosciuta è tra quelli scomparsi dal vostro schedario. Da parte mia l'ho trovato un boccone troppo amaro per mandarlo giù senza fare domande. Così ho dato seguito ai sospetti dell'investigatore, ho sfogliato i giornali e controllato i decessi di persone senza una vera cerchia sociale. I vostri invisibili.»

«La sua bella parete» commentò Coste.

«Grazie. Un morto nella Seine-Saint-Denis finisce a una delle due squadre dell'Anticrimine, la sua o quella della capitana Jevric, è il protocollo. Mi è bastato sollecitare i miei contatti per scoprire la sparizione di diciassette fascicoli con altrettanti cadaveri. Come se non fossero mai esistiti. Se dà un'occhiata al muro, sono i trafiletti più generosamente decorati. A un certo punto ho preso le mie ipotesi e ho deciso d'incontrare il tenente Aubin. Non ho avuto bisogno d'insistere troppo, riconosco le anime tormentate dal rimorso. Poche ore dopo, contro ogni aspettativa, mi ha consegnato una scatola di cartone con ventitré casi, che lui stesso aveva affossato, facendomi promettere di evitare il più possibile di coinvolgerlo. Lui come la sua squadra, ha precisato.»

Coste provò a immaginare la doppia vita dell'amico, i suoi giorni di menzogne e di segreti.

Farel proseguì: «E in quel momento ho commesso un errore da principiante. Ho chiamato Soultier. Avevo i fascicoli: se gli avessi strappato una testimonianza, avrei potuto darci dentro a testa bassa. Non ne sono fiero, ma l'ho adescato con la storia dei morti cancellati e con l'intima convinzione che Camille ne facesse parte. Abbiamo fissato un appuntamento e...».

«E mentre lei aspettava un invitato che non è venuto le hanno svaligiato casa.»

«A grandi linee è suppergiù così» ammise il giornalista. «E mi hanno anche rotto il naso, ma pazienza. Errore da principiante, gliel'ho già detto.»

«Aspetti, ciò vorrebbe dire... insomma, se il ragionamento è giusto, vorrebbe dire che Lucas Soultier si è ritrovato in mano il referto autoptico di Camille? Cazzo, ma lei lo ha letto?»

«Sì, certo. Non so se i termini medici siano in grado di smussare la realtà dei fatti, ma in ogni caso la descrivono con una dovizia di particolari difficile da sopportare. E subito dopo sono arrivate le sue morti rocambolesche, Coulibaly, Samoy e Paulin.»

«Tre individui che, ciascuno a proprio modo, hanno distrutto Camille...»

Coste era sbalordito. Allungò il braccio e, senza chiedere nulla, svuotò il bicchiere di Farel, che gli rifilò la sua conclusione.

«Occultando quei cadaveri avete creato un mostro.»

«Lei ha un filo conduttore, anche se è quello di un articolo che non potrà mai pubblicare. Però non ha nessuna prova, nessuna foto compromettente, nessuna registrazione imbarazzante. Le hanno rubato i fascicoli e quello che le resta di concreto è appuntato su un muro. È un po' pochino per mandare qualcuno in carcere, non crede? E inoltre non stiamo parlando di uno qualunque. Insomma, lei ha le tasche vuote.»

«E lei ha un caso che le hanno tolto per assegnarlo a Parigi. Bella roba per entrambi, mani legate e bocca imbavagliata. Che pensa di fare? Andare al quai des Orfèvres e chiedere udienza? Dire che il tenente Aubin è corrotto, che lei ne è al corrente sin dal primo delitto e che, di conseguenza, anche lei può essere considerato un corrotto, pronto a mettere nei guai la sua amata squadra?»

«Credo che abbiamo superato da un bel pezzo la fase degli interessi personali, ma non è questo a impensierirmi. Viste le ramificazioni di questo casino, mi chiedo se Lucas Soultier potrà mai arrivare davanti a un giudice.»

«Intende dire vivo?»

«Non lo so, forse sto esagerando.»

Scoppiando in una risata beffarda, Farel fece sobbalzare Coste, che gli lanciò un'occhiata perplessa.

«Ancora una volta, Coste, lei è davvero un poliziotto, pieno di fiducia nei superiori e abituato a credere che certe infamie si vedano solo nei film. Quando si tratta di politica, deve partire dal presupposto che non esiste nessuna porcata che non sia stata già commessa. Nessuna. Occultare cadaveri per consentire la creazione della Grande Parigi: in fondo il

Codice 93 ha ambizioni assimilabili a quelle di una volgare speculazione edilizia. Per quanto senza precedenti. Ma il paese non ascolterà queste accuse. Se avessimo un po' più di tempo, le parlerei di tutta la gente che ha avuto la bella idea di morire prima dell'inizio del progetto. E quindi pensare che Lucas Soultier potrebbe non arrivare davanti a un giudice non è affatto una fantasia campata in aria.»

Si alzò e si mise di fronte al muro su cui aveva proiettato il contenuto della sua mente.

«Lei è stato sospeso, Coste, senza squadra e senza pistola, eppure è l'unico a poter andare fino in fondo. Mi porti qui Lucas Soultier, gli dia la possibilità di raccontarmi la sua storia prima che lo faccia con altri. È di sicuro la sua unica opportunità di farsi sentire. Certo, se accetta di parlarci...»

«Parlarci? È quello che sta facendo dal principio. Le sue messinscene sono per noi. I nostri capi tentano di nascondere alcuni morti e lui ce ne offre di nuovi, clamorosi, che dà in pasto al pubblico facendoci passare per incapaci. Parlare è tutto quello che vuole!»

Il segnale di un messaggio sul cellulare di Marc Farel fece tintinnare i bicchieri sul tavolo. Il giornalista lesse con attenzione, lasciando Coste sprofondato nel divano, mezzo assorto nei suoi pensieri.

«Non so se ci sia un nesso, ma poco fa parlava del quartiere Paul-Vaillant-Couturier, a Bobigny, giusto?»

«Sì, è l'epicentro della mia indagine, il punto comune fra Camille, Franck, Bébé e Jordan Paulin.»

Farel non levava gli occhi dal display del cellulare. Coste si preoccupò: «Un altro omicidio?».

Il giornalista gli lanciò il telefono.

«No, un massacro.»

58

Mentre i ragionamenti avvicinavano sempre più Coste e Farel a Lucas, quest'ultimo era andato avanti terminando la missione che si era attribuito. Spossato eppure ipervigile. Gli rimaneva una sola cosa da fare e resisteva in vista del traguardo. Ancora un poco. Si diceva che doveva resistere ancora un poco.

La berlina nera scivolò attraverso Parigi, poi prese la circonvallazione. Il biglietto d'invito subiva il nervosismo delle sue dita, piegato dieci volte in un senso e dieci volte nell'altro, ormai un origami appiattito. Riconobbe i due sacchetti di tela sul sedile. L'autista cominciò il suo discorsetto.

«Svuoti le tasche. Cellulare, portafoglio, documenti d'identità, mezzi di pagamento.»

Lucas gli rispose in tono neutro, come un robot.

«Non ho nulla addosso tranne l'invito.»

Rassicurato di avere a bordo un cliente abituale, l'uomo al volante si disse di non avere l'obbligo di completare la tiritera e il viaggio avvenne in silenzio. L'auto si fermò in un parcheggio senza luci ai piedi di alcuni casermoni le cui sommità si perdevano nella nebbia fitta. Il club aveva capito che gli alberghi, per quanto prestigiosi, erano troppo frequentati, e videosorvegliati, e da più di un anno ripiegava su proprietà private isolate o appartamenti al riparo dagli sguardi.

«Se il signore è un cliente abituale, sappia che le regole sono state adattate al nuovo indirizzo.»

«Cioè?»

«Stabile F, la porta dell'atrio è aperta, decimo piano. Vista l'ora non dovrebbe incrociare nessuno, ma per sicurezza metta la maschera prima di bussare all'appartamento 106. Le altre istruzioni non sono cambiate.»

Nell'ascensore pieno di tag di insulti e minacce, controllò il caricatore della pistola. L'ascensore rallentò fra l'ottavo e il nono piano, poi le luci si attenuarono fino a spegnersi del tutto. Al decimo, le porte automatiche si aprirono sul buio assoluto da cui Lucas emerse, con la maschera nera sul viso e l'arma in pugno. Entro un minuto e trentasette secondi avrebbe ucciso sei persone.

A pochi metri da lì, l'uomo con la maschera bianca, da scrupoloso cerimoniere qual era, si preoccupava della sorte della ragazza che da un quarto d'ora urlava nella camera in fondo. I maltrattamenti erano tollerati, potendo rientrare nelle richieste di certuni. Era possibile al limite degradare il materiale, ma era formalmente proibito romperlo. Era successo una volta e le conseguenze avevano fatto traballare le basi dell'organizzazione. Nonostante le dimensioni dell'appartamento, i lamenti di quella stronza erano riusciti a raffreddare l'ambiente, e le sue compagne passavano più tempo a interrogarsi con lo sguardo che a occuparsi degli altri tre membri del club. L'Impresario aumentò il volume della musica e posò sul tavolino basso del salotto una scatoletta metallica che conteneva una decina di grammi di cocaina, tanto per rianimare la serata. Preso dai suoi problemi, non sentì i tre colpi bussati e perciò fu un po' sorpreso di vedere il mastino dell'ingresso che entrava a ritroso, mascherando con la sua mole imponente l'uomo che gli aveva conficcato la canna di una pistola in fondo alla gola.

Con uno sparo assordante, la parte posteriore della testa si sollevò come una botola, mostrando un pezzo di cervello alla velocità di un'immagine subliminale. Dietro di lui, la maschera bianca fu striata da una riga rossa. Crollando lungo disteso, l'uomo lasciò comparire la sottile sagoma di Lucas. Stringendo l'arma fra le dita fino a sbiancare le nocche, Lucas sparò di nuovo. La pallottola andò a infilarsi nella bocca dell'organizzatore, che cadde in ginocchio ed emise un lamento nel gorgoglio del sangue che cominciava a soffocarlo. Tossì uno spruzzo carminio e stramazzò all'indietro in una sorprendente posizione da ballerino di limbo.

Le sirene delle tre ragazze terrorizzate suonarono l'allarme in coro. Due degli uomini mascherati, stravaccati sul divano, pieni di dignità, con la pancia che straripava dalle mutande, scelsero, senza accordarsi, lo stesso atteggiamento coraggioso facendosi scudo con le loro accompagnatrici. Il terzo, in piedi e non molto sicuro di aver capito gli otto secondi appena trascorsi, aveva ancora in mano il calice di champagne. La pallottola della Luger P08 uscì alla velocità di 1260 chilometri orari dalla canna rigata che le impose una rotazione di 3333 giri al secondo, spezzò dapprima il bicchiere, girò su se stessa meno di una volta nello champagne, spezzò la seconda parete del calice e finì la corsa in un cuore che palpitò in decrescendo fino agli ultimi battiti.

Nella camera in fondo, l'uomo che in modo ridicolo tentava di nascondersi sotto una coperta dopo aver constatato che, al decimo piano, non c'erano uscite di sicurezza, aveva riconosciuto le tre detonazioni della pistola. Altre due, a breve distanza una dall'altra, si fecero sentire, suggellando la sorte degli ultimi due invitati del salotto. Con un calcio poderoso, Lucas aprì la porta. Un'altra Camille era rannicchiata in un angolo della camera. Impaurita, con l'occhio pesto, il labbro gonfio, tentava di tirare su gli slip macchiati di sangue. Un filo di urina le colò lungo le cosce. Quando capì che l'uomo non le avrebbe sparato, il suo sguardo delatore si posò sulla coperta appallottolata che tremava. Lucas puntò la pistola nella direzione indicata, deciso a sparare l'ultima salva. La ragazza mormorò un lamento reso incomprensibile dalla bocca contusa. Come un animale ferito, si avvicinò a quattro zampe a Lucas, mentre un rivolo di sangue le scorreva dalle labbra. Si aggrappò ai suoi pantaloni e a stento si drizzò sulle gambe vacillanti. Le dita si posarono sul braccio teso di Lucas e risalirono lentamente, come una carezza sulla pelle, verso la sua mano. Afferrò la pistola. Lucas accettò supinamente. Potrebbe anche uccidermi, si disse. Gli sarebbe piaciuto. La ragazza sparò a casaccio sul corpo nascosto finché il caricatore glielo permise e anche oltre, finendo col premere il grilletto in un ticchettio metallico diventato inoffensivo. La coperta si agitò e si adornò di piccoli impatti cotonosi prima d'immobilizzarsi. La ragazza gli restituì la pistola. Lucas espulse il caricatore, che cadde a terra, e ne inserì un altro. Si avvicinò e sollevò la coperta con un gesto ampio. Un uomo nudo, con la mano insanguinata che gli imbavagliava la bocca per non lasciarsi sfuggire grida di dolore, volse su di lui lo sguardo vitreo e spaventato di un bue al macello. Lucas sparò a bruciapelo ai due occhi e lo ricoprì. Infilò il braccio sotto quello della ragazza e, insieme, attraversarono passo passo il corridoio fino al salotto. La fece sedere sul grande divano della stanza ormai vuota, se naturalmente non si consideravano i cinque corpi sul pavimento. Frugò nei vestiti dell'uomo con la maschera bianca e trovò nella tasca posteriore il solo cellulare autorizzato. Poi s'inginocchiò davanti alla ragazza e le prese le mani nelle sue.

«Fra poco tu chiami la polizia. Vuoi farlo per me?»

Lei non rispose. Gli stava di fronte e posò la testa sulla sua spalla. Nel minuto e trentasette secondi dell'assalto, fu proprio quel momento a durare di più per Lucas. Quel momento in cui, a occhi chiusi, con il calore di un viso sfigurato contro il petto, si concesse un attimo di tregua insieme a quell'altra Camille. Si sciolse in lacrime e lei gli accarezzò la nuca mormorando dei «ssshhh» di cui Lucas sentiva il soffio fin dentro la sua anima perduta.

* * *

Aprì la porta anteriore della berlina nera e s'infilò a metà nell'abitacolo. Staccò la cintura di sicurezza e afferrò per i capelli l'autista, che cadde fiaccamente fuori dall'auto sull'asfalto freddo. Ne prese il posto, mise in moto e ingranò la prima. Dopo pochi metri, constatò assurdamente che preferiva la nervosità della piccola auto a noleggio. Accese i fari e accelerò. Entro mezz'ora sarebbe stato di ritorno al maniero.

59

Nel taxi, Coste ripensava alle ultime parole scambiate con Farel. Il giornalista non aveva un'auto, consapevole che nel suo mestiere non poteva perdersi uno scoop rimanendo intrappolato negli ingorghi. Gli aveva proposto il suo scooter. Forse perché cominciava a prendere gusto alle messinscene, Coste aveva declinato l'offerta, non volendo arrivare al maniero dei Soultier su un motorino scoppiettante. Con il casco in testa e vulnerabile come un coniglio che attraversa la strada, non sarebbe riuscito a far lavorare la mente, a spostare informazioni tentando d'incastrarle fra loro. E certamente non avrebbe notato la macchina che li seguiva, una sorta di station-wagon più simile a una chiatta che a un'automobile.

Aveva letto a più riprese il messaggio sul cellulare di Farel. Quanto occorreva per elettrizzare le redazioni e far spiccare il volo in formazione serrata a un esercito di giornalisti. L'indirizzo citato lo aveva trasportato indietro di qualche giorno, quando con Mathias si trovava nel quartiere Paul-Vaillant-Couturier, in quell'appartamento campione del decimo piano, intento a predire un futuro che oggi gli sarebbe piaciuto meno reale: «Lo vedi anche tu che si preannuncia uno dei casi più di merda della mia carriera?» aveva buttato lì Coste con un tono di rimprovero che, allora, non poteva immaginare pienamente giustificato. Se il suo amico avesse conosciuto in anticipo le conseguenze, gli avrebbe parlato in quel momento? Gli avrebbe confessato il segreto che gli attanagliava il ventre e talvolta gli impediva di sostenere il suo sguardo?

Prima che il poliziotto se ne andasse, Farel aveva raccolto qualche informazione e ne aveva dedotto che, nonostante la stessa zona geografica, il metodo operativo era incompatibile con quello di Lucas Soultier.

«Già un mucchio di gente sul posto, tra poliziotti e giornalisti. Sei cadaveri accertati più un morto nel parcheggio ai piedi dello stabile F, ma è ancora da collegare al caso. Tutti uccisi con una pistola il cui modello è da chiarire. Uomini sulla cinquantina e, precisazione interessante, tutti portano maschere di carnevale. Quattro di loro erano in mutande.»

Aveva avanzato una prima ipotesi di serata gay con finale omofobo che non convinceva Coste.

«No, sono sicuro che c'erano delle ragazze, delle accompagnatrici, ma sono state risparmiate. Si conosce l'identità delle vittime?»

«Non sono stati trovati documenti, tranne quattro biglietti con la data di oggi in quattro giacche diverse. Di certo gli inviti per la festicciola. Nessuna messinscena, solo un'esecuzione secondo le regole, senza fiocchi né sorprese. Lei sa che chi partecipa a serate del genere è di rado un semplice impiegato. Se è opera di Lucas Soultier, come lei tende a credere, le confermo che è sempre meno facile portarlo davanti a un giudice senza ostacoli.»

«Magari sbagliamo, e lui non ha nessuna voglia di arrivarci. Magari abbiamo appena assistito all'epilogo.»

Rimaneva un'ombra che Farel non riusciva a spiegarsi.

«D'altra parte, da quello che sappiamo, i suoi tre omicidi sono stati commessi per vendetta. Qual è il nesso con questa serata libertina?»

Il nesso tra un'orgia e una ragazza che vende il suo corpo per avere la droga? A Coste sembrava chiaro.

Alcune centinaia di metri prima d'immettersi nella circonvallazione, si rivolse al tassista: «Ho bisogno di un favore».

Abituato alle richieste particolari dei clienti notturni, il tassista fu categorico: «Io guido e basta».

Coste rinunciò alle formule di cortesia.

«Ricomincio. Capitano Victor Coste. Polizia giudiziaria, ho davvero bisogno di un favore.»

«Posso vedere il tesserino?»

Con la mia arma, forse ancora nei locali dell'Ispezione, si disse Coste. Posò una banconota da cinquanta euro sul sedile davanti.

«Okay, non sono uno sbirro, ho solo bisogno di sapere se qualcuno ci segue.»

«La Twingo, dietro?»

«No, due macchine più in là.»

«Allora la Volvo?»

«Probabile, non ci capisco niente di macchine. Bene, stia a sentire, passi con il rosso al prossimo semaforo, okay? Vedremo la sua reazione.»

«Per cinquanta euro? Se lo può sognare! Non ci tengo a perdere la licenza per storie di sesso.»

La solita fortuna: si era imbattuto nell'unico tassista corretto della capitale! Coste frugò nel portafoglio senza risultato.

«D'accordo, d'accordo, allora alla rotonda della prossima porta finga di prendere l'ultima uscita e poi continui per un secondo giro. Se la macchina ci sta dietro, o si è persa, se no ci segue.»

Il tassista si voltò, smettendo di guardare la strada.

«Non è mica un poliziotto, per caso?»

«È quello che le dico da un po'.»

Arrivato alla rotonda di Porte des Lilas, il taxi s'immise e cominciò il primo giro, con la freccia a destra. All'ultima uscita rallentò, poi, mentre la station-wagon si avvicinava, accelerò e cominciò un secondo giro. Nello specchietto vide la Volvo lasciare bruscamente la rotonda e imboccare l'uscita abbandonando il tassista, che commentò un po' beffardo: «Siamo paranoici, eh?».

«Può darsi. Prenda la circonvallazione fino a Porte de Saint-Cloud, grazie.»

Più sereno, Coste si lasciò ipnotizzare dalle luci dei lampioni che sfilavano a ritmo regolare, ciclopi benevoli e attenti alla sua corsa notturna. Pensò a Franck Samoy, il compagno ufficiale, non molto geloso quando si trattava di prestare la sua ragazza in cambio di droga. Jordan Paulin, uno dei primi ad approfittare di quel patto, poi Bébé Coulibaly che aveva reclutato Camille, probabilmente nella cantina 55, prima di farle salire qualche piano per serate meglio organizzate.

Dopodiché, visto il contenuto del referto autoptico, Camille era incappata nel cliente sbagliato. Forse anche in parecchi clienti sbagliati. Eppure Coste era turbato da altro. Soltanto dieci piani separavano la cantina 55 dall'appartamento campione. Dieci piani tra la cantina degli stupri e l'appartamento delle orge. Data la discrezione necessaria all'organizzazione di quegli appuntamenti, si ponevano due domande. Come faceva Soultier a conoscere la data e come si era procurato l'indirizzo?

Arrivando al cancello della proprietà, Coste si chiese se Lucas, all'inizio del suo progetto, avesse immaginato l'estensione del compito da assolvere. C'erano quelli che avevano trascinato Camille sull'orlo del baratro. Quelli che, mentre vi era caduta dentro, avevano abusato di lei e quelli che l'avevano sotterrata in segreto. Come se una mattina i bastardi del mondo intero si fossero messi d'accordo per annientarla.

«Si fermi qui, continuo a piedi.»

60

Lungo il centinaio di metri del viale curato che portava alla villa, Coste si concesse una sigaretta. La notte lo avvolgeva e lui camminava alla cieca, orientandosi grazie alle luci dell'edificio, illuminato a tarda ora. Giunto nel cortile principale passò accanto a una berlina nera di lusso, con una portiera anteriore aperta. Salì a quattro a quattro i gradini esterni, abbassò la mano all'altezza del fianco destro. Qualche ora senza arma alla cintura era troppo poco per togliersi l'abitudine.

La porta d'ingresso era socchiusa. Atrio e corridoi, tutto era acceso. Coste tentò di ricordarsi la disposizione delle stanze, invano.

«Buonasera, signore.»

Sorpreso, il capitano s'irritò di nuovo per il suo riflesso. Un gesto inutile verso la pistola sempre assente. Il viso familiare non lo rassicurò.

«Buonasera, Brice.»

Lo scrutò chiedendosi quale grado di fiducia concedere al tuttofare della casa. A pochi metri da lui, alzò la mano, con le dita larghe in un segno distensivo che avrebbe usato davanti a qualcuno fuori di sé.

«Non se ne vada di corsa, non gridi, pensi solo a rispondermi, con calma. Dov'è Lucas?»

«Se il signore vuole seguirmi.»

Un arresto nell'alta borghesia non aveva niente a che vedere con quanto conosceva.

Dopo qualche svolta sullo spesso tappeto, fu invitato a entrare in un salottino, ultima stanza ancora carica di addobbi sgargianti e di quadri antichi. Se si fosse affidato al suo senso dell'orientamento, avrebbe imboccato la direzione opposta e sarebbe sbucato nel giardino alla francese.

«Buonasera, capitano.»

Riconobbe i capelli argentati di Margaux Soultier. Con una rapida mossa del polso, la donna fece girare la sedia a rotelle verso di lui e gli mostrò un viso sorridente.

«È un po' tardi per una visita di cortesia, non trova?» lo interrogò la donna.

«Allora diamo per certo che non ha nulla di cortese.»

Coste fece una pausa, non sapendo come annunciare il motivo della sua venuta. Ignorando soprattutto la reazione della vecchia signora.

«Vorrei parlare a Lucas.»

«Per favore, capitano, si sieda qui con me.»

«Signora, temo che la situazione non mi permetta...»

La canna della Luger P08 posò un bacio gelato sulla sua nuca. Brice rinnovò l'invito e Coste non trovò nessun motivo per opporsi. Un sottile strato di sudore gli copriva la schiena. Puntò sulla padrona di casa uno sguardo che voleva essere calmo.

«Sono stupita, capitano. La sua sicurezza, il suo sangue freddo. Altri avrebbero già supplicato.»

«Lei sa già quello che potrei dirle. Cioè che non sono da solo, che ho avvertito la mia squadra, oppure che uccidere un poliziotto non è mai una buona idea...»

«Lei non rischia niente, mio caro. Anzitutto perché è una persona che apprezzo. Poi perché le chiedo semplicemente di sedersi con me per qualche minuto.»

Alzò gli occhi verso Brice che, alle spalle di Coste, le rispose con un cenno negativo del capo.

«E infine perché lei non è nemmeno armato. Venire ad arrestare un criminale con le mani in tasca è forse il metodo del vostro 93?»

«Un criminale? Lei è al corrente di cose che non so?»

«E invece sa tutto, ragazzo mio» ironizzò Margaux Soultier picchiettandogli la mano. «È un poliziotto e, come si dice, ha fiuto. Da parte mia, sono una madre, qualunque cosa dicano i miei figli, e il mio fiuto equivale al suo.»

«Precisi.»

«Ho perso Lucas molto tempo fa. Una prima volta con la partenza del fratello e una nuova volta con la scomparsa di Camille. Avevo già perso così tanto in precedenza che il mio cuore non ha più avuto la forza di soffrire.»

Fu assalita dai ricordi e la voce acquisì un tono narrativo.

«Eppure avevo molto cuore, è sicuro. Ho amato mio marito senza alcun dubbio, senza ritegno, così profondamente da non poter sopportare di vederlo roso dal cancro. Sentirlo soffrire e gemere per notti e notti come se, benché vivo, fosse uno spettro che abitava il maniero. Allora mi sono rassegnata ad aiutarlo. Per amore, capitano, l'ho aiutato ad andarsene. Ho pensato che Gaël, il mio figlio maggiore, avrebbe capito il mio gesto, anzi lo avrebbe incoraggiato, per poi affrontare il lutto insieme, ma sbagliavo. Ai suoi occhi sono diventata l'unica responsabile, cancellando addirittura l'esistenza stessa del cancro. Gaël non ha più sopportato di vivere qui ed è fuggito via con due promesse. Quella di dimenticarmi per sempre e quella di non dire nulla al fratello. Ovviamente il favore di tacere non era per me ma per Lucas. È così che sono diventata la signora anziana che adesso lei ha di fronte, rinsecchita sulla carrozzina, incapace di autonomia in una casa fatta di scale e di giardini. Ma non per questo sono anche diventata cieca.»

Con un gesto incerto allungò la mano sul tavolo, afferrando con difficoltà il manico della teiera di porcellana dal cui coperchio usciva un po' di vapore. Coste scorse intorno alla teiera un portapillole, alcune scatole sventrate di medicinali e due blister privi di compresse.

«Un po' di tè, capitano?» propose la vecchia riempendogli la tazza.

Nonostante la pressione della pistola sulla nuca, Coste rifiutò.

«Preferisco il caffè con zucchero piuttosto che i sonniferi.»

Margaux Soultier scoppiò a ridere e gliene fu riconoscente. Era qualcosa d'imprevisto.

«Non tema nulla, beva tranquillamente.»

Coste portò la tazza alle labbra e bevve un sorso bollente.

«Lo vede che non è stato fulminato dal sonno? Dov'ero rimasta?»

Il capitano dovette inghiottire per poter rispondere.

«Stava dicendo che certe cose non le sono sfuggite.»

«È vero. Oh, penso che comunque Lucas non abbia cercato di essere discreto. Sebbene la mia farmacia personale non abbia niente da invidiare a quella di un ospedale psichiatrico, mi sono accorta delle sue visite regolari. C'è stata anche la scomparsa di un'arma da collezione, una pistola tedesca di cui mi scordo sempre il nome.»

«Quella incollata alla mia testa?»

«Esatto. Lei è proprio un uomo di spirito. Brice, per cortesia.»

Al principio disorientato da quell'ordine gentile, il tuttofare nel ruolo di braccio destro ubbidì e mostrò la pistola a Coste.

«Luger P08» concluse il poliziotto prima che la canna tornasse al suo posto.

«Il nome infatti mi dice qualcosa, lei è un vero professionista, caro amico. Peccato che tutto ciò...»

Lo invitò a bere un altro sorso di tè caldo prima di proseguire.

«Mi sono dunque preoccupata per quegli avvenimenti, sparsi ma inquietanti. Ho poi saputo da amici del mio defunto marito, ancora in carica in vari ministeri, dell'assenza prolungata di Lucas dall'ufficio. Si figuri che non va al ministero delle Finanze da più di un mese. Quando ha cominciato a usare la vecchia Land Rover lasciata in rimessa e le chiavi della nostra casa di campagna sono scomparse, mi è parso chiaro che aveva qualcosa in testa. Il resto me lo hanno suggerito i giornali.»

«E lei non ha fatto niente?»

«Simon Beckriche, il nostro investigatore privato, era scomparso. Che cosa avrei dovuto fare? Oppormi a mio figlio sulle mie gambe di vetro? Chiedere a Brice di rinchiuderlo in soffitta? Chiamare la polizia? In nome della famiglia, ho lasciato la mia figlia adottiva in una fossa... senza nome, per l'appunto. Pensa davvero che avrei rischiato qualcosa per la morte di quelle canaglie?»

Con il mento Coste indicò i medicinali e i blister vuoti disseminati sul tavolo.

«E quindi lo ha lasciato andare fino in fondo per poi aiutare anche lui ad andarsene?»

«Non è il cancro, capitano, ma ciò non toglie che Lucas fosse malato. A mia discolpa, sebbene non me ne importi, non ha avuto bisogno di nessuno.»

Con un mezzo sorriso incollato alle labbra, per la seconda volta rivolse uno sguardo a Brice.

«Vuole smettere di minacciare il nostro ospite e posare l'arma sul tavolo?»

Il domestico eseguì. Coste prese la pistola senza fretta, espulse il caricatore e se lo mise in tasca, controllò che non ci fosse una cartuccia in canna e posò l'arma nello stesso posto.

«Posso vederlo?»

Margaux Soultier guardò l'orologio.

«Certo, Brice l'accompagnerà.»

Salirono senza rumore la scalinata centrale. La porta era socchiusa. Su un letto dalle coperte impeccabilmente sistemate giaceva un giovane uomo, con le gambe unite, le braccia lungo il corpo, la testa posata su un cuscino macchiato di vomito.

Coste incontrava Lucas per la prima volta.

La mano sinistra doveva aver tenuto il biglietto d'invito, per poi lasciarlo andare involontariamente, e adesso restava contro la coscia. Coste s'inginocchiò accanto al letto e, con l'aiuto di un lembo del lenzuolo, prese il biglietto. Una scritta menzionava una data. Non solo Lucas era beninformato, era un invitato.

Come accade spesso, la nefandezza delle azioni degli uomini non si legge sul loro viso, e quello di Lucas, ancora infantile, sembrava riposato, inoffensivo. Se n'era andato portando con sé una parte della storia che Coste poteva solo tentare d'indovinare. Che Lucas avesse incontrato Camille in una di quelle serate? E che l'irreparabile fosse stato commesso grazie alle maschere?

Un senso di colpa insopportabile che soltanto un suicidio poteva far tacere, in quella casa in cui aveva sottomano l'occorrente per mettere fine ai suoi giorni.

Lucas se n'era andato senza avere il coraggio di affrontare se stesso, senza rispondere alle domande che lo torturavano. Aveva amato Camille più di quanto un fratello avrebbe dovuto? Con ogni probabilità, un'ultima domanda lo aveva accompagnato nei suoi pensieri conclusivi e, se per caso Dio esisteva, avrebbe potuto farla direttamente a Camille, una volta dall'altra parte: «Quella sera, sapevi chi c'era dietro la maschera?».

Con tre dita posate sul lato della gola, Coste cercò il polso. Sentì soltanto la pelle che diventava fredda. Spense la luce e scese la scalinata.

Margaux Soultier terminava di bere il tè, con gli occhi persi nel vuoto di una vita che finiva male. Si riprese vedendolo tornare nel salottino.

«Devo aspettarmi uno sbarco tumultuoso delle forze di polizia?»

«Verranno quando le chiamerà. Per quanto mi riguarda, stasera non sono in servizio.»

Dopo quelle parole, lasciò sola con i suoi demoni una vecchia signora stanca sulla sedia a rotelle, in una casa troppo grande e troppo vuota.

Davanti al cancello socchiuso, il freddo dell'alba spazzò via dal suo viso il timido tepore del sole nascente. Il maniero, come lo chiamavano, svanì a poco a poco nella foschia mattutina. Coste lasciava sotto quella cappa grigia un uomo che non riusciva a considerare un mostro, un uomo che si era punito per non aver saputo proteggere l'oggetto del suo amore. Per quanto pensasse il contrario, condivideva nel suo intimo una parte di quella nefandezza.

Una station-wagon antidiluviana frenò accanto a lui. Con una spinta della mano, Ronan aprì la portiera del passeggero.

«Hai finito con le tue stronzate, Victor? Possiamo tornarcene a casa?»

«Eh già, siamo al capolinea. Di chi è questo catorcio?»

«L'ho chiesto in prestito a Karl, il marito di Johanna. I gusti della gente, a volte... Ti rendi conto, una Volvo station-wagon? Non ho mai guidato qualcosa di così fiacco, ma se avessi preso una macchina di servizio mi avresti riconosciuto e avresti sparato alle gomme.»

«Non ho più la pistola.»

«Era tanto per dire. Sali, altrimenti ci congeliamo le palle.»

Ronan accese il riscaldamento che sputò una brezza fredda, picchiò due volte sul cruscotto e, siccome sembrava funzionare in quel modo, l'auto sprigionò un po' d'aria calda.

«Dov'è Sam?»

«Al computer per localizzare il tuo cellulare, visto che ti metti in pericolo senza lasciarci giocare con te.»

«Da quando?»

«Da quando ti sorvegliamo? Da quando hai deciso di fare una scappata ad Annecy nel bel mezzo di un caso di omicidio.»

«È comprensibile.»

«E quindi hai intenzione di spiegarmi un po' le cose?»

«Trova un bar aperto alle cinque e mezzo e ti racconto. Dov'è Johanna?»

«Mi piace un sacco, sai? Infatti voleva venire. Le ho detto di mettere a letto i figli con il pretesto che andavo a fare il pieno. Non sono ripassato a prenderla. Ha due bambini, un marito e un lavoro da una settimana. Troppe cose da perdere per degli sfigati come noi, giusto?»

Coste abbozzò una smorfia.

«Sarà imbestialita.»

Ronan proruppe in una risata scrosciante.

«Oh, cazzo, eccome!»

61

Nell'armeria della polizia giudiziaria, al primo piano di quai des Orfèvres 36, Coste recuperò la pistola, le manette e il tesserino, con la sensazione di essere di nuovo vestito. La sospensione si era rivelata più breve del previsto grazie a una favorevole semplificazione dei fatti che qualcuno avrebbe definito una fregatura in piena regola.

Il mezzobusto del notiziario del mattino, che troneggiava con il viso sciupato nello studio televisivo troppo illuminato, aveva definito Lucas Soultier «un individuo emotivamente indebolito dalla scomparsa della sorella adottiva, che se la sarebbe presa con alcuni emarginati che riteneva responsabili».
Ma l'altra informazione, quella che teneva con il fiato sospeso le redazioni, era più spettacolare. Al decimo piano di un palazzo di periferia, la morte vergognosa e in mutande di un avvocato d'affari, di un commissario di polizia, del dirigente di un'impresa di edilizia pubblica e di un consigliere di Stato aveva monopolizzato l'attenzione.

Le accompagnatrici di quella serata privata, come le chiamava il giornalista, erano attivamente ricercate in qualità di testimoni, e il silenzio che si era imposto Lucas doveva essere una benedizione per molti. Tuttavia, vivo o morto, cosa sarebbe cambiato? Alcune vette sono troppo alte perché la Giustizia si metta a fare l'alpinista.

* * *

Quella stessa mattina, a Bobigny, un diciannovenne aveva espresso il suo malcontento per l'espulsione definitiva del fratellino dalla scuola media Jean-Pierre Timbaud. Con una bottiglia di acido cloridrico in mano, usato talvolta per dissolvere la pietra o per scrostare l'acciaio, aveva fatto la doccia alla maestra all'origine di quella decisione. La donna si era letteralmente sciolta davanti alla scuola senza che nessuno muovesse un dito. I video erano già on line e registravano più di diecimila visualizzazioni. Una faccenda sordida e perfetta per un ritorno della squadra di Coste sul campo. Le cose rientravano nei binari della normalità.

«Sam, occupati delle telecamere e risali agli indirizzi IP di tutti quelli che hanno messo on line l'aggressione. Ronan e Johanna, a voi le indagini sul posto, strada e scuola, cercate eventuali testimoni. Io faccio un salto all'ospedale Jean-Verdier.»

Sam si preoccupò: «Al capezzale della vittima? No! Caricherai la tua empatia come una pila e, quando sarai galvanizzato per bene, ci metterai sotto come schiavi».

De Ritter intervenne nella conversazione: «È meglio che vederlo lavorare da solo in un angolo, no?».

Coste guardò l'ex scrivania del suo amico Mathias. O era la scrivania del suo ex amico? Probabilmente ci sarebbe voluto un po' di tempo per chiarire la situazione. Ventitré casi era un numero ancora inaccettabile. Tuttavia, Coste ne approfittò per ufficializzare un fatto evidente: «Hai ragione. Ho un posto vuoto di fronte a me ed è ora che tu ci metta le tue cose. Insomma, se vuoi lavorare con noi e a patto di non piazzare ovunque le foto dei tuoi marmocchi».

Johanna passò da una faccia all'altra, tutti sorridevano.
«Sul serio?»
Le due parole erano uscite appena udibili. Far parte di qualcosa. Appartenere a una squadra. Loro per lei e lei per loro.
Sam si rivolse a Ronan: «Secondo te adesso scoppia in lacrime?».
«Può darsi. Alle ragazze succede spesso.»
Johanna si riprese.
«Perché adesso sono una ragazza?»
«Non so mica di che parli.»
Poi ci furono tre abbracci e tre «benvenuta».
Coste aveva di nuovo una squadra.

Rimasto da solo, andò al distributore di caffè. Premette ripetutamente su Zucchero +, per vendicarsi di tutte le volte in cui se n'era privato, e ottenne una brodaglia dolciastra. In ogni caso non serviva a niente mentire a se stesso. Aveva solo voglia di passare a salutare Camille, volto perso in mezzo agli altri scomparsi del manifesto dell'APEV. Dietro di lui, la comandante M.C. Damiani lo distolse dai suoi pensieri.
«Come sta?»
«Non sono stato via tanto a lungo.»
«E la sua inchiesta?»
«La maestra sfigurata? Le prime dichiarazioni portano al fratello del ragazzino espulso da scuola. Finiamo con le testimonianze e i video prima di andare ad arrestarlo nel pomeriggio.»
«E su De Ritter, ha preso una decisione?»
«È un buon elemento. All'inizio un po' irritante, ma i ragazzi l'hanno adottata. E poi ho l'impressione che li renda meno stupidi. Anche me, beninteso.»
«Ha una squadra valida, Coste, e il suo ritorno sul campo è un po' precipitoso. Ne approfitti per prendersi la giornata. Lasci che Ronan si faccia le ossa su questo caso. Ho in mente

di promuoverlo capitano, sarebbe ora che imparasse a dirigere una squadra.»

«Mi porta via il tenente Scaglia?»

«Non subito, Victor, non subito. Lei sa che una carriera nella polizia significa inserirsi in un branco e poi lasciarlo per inserirsi in un altro. A proposito, il contratto di Malbert non è stato prorogato.»

Il contrario sarebbe stato sorprendente, pensò Coste. Il Codice 93 era stato sul punto di comparire alla luce del sole e in molti dovevano aver sudato davvero freddo. Tuttavia, Coste non si faceva illusioni. Mandare a monte l'ingresso della Seine-Saint-Denis nel progetto della Grande Parigi era semplicemente inconcepibile e quelli avevano già dimostrato di cos'erano capaci. Forse ci sarebbe voluto un po' più di tempo, ma avrebbero trovato il modo.

Pensieroso, Coste si girò verso la fotografia di Camille.

«Non sono mai riuscito a capire se lei facesse parte di tutto questo, Marie-Charlotte.»

«Di che sta parlando?»

«Bene, andrò per le spicce. Il Codice 93 le dice qualcosa?»

Era troppo tardi per lei. Troppo tardi perché si ergesse a paladina della morale mettendo a rischio la carriera e la pensione per le quali si era adoperata fino a quel momento come un'instancabile funambola.

«No, niente, e neppure a lei, Coste.»

La comandante uscì dalla saletta del caffè e, senza voltarsi, gli ricordò le sue istruzioni.

«Si prenda la giornata, Victor.»

* * *

Meno di un'ora dopo, Coste controllava il proprio aspetto nel riflesso della vetrina di un caffè. Riassestò la giacca e cercò di appiattire una ciocca sale e pepe che, insolente, si arricciolava sulla tempia. Voleva fare buona impressione sebbene l'esercizio gli fosse estraneo da un bel pezzo.

«Non pensa più di fuggire?»

Con il piede, Coste spinse la sedia che gli stava di fronte invitando Léa a sedersi.

«Non ho previsto niente.»

La dottoressa si accomodò e, senza aggiungere nulla, gli afferrò la mano. Coste sentì una pressione un po' più forte rispetto all'ultima volta in cui lei aveva osato quel gesto. Non gli avrebbe più permesso di scappare e la cosa gli stava bene.

Epilogo

Il giardiniere del cimitero di Thiais si concesse una pausa. Fissò il rastrello alla pattumiera a rotelle e si sedette su una panca. Sistemò una cartina fra due dita e vi sbriciolò un fondo di tabacco. Si sentiva un po' colpevole, perché aveva già fatto una pausa meno di un'ora prima, ma lo spettacolo strano e insieme commovente a cui assisteva lo aveva convinto a rischiare una lamentela.

Nella calma assoluta di quel luogo, avanzava in silenzio una processione di dodici furgoni, tutti dello stesso colore scuro e con la stessa insegna dorata. Mentre l'ultimo veicolo superava le porte d'ingresso del cimitero, il primo già scaricava un mazzo di fiori. Gigli bianchi.

In poche ore le quattromila tombe furono ricoperte di quattromila mazzi e, per la prima volta, la fossa comune degli indigenti, dei senza-nome e dei dimenticati fu la cornice di una fioritura inconsueta.

Fra tutti quei mazzi di gigli, Lucas si era detto che uno solo sarebbe stato esattamente nel posto a cui lui lo destinava.

Ringrazio...

Claire «Witch» Germouty, che ha creduto in me, mi ha sostenuto e mi ha sempre rassicurato.

Féminin.com, all'origine di tutto, Hélène Mengus e Marie-Laure Sauty de Chalon.

La squadra delle Éditions Michel Lafon per avermi accompagnato: Alexandra, Bénita, Clémence, Mathieu e in modo particolare Huguette Maure, che con la sua fiducia ha portato il libro fin qui.

Il dottor T, eminente medico legale, per le delucidazioni in merito alle scene delle autopsie.

La dottoressa Julie Casteran, per l'analisi psicologica dei personaggi.

Emmanuel Collardey, giornalista di Radio France.

Éric Giacometti, per i suoi consigli.

Mathias Carpentier, con il quale ho mosso i primi passi nella polizia di Aubervilliers e che continua a considerarmi un amico, nonostante i miei silenzi.

Dominique Noviello, capo della Brigata per la protezione dei minori di Bobigny, immancabile sostegno.

I poliziotti della Seconda divisione della polizia giudiziaria e in particolare Colinette e Rémi.

I poliziotti del Servizio dipartimentale di polizia giudiziaria del 93 e in particolare il comandante Jacques Trousseau.

Il tollerante capitano Yann Bekrich.

Il capitano Marc Bascoulergue, dandy, cantante, ottimo poliziotto.

Renard, la volpe.

La capitana Véronique Bouvard, per la sua capacità di ascolto.

François Maldonado, soldato valoroso, una vera brava persona.

Nicolas «Capellone» Espin, per avermi fatto da padrino al mio arrivo nella polizia giudiziaria del 93.

Mat «Mose» Ducas, poliziotto di Marsiglia.

Julien Degrève, ex della Scientifica di Bobigny.

Sébastien Lauby della Scientifica del 93.

Marianne, la mia figlioccia. Avrai sempre un poliziotto pronto a proteggerti.

Joël Dupuch, nella sua capanna in riva al mare.

Chi ha detto «Non riesco a capire questi tempi di merda».

Infine i miei amici, la mia famiglia, Manu, Marie-Charlotte, Benjamin, Sébastien, Anelza, Marie L., Vincent L., Loulou, Gwendolyne, Mouton, Émilie C., Bastien e Johanna.

nero

Nella stessa collana

1. Enrico Pandiani, *Un giorno di festa*
2. Bruno Morchio, *Un piede in due scarpe*
3. Roberto Perrone, *L'estate degli inganni*
4. Corrado De Rosa, *L'uomo che dorme*
5. Maurizio de Giovanni, *Sara al tramonto*
6. Daniele Autieri, *Ama il nemico tuo*
7. Piergiorgio Pulixi, *Lo stupore della notte*
8. Carlotto – De Cataldo – de Giovanni, *Sbirre*
9. Luca Crovi, *L'ombra del campione*
10. Andrea Cotti, *Il cinese*
11. Olivier Norek, *Tra due mondi*
12. Piero Colaprico, *Il fantasma del ponte di ferro*
13. Gianni Mattencini, *L'onore e il silenzio*
14. Enrico Pandiani, *Ragione da vendere*
15. Cristina Rava, *Di punto in bianco*
16. Maurizio de Giovanni, *Le parole di Sara*
17. Gabriella Genisi, *Pizzica amara*
18. Roberto Perrone, *L'ultima volontà*
19. Giancarlo De Cataldo, *Alba nera*
20. Piera Carlomagno, *Una favolosa estate di morte*
21. Frédéric Dard, *Il montacarichi*
22. Piergiorgio Pulixi, *L'isola delle anime*
23. Thomas Mullen, *La città è dei bianchi*
24. Enrico Franceschini, *Bassa marea*
25. Gianni Zanolin, *Il senso del limite*
26. Marco Felder, *Tutta quella brava gente*
27. Girolamo De Michele, *Le cose innominabili*

28. Arturo Pérez-Reverte, *I cani di strada non ballano*
29. Sandrone Dazieri, *La danza del Gorilla*
30. Agustín Martínez, *Monteperdido*
31. Giuseppe Fabro, *Il sangue dei padri*
32. Luca Crovi, *L'ultima canzone del Naviglio*
33. Cristina Rava, *I segreti del professore*
34. Bruno Morchio, *Dove crollano i sogni*
35. Sandrine Destombes, *Nel monastero di Crest*
36. Maurizio de Giovanni, *Una lettera per Sara*
37. Giampaolo Simi, Piera Degli Esposti, *L'estate di Piera*
38. Luigi Bernardi, *Atlante freddo*
39. Piergiorgio Pulixi, *Un colpo al cuore*
40. Anthony Horowitz, *I delitti della gazza ladra*
41. Gabriella Genisi, *La Regola di Santa Croce*
42. Maurizio de Giovanni, *Gli occhi di Sara*
43. Massimo Carlotto, *E verrà un altro inverno*
44. Lorenzo Scano, *Via libera*
45. Frédéric Dard, *I bastardi vanno all'inferno*
46. Cristina Rava, *Il pozzo della discordia*
47. Valeria Corciolani, *Con l'arte e con l'inganno*
48. Enrico Franceschini, *Ferragosto*
49. Andrea Cotti, *L'Impero di Mezzo*
50. Frédéric Dard, *Gli scellerati*
51. Anthony Horowitz, *I delitti della bella di notte*
52. Enrico Pandiani, *Fuoco*
53. Jadel Andreetto e Guglielmo Pispisa, *La parola amore uccide*
54. Luca Crovi, *Il Gigante e la Madonnina*
55. Cristina Rava, *Il Tessitore*
56. Frédéric Dard, *Prato all'inglese*
57. Maurizio de Giovanni, *Un volo per Sara*
58. Piergiorgio Pulixi, *La settima luna*
59. Antonio Fusco, *Io sono l'Indiano*
60. Gabriella Genisi, Marilù Oliva, Mariolina Venezia, Grazia Verasani, *Le invisibili*

61. Enrico Franceschini, *Un'estate a Borgomarina*
62. Valeria Corciolani, *Di rosso e di luce*
63. Olivier Norek, *Superficie*
64. Riccardo Gazzaniga, *In forma di essere umano*
65. Nicholas Hogg, *Tokyo*
66. Bruno Morchio, *La fine è ignota*
67. Patrizia Rinaldi, *Guaio di notte*
68. Olivier Norek, *Il pesatore di anime*
69. Horacio Castellanos Moya, *Moronga*
70. Cristina Rava, *Il sale sulla ferita*
71. Massimo Felisatti e Fabio Pittorru, *Una famiglia perbene*
72. Frédéric Dard, *Negli occhi di Marianne*
73. Maurizio de Giovanni, *Sorelle – Una storia di Sara*
74. Enrico Pandiani, *Ombra*
75. Gabriella Genisi, *L'angelo di Castelforte*
76. Anthony Horowitz, *Detective in cerca d'autore*
77. Piergiorgio Pulixi, *Stella di mare*
78. Alessandro Berselli, *Gli eversivi*
79. Orso Tosco, *L'ultimo Pinguino delle Langhe*